Knip • Der Tempel des Schwarzen Löwen

THOMAS KNIP

DER TEMPEL DES SCHWARZEN LÖWEN

ROMAN

VERLAG

1. Auflage
©2003 by Thomas Knip & vph
Lektorat: Ilka Bredemeier
Buchgestaltung : Jörg Jaroschewitz, etage eins
Herstellung: Books on Demand GmbH, Norderstedt
Printed in Germany 2003
Verlag Peter Hopf, Petershagen
www. vph-net.de

ISBN 3-8330-1021-5

Prolog

[23.12 – 00.03.45 – 98.6 – Adrian: Bestätige]
[„Bestätigt"]

Ein leises Rauschen erfüllte die abendliche Szenerie. Die Zweige der Dattelpalmen tanzten leicht in der Brise hin und her, die vom Meer über die Bucht wehte. Obwohl die Sonne schon seit langem untergegangen war, hing noch ein pastellroter Schimmer am Rand des Horizonts, der den wenigen Wolkenschlieren einen unwirklichen Glanz verlieh.

Inmitten der oasenartig gestalteten Gartenanlage erhob sich in einer Privatbucht das Hotel Jebel Ali, kaum eine Fahrtstunde entfernt von Dubai, der bedeutendsten Handelsmetropole der Vereinigten Arabischen Emirate.

Mehrere Jachten, die in der kleinen Bucht vor Anker lagen, zeugten von dem Publikum, das sich in dieser abgeschiedenen Anlage von der Hektik in Dubai erholte. Vereinzelt zeigten sich Nachtschwärmer am Strand, die das laue Klima zu dieser späten Stunde genossen. Der weit geschwungene Bau des Hotels hob sich einem Berg gleich gegen den Schein des nächtlichen Himmels ab. Seine äußeren Kanten wurden dezent von einer Vielzahl kleiner Scheinwerfer angestrahlt.

Ahmad Sahim trat vom Balkongeländer seiner Suite zurück und zog ein Taschentuch hervor. Gedankenverloren schloss er die Balkontür aus Glas fast völlig. Trotz der späten Stunde und der Klimaanlage, die er auf volle Leistung gestellt hatte, brach ihm bei jeder Bewegung der Schweiß aus. Zu dieser Jahreszeit war die Hitze selbst hier direkt am Meer kaum zu ertragen.

Der Kuwaiter Ende Vierzig rückte die Sonnenbrille wieder zurecht. Gewohnheitsmäßig ließ er sie aufgesetzt, auch wenn in der Zimmerflucht nicht mehr herrschte als der indirekte Lichtschein, der von draußen hereindrang. Mit der linken Hand strich er über sein kurzes gelocktes Haar und registrierte die Feuchtigkeit, die dabei haften blieb, mit Missbilligung.

Er lehnte sich an den Schreibtisch aus teurem Tropenholz, der leicht versetzt im Raum stand, und griff nach dem Telefon. Seine Finger zupften an den Enden des Hemdkragens, um ihnen etwas Form zu geben. Kurz sah er zum gegenüberliegenden Ende der Suite, wo ein leises Rauschen hinter der

Badezimmertür zu hören war. Er grinste erwartungsvoll und wählte eine Nummer in Dubai.

„Gajim? Ahlan, sei gegrüßt. Wie geht's?"

[23.13 – 00.02.32 – 100.2]

Nach dem Austausch mehrerer Höflichkeitsformeln begann die Stimme am anderen Ende der Leitung eine hastige Erklärung. Ahmad Sahim schüttelte mehrmals den Kopf oder nickte stumm, offenbar unzufrieden mit der Reaktion seines Gesprächspartners.

„ – nein, Gajim, nein! Die Verhandlungen mit den Dänen –" Er lehnte sich mit der linken Hand gegen die Schreibtischkante und drückte die Sohlen seiner Schuhe in den teuren Teppich. Fast bereute er, den kleinen Abstecher in dieses Hotel gemacht zu haben. Sein geplantes Stelldichein hätte er auch in Dubai haben können und er hätte die Kontrolle über ihren laufenden Deal nicht aus den Händen geben müssen.

„ - was?! Nichts wirst du! Wir sind im Vorteil! Willst du den so billig verschenken?"

[23.14 – 00.01.58 – 102.3 - Adrian: Kontrolle!]

Behandschuhte Finger legten sich vorsichtig auf die Glastür des Balkons und schoben sie leise zur Seite.

[„Ich sehe einen Schemen. Ist er es, Bergstrøm?"]

[Ja, Adrian, er ist das Ziel – 103,5 (kritischer Wert: ignorieren) - Talon: Aktion]

„ – es würde sie Millionen kosten, auf uns zu verzichten. Wir sind die Einzigen, die ihnen das Zeug zu diesem Preis besorgen können!"

Die schlanke Gestalt glitt wie ein Schemen in den halbdunklen Raum. Nichts hätte einen unachtsamen Beobachter auf ihre Anwesenheit hingewiesen. Doch Ahmad Sahims Instinkt war durch die Jahre geschärft worden, die er in diesem Geschäft tätig war.

Sein Kopf fuhr herum. Die Augen hinter der Sonnenbrille fixierten sofort den Eindringling, der sich in den Schatten der Außenmauer stehlen wollte.

„Was -?!"

Seine linke Hand machte eine abweisende Bewegung.

„Verdammt, wer sind Sie? Machen Sie, dass Sie hier wegk- "

[23.14 – 00.01.09 – 108.2]

[„Kontakt, Bergstrøm"]

[Talon, handle!]

Erst jetzt betrachtete Sahim die Kleidung des Eindringlings. Dieser trug nicht mehr als einen nachtblauen hautengen Einteiler, der seinen ganzen Körper bedeckte. Nur Mund und Hals wurden von einem eng geschlungenen roten Tuch bedeckt.

Die ganze Aufmachung erschien Sahim so unwirklich, dass er nur langsam reagierte. Viel zu langsam. In dem Moment, in dem er erkannte, wen – oder was – er vor sich hatte, ließ er den Hörer des Telefons fallen und griff an das Holster, das er hinter seinem Rücken am Gürtel trug.

Doch noch bevor er den Verschluss lösen konnte, handelte die vermummte Gestalt. Aus dem Schatten ihres Handgelenks löste sich eine fingerlange dünne Klinge. Sie sirrte durch das Zimmer und traf Ahmad Sahim direkt in die Kehle.

Der Araber gurgelte leise auf. Seine rechte Hand hatte sich endlich um den Griff des kleinen Revolvers geschlossen. Blutrote Nebel legten sich über seine Augen. Er spürte nicht mehr, wie drei weitere Klingen in Brust und Bauch drangen.

[23.14 – 00.00.37 – 122.6 – kritisch]

Seine linke Hand tastete noch nach der Lehne des Schreibtischstuhls. Im Fallen riss er den Stuhl mit einem lauten Poltern mit sich um. Sahim war tot, noch bevor sein Körper auf dem Teppich zusammensackte.

Aus dem schnurlosen Telefon klangen hektische Rufe. Eine Stimme rief ständig Sahims Namen, vermischt mit Flüchen und Befehlen.

Die vermummte Gestalt betrachtete den Toten zu ihren Füßen und sondierte die dämmrige Umgebung.

[„Sequenz beendet, Bergstrøm"]

[Bestätigt – Wert 126.8 – Talon—]

[„Moment! Das Bad"]

Talon griff nach einer Klinge.

[Was?! Talon! – 135.1 – abbrechen! Werte kritisch!]

Die hektische Stimme einer Frau erklang hinter der Tür zum Badezimmer. Eine junge Araberin riss die Tür auf. Um ihren nassen Körper hatte sie nur ein knappes Badetuch geschlungen.

„Ahmad? Ist dir etwas -?"

Sie brauchte nur einen Moment, um die Situation zu begreifen. Ihre Augen weiteten sich beim Anblick des vermummten Mannes erschrocken.

„Allah ...", entfuhr es ihr. Im Treppenhaus waren hastige Schritte zu hören, unterbrochen durch hektische Befehle.

[Störungstörungstörungstörung -]

Talons Körper zuckte unruhig. Die Finger seiner Rechten spielten nervös mit der dünnen Klinge. Sein Blick verschwamm. Er konnte keinen Punkt im Raum mehr fixieren.

[„Bergstrøm, soll ich -?"]

[Abbruch, Talon! Raus!]

Fäuste trommelten gegen die Tür der Suite. Die junge Frau hob die Hände entsetzt vor den Mund. Sie merkte nicht, wie das Tuch von ihrem Körper glitt. Sie hörte auch nicht, wie sie anfing zu schreien.

Die Tür der Suite wurde aufgebrochen. Mehrere Männer stürmten in den Raum. Talon reagierte sofort, rannte zum Balkon der Zimmerflucht, die im achten Stock lag. Behände sprang er ab und schwang sich über das Geländer in die Tiefe.

Der Schrei der Frau verklang hinter ihm in der Nacht.

Der Schrei der Frau war kaum verklungen.

Talon schwang sich über den grob gezimmerten Zaun und landete sicher auf der anderen Seite. Erschrocken drehten die Menschen im Dorf ihre Köpfe oder folgten Talon, so schnell sie konnten. Seine Erscheinung hätte nicht auffälliger sein können. Obgleich seine Haut von der Sonne in all den Jahren tief gebräunt worden war, hob er sich dennoch wie ein heller Schemen gegen all die Dorfbewohner ab, die ihm nacheilten.

Der Unterschied war umso deutlicher, da sein athletischer, schlanker Körper von kaum mehr als einem groben Lendenschurz bedeckt wurde. In die Lederriemen, die den Stoff am Körper hielten, war ein Sportmesser mit kräftiger Klinge gesteckt umwickelt mit etwas Stoff.

Talons rotbraunes Haar hing wild in seine Stirn. Entschlossen setze er seinen Weg fort, hastete über den lehmigen, mit Staub bedeckten Boden zum Ufer des Flusses, der sich träge durch dieses Gebiet wand.

Von dort war der Schrei gekommen. Er musste nicht lange suchen. Inzwischen hatte sich eine große Menschentraube am Anlegesteg gebildet. Jeder im Dorf hatte seine Arbeit liegen gelassen und war dem Schrei gefolgt.

Talon schob sich zwischen den Schwarzen hindurch, die ihm bereitwillig Platz machten. Selbst wenn sie in all den Jahren etwas Vertrauen zu ihm gefasst hatten, hielten die meisten doch einen respektvollen Abstand zu ihm ein.

Irgendwann war der Weiße in ihrem Dorf aufgetaucht. Wild, unbeherrscht. Fast, als sei er ein Tier aus jener Savanne, aus der er gekommen war. Doch er hatte kostbare und unbekannte Gegenstände bei sich gehabt. Zumeist antiken Schmuck, dessen Herkunft sich keiner der Einheimischen erklären konnte. Da er ihn nur gegen einfache Tongefäße oder Wasserbehälter eintauschte, waren die Händler im Dorf gerne bereit, ihn zu akzeptieren. Seitdem Talon erschienen war, hatten es viele von ihnen zu einem bescheidenen Wohlstand gebracht, um den sie viele Bewohner der umliegenden Ortschaften hier am Fluss beneideten.

Viele hatten versucht, ihm zu folgen, um an die Quelle der

Reichtümer zu gelangen. Doch sobald sie ihm in die Savanne folgten, stellten sich ihnen Löwenrudel in den Weg. Versuchten sie ihnen auszuweichen, folgten ihnen die Raubkatzen unbeirrt. Immer mit der gleichen Distanz, um eine unausgesprochene Warnung zu verkünden.

Irgendwann hatten die Dorfbewohner entnervt aufgegeben und einfach akzeptiert, dass der Weiße auftauchte und wieder verschwand.

Allein die Flusshändler mit ihren langen schmalen Kähnen hatten im Lauf der Zeit etwas engeren Kontakt zu ihm knüpfen können. Sie hatten Talon oftmals den Fluss entlang in abgeschiedene Gegenden gebracht, die zu Fuß wochenlange Reisen bedeutet hätten.

Jounde Kamesi war einer von ihnen.

Entsetzt kniete er neben seinem Partner und hielt dessen in verkrampfter Haltung am Boden liegenden Körper fest. Er suchte nach einem augenscheinlichen Lebenszeichen, doch solange er auch auf dem Mann am Boden einredete, es erfolgte keine Reaktion.

„Nekele ...", flüsterte er nur tonlos. Neben ihm stand die Frau, die gerade bei ihnen einkaufen wollte, als sein Partner zusammengebrochen war. Sie wich langsam einen Schritt nach dem anderen zurück, konnte sich aber nicht von dem Anblick losreißen. Ihre Beine weigerten sich, einfach wegzurennen.

Talon trat in den Kreis, den die Bewohner um den Händler gebildet hatten. Besorgt legte er Jounde seinen Arm auf die Schulter.

„Jounde, was ist geschehen?"

„Talon! Es ist –", stammelte der Händler verwirrt. „Nekele, er ist tot!"

Er deutete auf die Frau, die noch immer an ihrem Platz verharrte.

„Du hast doch genau gesehen, was mit ihm passiert ist, Frau!"

„Doch, doch", löste sich die junge Frau aus ihrer Erstarrung. „Er hat sich etwas in den Mund gesteckt. Dann haben wir um dieses Gemüse gefeilscht. Mit einem Mal hat er geschrien und die Augen verdreht. Und – dann fiel er um."

Jounde schüttelte nur den Kopf.

„Ich war gerade dort, am anderen Ende des Bootes und habe Kunden bedient ...", sprach er mehr zu sich selbst. Talon ging neben dem älteren Mann, dessen arabischer Einschlag in seinen

Gesichtszügen unübersehbar war, in die Knie und betrachtete dessen toten Partner. Dieser hatte die Glieder unnatürlich angewinkelt. Seine Augen starrten verdreht ins Nichts. Aus dem rechten Mundwinkel löste sich ein weißlicher Schaum.

Talons Augen verengten sich zu schmalen Schlitzen Er öffnete die geballte rechte Hand des Mannes. Aus den kräftigen Fingern entwand Talon etwas, das auf den ersten Blick wie ein helles Stück Brot aussah. An der einen Seite war ein Stück heraus gebrochen.

Jounde ließ sich neben Talon nieder.

„Hast du etwas gefunden?", fragte er den Weißen, der den Fund sehr genau betrachtete. Talon brach aus dem Stück eine kleine Ecke ab und kostete sie mit der Zungenspitze. Künstliche Aromastoffe, die einen penetranten chemischen Geschmack zu überdecken versuchten. Einen Geschmack, der ihn an etwas erinnerte, das er selbst einmal eingenommen hatte.

Angewidert spuckte Talon die kleine Probe aus und wandte sich an Jounde.

„Weißt du, was das ist?"

Er hielt ihm das kleine Stück entgegen. Jounde war verwirrt.

„Hm - ja, - nein!"

Talon richtete sich auf und sah den Händler nachdenklich an.

„Es bringt den Tod, Jounde. Jemand mischt hier Stoffe miteinander und stellt Drogen her – Drogen mit einer tödlichen Wirkung."

Eindringlich sah er den Flusshändler an.

„Jounde, woher hatte Nekele das hier?"

Der ältere Mann sah ihn erschrocken an.

„Nein, Talon!" Seine Arme zeichneten hilflose, erklärende Gesten in die Luft. „Daran kann es doch nicht - verdammt, Nekele hatte seit Wochen schon Schmerzen. Aber wir konnten uns einfach keine Medizin leisten. Bei unserem letzten Besuch in Kisijani waren wir in der Bar. Und der Wirt, er sagte, er könne was für uns tun. Er gab Nekele diesen ... Keks da. Er sagte, das würde helfen. Und es sei ein Geschenk des Hauses."

Der Händler kämpfte mit den Tränen.

„Das ist gerade gestern passiert. Nekele hat es sofort probiert und gemeint, er fühle sich jetzt viel besser. Seitdem hat er immer wieder etwas davon genommen. Aber bisher ging doch alles gut!"

„Vielleicht war es dieses Mal etwas zuviel, Jounde", erklärte Talon ernst. Er sah, wie der Händler mit dem gerade Gehörten kämpfte. Die Menschen, die aufmerksam zugehört hatten und nichts von dem verpassen wollten, was hier geschah, nahm er kaum wahr.

„Jounde", fuhr er fort. „Bring mich zu ihnen. Du willst doch, dass Nekeles Tod gesühnt wird?"

„Ja - ja!", antwortete ihm der Händler zögernd. Er schüttelte langsam den Kopf, die Hände an die Schläfen gelegt.

„Aber, bei Allah, ich verstehe das nicht! Wieso -?"

Er verstummte und betrachtete seinen toten Partner. Die Dorfbewohner hielten weiter Abstand. Natürlich kannte man die Händler. Aber mit diesem Vorfall wollte niemand etwas zu tun haben. Keiner wollte, dass sich die Miliz damit befasste und irgendein Verdacht am Dorf hängen blieb.

Talon konnte die Gedanken der Menschen fast körperlich spüren. Dennoch ging er auf den Dorfältesten zu und legte ihm die Hand auf die rechte Schulter. Sie kannten sich schon lange und er hoffte, dass der alte Mann ihn nicht enttäuschte.

„N'game, Freund – kannst du dafür sorgen, dass dem Toten alle Ehren zukommen?"

Der hagere alte Mann stützte sich auf seinen Stab und lächelte Talon still an.

„Natürlich, Löwengeist. Du kannst dich auf mich verlassen."

Talon zuckte bei diesem Namen unwillkürlich zusammen. Bei den alten Menschen in dieser Gegend waren die Legenden und Erzählungen noch immer sehr lebendig. Viele von ihnen hatten ihre eigene Erklärung gefunden, warum Talon bei ihnen aufgetaucht war.

Er hatte nicht wirklich Angst vor ihren Vorstellungen. Ein Gefühl der Unruhe blieb aber ständig zurück, wenn sie ihn mit einem Blick betrachteten, als würden sie sein ganzes Leben kennen, Vergangenheit wie Zukunft. Vielleicht lag auch darin seine Unruhe begründet. Seine eigene Erinnerung reichte nicht weiter zurück als drei Jahre. Was davor lag, war hinter einem dunklen Vorhang verborgen. Oder es trat in alptraumhaften Bildern hervor, wenn er aus seinen Träumen aufschreckte.

Talon löste sich aus seinen Gedanken und dankte dem Dorfältesten stumm. Er trat hinter Jounde, der mit düsterer Miene am Boden kauerte, die Hände zu Fäusten geballt.

„Jounde, können wir los?", fragte er den Händler vorsichtig.

Dieser sah mit festem Blick auf. Seine Lippen waren hart aufeinander gepresst.

„Ja, Talon. Wir können."

Jounde tätigte nur noch die nötigsten Geschäfte und belud den flachen Kahn mit frischem Wasser. Talon half ihm dabei, so gut er konnte. Nach knapp zwei Stunden stiegen die beiden Männer in den Fluss und schoben das Boot aus dem flachen Bereich des Ufers in den tieferen Kanal in der Mitte des Oubangui.

Stumm stiegen sie beide in das Boot. Der flache, schmale Kahn schaukelte bei der Bewegung heftig. Jounde jedoch fing das unruhige Schaukeln des Bootes gekonnt ab und warf den kleinen Außenbordmotor an.

Nachdem sich der Motor stotternd in Bewegung setzte, tauchte der Händler die lange Stange, mit deren flachen Ende er das Boot steuerte, ins Wasser ein und lenkte den Kahn stromabwärts nach Norden.

Der Oubangui war zu dieser Jahreszeit kaum befahren. Nur selten begegnete den beiden Männern ein anderes Boot oder einer der wenigen Kutter in dieser Gegend.

Jounde grüßte sie nur knapp. Stoisch lenkte er das Boot durch die Untiefen des Flusses. In den letzten Stunden erhob sich zu beiden Seiten des Ufers der üppige Dschungel, der die trockene Savanne schnell verdrängte. Umgestürzte Bäume hingen halb in das Wasser, so dass der Händler gezwungen war, langsam an ihnen vorbeizufahren, wollte er nicht riskieren, durch einen Zusammenprall mit einem der Baumriesen den dünnen Rumpf des Bootes zu beschädigen.

„Weißt du noch", unterbrach er plötzlich die Stille, „wie wir uns das erste Mal trafen?" Jounde verzog die Lippen zu einem schwachen Grinsen. „Nekele wollte dich fast erschlagen, weil er dich für einen Waldgeist hielt."

„Nicht nur er, mein Freund", entgegnete Talon, der erleichtert registrierte, wie sich der Händler aus seiner inneren Starre löste. „Viele der Menschen hier wären froh, würde ich wie ein Geist auch einfach wieder verschwinden!"

Der alte Händler nickte leicht.

„Für mich warst du nur ein Wilder. Ein Weißer, der etwas zu lange in der Sonne gelegen hatte. Der nicht wusste, wohin mit all seinen Goldstücken und Edelsteinen!"

Mit der flachen Hand schlug er heftig gegen den Motor, der anfing, spuckende Geräusche von sich zu geben.

„- und wie ich versucht habe, ah -", der Motor lief wieder ruhiger, „dich übers Ohr zu hauen, um den Ort zu erfahren, von wo du die Schätze hattest."

Talon grinste.

„Und wie ich euch angedroht habe, euch die Hoden abzubeißen, solltet ihr mir folgen ..."

Joundes Miene verfinsterte sich augenblicklich.

„Es war eine gute Zeit, die letzten zwei Jahre."

Er blickte Talon unverwandt an.

„Ich habe nie verstanden, wie schnell du die verschiedenen Dialekte hier gelernt hast. Selbst ich tue mich damit heute noch schwer. Sicher, dass du nicht von hier bist, kann keiner übersehen. Trotzdem - manchmal scheinst du mehr in diese Region zu passen als ich."

Er strich sich über seinen Kinnbart und legte den Zeigefinger der rechten Hand an die Spitze der hakenförmigen, schmalen Nase.

„Deine Geschichte, Löwengeist ...", er verwendete diese Bezeichnung voller Absicht, „deine Geschichte. Ich würde sie eines Tages gerne ganz hören."

Talon sah über die vordere Spitze des Bootes hinweg in das Dickicht des Dschungels. Die undurchdringliche Wildnis schien ihm selbst leichter zu durchschauen als seine eigene Vergangenheit.

Am späten Nachmittag des nächsten Tages verbreitete sich der Fluss allmählich. Leichte Dunstschwaden lagen über dem Wasser und machten das Atmen schwer. Überall hing die Feuchtigkeit des Gewitters, das noch vor kurzem über die Flussebene gezogen war. Das hellbraune Wasser reflektierte mit jedem Wellengang das Sonnenlicht mit der Intensität von Tausenden kleiner Diamanten, deren Glitzern in den Augen der Männer im Boot schmerzte.

Der Verkehr nahm nun immer mehr zu. Ein ständiges Tuten und Rufen von Stimmen übertönte den Lärm zahlreicher Vogelschwärme, die auf der Suche nach etwas Essbarem den Abfall der Schiffe und Boote erwarteten.

Das schmale Boot schaukelte heftig im Fahrwasser der größeren Schiffe. Jounde sah sich nun aufmerksam um. Kisijani war nicht mehr als ein kleines Kaff am oberen Oubangui, doch die Lage machte es zu einem wichtigen Knotenpunkt für den Schiffverkehr auf dem Strom, der Afrikas Mitte mit Leben erfüllte.

Hinter den baufälligen Landestegen für Kutter lag das flach auslaufende Stück Ufer, das für Boote wie seines bestimmt war. Ihre Landung erregte unversehens eine Unruhe unter den Fischern und Händlern.

Zahlreiche Finger wiesen auf Talon. Missbilligende Blicke mischten sich mit amüsierten, während sich die Gespräche offensichtlich um ihn drehten. Jounde versuchte vergebens, die umstehenden Menschen abzuwimmeln, also griff er in eine Kiste und holte etwas hervor.

„Talon, wirf' dir lieber diesen Umhang über. Auf einige der Menschen kann deine knappe Bekleidung - unzüchtig wirken. Wir sind jetzt in der Stadt."

Talon sah den Händler belustigt an, erkannte aber an dessen Blick, wie ernst es ihm damit war. Er nahm den hellbraunen Umhang entgegen und warf ihn sich über die Schulter. Mehrere der Männer ließen noch immer abfällige Bemerkungen fallen. Doch die meisten schienen nun beruhigter zu sein und ließen die beiden Männer in Ruhe.

Sie zogen das Boot so weit wie möglich aus dem Wasser. Der Händler führte einen kurzen Dialog mit einem der Männer, die untätig auf einer Mauer saßen, und schob dann Talon auf den staubigen Weg in Richtung Stadt.

„Sag mir, wo ich die Bar finde", wandte sich Talon unvermittelt an Jounde.

„Natürlich. Wir sind gerade auf dem Weg da hin. Gleich da vorne, die ‚Taverne Noir'!" Der Händler wies auf eine Baracke am Ende des schmalen Pfades.

„Ich bring dich hin."

Talon legte Jounde die linke Hand auf den Unterarm.

„Nein, Jounde! Ich werde allein gehen."

„Aber ...", begehrte der Händler auf.

„Dich kennen sie. Und ich brauche dich als Verstärkung, falls es ernster werden sollte."

„Du fällst hier auf, wie ... wie ein Weißer in Afrika!" Jounde fiel kein besserer Vergleich ein.

„Richtig", stimmte Talon ihm zu. „Und genau das ist mein Vorteil. Sie werden nicht wissen, wie sie auf mich reagieren sollen."

Der Händler wollte noch einmal aufbegehren, musste aber feststellen, dass er Talons Vorhaben nicht umstoßen konnte. So verständigten sie sich darauf, dass Jounde am Hafen auf alles Ungewöhnliche achten solle. Talon war froh, dass sich der Händler so einfach beruhigen ließ. *Sein* Partner war es gewesen, der vorgestern gestorben war. Und Talon konnte nur zu gut nachvollziehen, was in dem älteren Mann vorging.

Er folgte der schmalen Gasse in der angegebenen Richtung. Hier im Hafenbereich war kaum eine der Unterkünfte aus Ziegeln oder Stein errichtet worden. Die meisten waren einfache, aus Wellblech zusammengezimmerte Behausungen, an denen das feuchte Wetter zahlreiche Rostspuren hinterlassen hatte. Müll und nutzloser Trödel stapelten sich in den Seitengassen. Ein beißender Geruch nach Fischabfällen und billigen Chemikalien hing über allem.

Das Geschrei von Kindern übertönte den schwächer werdenden Lärm des Hafens. Sie hatten sich inmitten des Abfalls ihr eigenes Reich geschaffen und tobten über die lehmigen, von Reifenspuren und Schlaglöchern gezeichneten Straßen. Sie sahen Talon mit großen Augen nach, als er an ihnen vorübergegangen war, vergaßen ihn aber so schnell wie er gekommen war. An eine Hauswand war eine abgemagerte, braun-weiß gescheckte Ziege gebunden, die das Spiel der Kinder mit einem leicht säuerlichen Meckern quittierte.

Endlich hatte er sein Ziel erreicht. Dass eine Wellblechhütte den Schneid hatte, sich „Bar" zu nennen, erlebte Talon nicht zum ersten Mal – nur selten war ihm eine schon auf den ersten Blick so verkommen erschienen wie diese hier.

Über eine einfache Treppe aus zwei grob genagelten Brettern erreichte er eine in das Blech geschnittene Tür. Er schob die Schnüre aus verwobenem Schilfrohr zur Seite, die einen Vorhang bildeten, und fand sich unvermittelt in einem heißen dunklen Loch wieder. Als Theke diente ein schweres Holzbrett, das an jedem Ende auf einem Ölfass auflag. Im schattigen Hintergrund konnte Talon mehrere große Bierfässer erkennen. Die Wände waren ruß- und teergeschwärzt, bedeckt von einer Schicht klebrigen Staubs. Es war offensichtlich, dass die „Taverne Noir" ihrem Namen gerecht wurde. Und dass sie nicht zu den beliebtesten Kneipen in Kisijani gehörte.

An einem der wenigen grob gezimmerten Tische saßen zwei Männer, die sich leise mit dem Wirt unterhielten.

Sobald Talon jedoch den Raum betreten hatte, brachen die Männer abrupt das Gespräch ab und musterten ihn eindringlich.

Der Wirt unterbrach die plötzliche Stille. Er erhob sich aus seiner gebeugten Haltung und ließ unter seinem kurz geschorenen, aber dichten Bart seine strahlenden Zähne aufleuchten.

„Hallo, weißer Mann! Kann ich Ihnen helfen? Haben Sie sich vielleicht verirrt?"

Talon behielt die beiden Männer am Tisch im Auge, während er den Türeingang hinter sich ließ. Sie machten sich nicht einmal die Mühe, unauffällig zu wirken. In angespannter Haltung warteten sie ab und musterten den neuen Gast.

„Ich suche jemanden", ging Talon auf die Frage des Wirts ein.

„Und wen?", hakte dieser nach, die Hände nun auf die Tischplatte gestützt.

Talon griff unter seinen Umhang und achtete genau darauf, ob einer der Männer eine unvorsichtige Bewegung machte. Er zog aus seinem Lendenschurz das kleine weiße Teil in Form eines eckigen Kekses und hielt es zwischen zwei Fingern.

„Die Männer, die Dreckszeug wie dieses verteilen. Es hat einen Freund von mir getötet!"

Mit einer abschätzigen Handbewegung warf er die Droge zwischen die Männer auf die Tischplatte.

„Elender Schnüffler", knurrte der Mann zu seiner Linken auf und griff unter den Tisch. Seine Hautfarbe war deutlich heller als die der Menschen in diesem Land. Talon hielt ihn für einen Südeuropäer. Über seinem schwarzen T-Shirt trug er ein dünnes schmutziges Hemd.

„Evangeliste, nein!", wollte ihn der andere aufhalten und legte seine Rechte auf den Unterarm des Mannes.

Der Angesprochene ließ sich jedoch nicht beirren und riss unter dem Tisch einen Revolver hervor. Der Arm mit der Schusswaffe zuckte nach oben. Talons Reflexe überraschten die Anwesenden völlig. Mit seinem ganzen Gewicht hob er den Holztisch an und drückte ihn gegen die Männer. Gläser zersprangen klirrend auf dem lehmigen Boden.

Auf ihren Stühlen kippten die Männer nach hinten. Der Bewaffnete zog noch reflexartig den Abzug des Revolvers durch. Weit über Talon sirrte die Kugel hinweg und bohrte ein Loch in das zerfallene Wellblech der Decke. Sofort setze Talon nach und hieb mit einem Schlag auf den Arm des Schützen. Mit einem Schrei ließ dieser die Waffe fallen.

Wie eine Raubkatze schnellte Talon auf den Mann zu und riss ihn am Kragen in die Höhe.

„Elender Drecksack! Sag mir, woher ihr das Zeug habt!", presste er wütend hervor. Der Mann namens Evangeliste zappelte in seinem festen Griff und versuchte vergeblich die Umklammerung zu lösen.

Plötzlich legte sich eine schwarze Pranke auf Talons rechte Schulter. Aus den Augenwinkeln nahm er einen riesigen dunklen Schatten wahr, der auf einen Ruf des Wirts hin aus dem hinteren Bereich der Bar geeilt war.

Der schwarze, kahlköpfige Hüne schleuderte Talon wie eine Puppe zu Boden. Trotz seiner massigen Gestalt setzte er sofort nach. Ein schwerer Hieb erwischte Talon am Kinn. Er kippte über einen Tisch hinweg und blieb einen Augenblick besinnungslos zwischen den Stühlen liegen, die er mitgerissen hatte.

In der Zwischenzeit kümmerte sich der Wirt um die beiden Männer am Tisch.

„Verschwindet, ihr Idioten. Falls die Miliz auftaucht, will ich euch hier nicht mehr sehen! Battu wird sich um den Weißen kümmern. Ich setze mich mit euch in Verbindung. Und jetzt – haut ab!"

Evangeliste wollte noch kurz aufbegehren, wurde aber von seinem Kumpan mitgerissen. Sie stolperten durch die Schnüre an der Tür und verschwanden im Freien.

Talon lag am Boden. Sein Kopf klärte sich wieder, während er sich das Blut von der Lippe wischte. Er wusste, dass er sich gegen dieses Kraftpaket auf keinen langen Kampf einlassen durfte. Seine Rechte griff nach einer Stuhllehne. Noch im Schwung riss Talon den Stuhl nach oben und ließ ihn mit beiden Händen auf den Schwarzen herabsausen.

Der Hüne fing den Schlag mit seinem linken Unterarm jedoch mit Leichtigkeit ab. Unter dem Aufprall zerbrach das Holz in kleine Stücke. Und wieder zuckte der gewaltige Schwarze vor und packte Talon bei den Hüften. Seine Arme legten sich wie ein Schraubstock um den Weißen. Talon stöhnte auf. Er spürte, wie die Luft aus seinem Körper gepresst wurde. Hastig packten seine Hände den Kopf des Hünen und versuchten ihn zur Seite zu drehen.

Dieser drückte unbeirrt zu. Er spürte, wie das Leben aus seinem Opfer entwich und die Kraft langsam nachließ. Talon brannte die Luft in der Brust. Verzweifelt holte er zu einem letzten Schlag aus. Mit voller Wucht schlugen die Knöchel seiner rechten Faust gegen die Schläfe des schwarzen Riesen.

Wie vom Blitz getroffen brach der Hüne zusammen. Kraftlos sackte Talon neben ihm zu Boden. Nur schwer kam er wieder zu Atem. Bunte Kreise tanzten vor seinen Augen. Und aus einem dieser Kreise formte sich eine dunkle Mündung.

Matt hob er den Kopf an und blickte in den Lauf des Revolvers, den Evangeliste fallen gelassen hatte. Über die Kimme sah er in die Augen des Wirts, der ihn kühl anvisierte.

„Keine falsche Bewegung, Weißer!"

Er streckte den Arm durch und zielte direkt auf Talons Kopf.

„Pech für dich – aber es wird so aussehen, als ob sich während des Kampfes ein Schuss gelöst hat!"

Benommen hörte Talon das Klicken des Revolvers.

Die Mündung der Waffe schälte sich wie eine dunkle Sonnenscheibe aus dem Schleier, der seinen Blick vernebelte. Dahinter leuchteten die Augen des Wirts, die sich ohne ein Zeichen von Unsicherheit auf dem Eindringling festbrannten.

Talon verharrte in der Hocke und stützte sich mit seiner linken Hand auf dem lehmigen Boden der Bar ab. Noch immer fiel es ihm schwer, Luft zu holen. Der Kampf mit dem schwarzen Hünen, der regungslos neben ihm am Boden lag, hatte seine ganze Kraft gekostet.

„Talon! Die beiden Männer -!"

Ein Schatten schob sich durch die Türöffnung der Wellblechhütte. Klackernd tanzten die Schnüre aus Schilfrohr um die Gestalt. In dem Zwielicht erkannte Talon Jounde. Überrascht fuhr der Wirt herum und starrte auf den Ankömmling. Unbewusst richtete er seinen Arm mit dem Revolver auf den Händler.

Talon versuchte die Nebel in seinem Kopf zu klären. Ihm blieben nur Bruchteile von Sekunden, um zu handeln. Seine

Beine spannten sich an. Er schnellte aus der kauernden Haltung und sprang auf den Wirt zu. In ihm brach eine Wildheit hervor, die sein bewusstes Denken wie welkes Laub beiseite fegte.

Noch bevor der kräftig gebaute Wirt handeln konnte, erwischte ihn Talons harte Rechte mit voller Wucht im Gesicht. Der Kopf des Schwarzen flog zur Seite. Er taumelte benommen gegen eine der hölzernen Streben, die das löchrige Wellblechdach stützten. Heftig keuchend riss er den Arm mit der Waffe hoch und wollte den Abzug durchdrücken.

Talon setzte jedoch sofort nach. Alle Benommenheit war von ihm gewichen. Ein leises Knurren drang über seine Lippen. Schlag um Schlag traf den Wirt, der zu keiner Gegenwehr mehr fähig war.

Erst als der Revolver polternd zu Boden fiel, hielt Talon in seiner Wut inne.

Bewusstlos sank der Körper des Wirts an der verschmierten Wand zu Boden. Sein Kopf sackte zur Seite. Blut lief über die dunkle Haut und tränkte sein weißes Hemd.

Heftig atmend richtete Talon sich auf. Der wilde Glanz wich langsam aus seinem Blick. Er betrachtete das Blut, das an seinen Fäusten klebte.

„Bei den Göttern!", unterbrach Jounde die Stille. Erschrocken war er einen Schritt zurückgewichen und hatte dabei den linken Arm angehoben, wie um sich vor dem Geschehenen zu schützen.

„Talon, was ist passiert?", stieß er hervor. „Ich habe die beiden Männer herausrennen sehen, die Nekele die Drogen geschenkt haben."

Jounde machte eine kurze Pause. Leicht schüttelte er den Kopf „Ich wollte eigentlich nur nachsehen, ob du vielleicht meine Hilfe brauchst –"

Sein Blick wanderte durch den im Dämmerlicht liegenden Raum. Kaum eines der wenigen Möbelstücke war bei dem Kampf verschont worden. In der Mitte zeichnete sich die große Gestalt des hünenhaften Gehilfen ab, der wie der Wirt noch immer am Boden lag.

Jounde kratzte sich gedankenversunken an seinem Kinnbart.

„- aber wie ich sehe, bis du auch ohne mich ausgekommen ..."

Talon streckte seinen Körper. Sein Kopf hatte sich endgültig geklärt. Er atmete tief durch und wischte sich das Blut von der

Lippe, das noch leicht aus einer kleinen Wunde sickerte.

„Jounde, wohin sind die Männer geflohen?"

Der Händler sah den Weißen ernst an und wies mit dem Daumen hinter sich ins Freie.

„In Richtung Anlegestelle, soweit ich es sehen konnte Ich war schon auf halbem Weg hierher, weil ich es am Fluss nicht mehr ausgehalten hatte."

„Dann müssen wir ihnen nach – sofort!", erklärte Talon und schritt auf die Tür zu.

„Ja, und ... was geschieht mit den beiden hier?", hakte Jounde nach, während er Talon nach draußen folgte.

Talon warf ihm einen kurzen Blick über die Schulter zu.

„Ruf' die Behörden an, sobald ich weg bin. Das ist deren Angelegenheit. Ich denke, sie werden nicht begeistert davon sein, dass hier illegal mit Drogen gehandelt wird."

Der Kampf in der Bar war nicht unbeachtet geblieben. Mehrere Menschen waren durch den Lärm und die Schüsse aufmerksam geworden. Sie hatten sich in gewissem Abstand um die schäbige Hütte versammelt und wussten nicht, wie sie sich verhalten sollten. Als Talon aus dem Schatten der Hütte trat, ging ein Tuscheln und Raunen durch die Menge. Seine Erscheinung wirkte so fremdartig, als sei er aus einer anderen Zeit oder einer anderen Wirklichkeit.

Er überragte die meisten Menschen um mehr als einen halben Kopf. Das rotbraune Haar leuchtete wie Kupfer in der intensiven Sonne. Doch die Tatsache, dass ein Weißer mit nicht mehr als einem groben Lendenschurz bekleidet durch ihre Stadt zog, irritierte die Menschen am meisten.

Talon beachtete sie nicht weiter. Er blickte kurz in Richtung Fluss und hastete los. Aus dem Augenwinkel sah er, wie Jounde ihm folgte. So schnell sie konnten, eilten sie den beiden flüchtigen Männern durch die staubige Straße nach. Viele der Passanten hielten in ihrer Bewegung inne und sahen ihnen verwundert nach.

Binnen weniger Minuten hatten sie die Anlegestelle am Fluss erreicht. Sie gerieten mitten in einen Tumult. Zahlreiche Männer gestikulierten mit heftigen Bewegungen und sprachen wild durcheinander. Ein Fischer hielt sich die linke Schulter, an der das Blut in breiten Bahnen herablief. Gestützt wurde er von zwei jungen Männern, die beruhigend auf ihn einsprachen.

Jounde legte einem der Anwesenden von hinten den Arm auf die Schulter.

„Eh, was ist hier geschehen?"

Der Mann drehte den Kopf. Auf seiner Halbglatze glänzte Schweiß. Die langen, von grauen Strähnen durchzogenen Haare klebten wirr an der Seite.

Er atmete heftig und schien sich nicht zu beruhigen.

„Zwei Männer –", setzte er an, „ – sie kamen hierher, nahmen sich ein Boot -"

Er zeigte auf die flachen Auslegerboote, die viele der Händler auf dem Oubangui benutzten. Sie tanzten leicht auf dem brackigen Wasser des Flusses.

„- und schossen um sich, als wir sie daran hindern wollten!"

Wütend ballte er seine Faust und reckte sie in Richtung des Fluss.

Talon trat nach vorne an das äußerste Ende eines Anlegestegs, der für die größeren Boote vorgesehen war. Sein Blick richtete sich auf das andere Ufer, wo er im Dickicht des Ufergestrüpps zwei Schemen vor dem wabernden Grün des Dschungels ausmachen konnte.

„Sind sie das da hinten?", fragte er unvermittelt.

Der Schwarze folgte seinem Blick und sah ihn verwundert an. Etwas mehr als hundert Meter von ihnen entfernt tanzte ein schmales Boot über die trägen Wellen des Oubangui. Leise war das Geräusch des Außenbordmotors zu hören.

„Ja, verdammt!"

Mehrere Männer, die die Flüchtenden beobachteten und ihnen wütende Flüche nachschickten, hatten sich um sie versammelt.

„Aber warum legen sie da drüben schon wieder an? Wir haben sie ziehen lassen", wandte er sich an Talon. „Drei Verletzte reichen uns!"

Jounde trat an Talon heran. Seine Stimme bebte vor Erregung.

„Talon, wir müssen ihnen nach!"

„Nein, Jounde", entgegnete ihm der Weiße ruhig. „Im Boot bieten wir ihnen ein zu gutes Ziel."

Er trat einen Schritt vor an das äußerste Ende des Piers aus kräftigen, grob behauenen Holzstämmen. Sein Blick richtete sich auf das andere Ufer des Flusses.

„Ich gehe allein."

Ohne auf Joundes heftigen Widerspruch zu reagieren, spannte Talon seinen Körper an und sprang in den Fluss. Sein Körper durchschnitt die Luft in einem weiten Bogen, dann tauchte er in den hellbraunen Strom ein, der sich behäbig durch die Landschaft wand.

Talon blieb so lange wie möglich unter Wasser. Mit kräftigen Schlägen legte er Meter um Meter in der trüben Umgebung zurück. Der aufgewirbelte Schlick machte es ihm schwer, etwas zu erkennen. Wasserpflanzen wehten wie in einem leichten Wind, als er an ihnen vorbeischwamm. Ihre dünnen, fasrigen Arme drehten und wanden sich im unruhigen Wasser.

In Höhe der Flussmitte tauchte er zur Oberfläche empor und setzte seinen Weg mit kräftigen Kraulzügen fort. Er wusste, dass Eile geboten war, wollte er die Spur der Männer nicht verlieren. Sein Blick heftete sich auf das undurchdringliche Dickicht des Dschungels am anderen Ufer.

In dem Labyrinth aus Blättern und Lianen ließ sich keine Bewegung ausmachen. Talon konnte nicht erkennen, ob die Männer hinter dem nächsten Baum lauerten oder sich bereits tief in den Dschungel abgesetzt hatten.

Sein Instinkt riet ihm, vorsichtig zu sein. Es war fast so, als könne er den Blick der Männer auf seiner Haut spüren. Er hielt sich im Schatten der tief herabhängenden Blätter großer Stauden versteckt und näherte sich dem Ufer. Seine langsamen Schritte schoben sich über den weichen Boden des Flussbetts. An dieser Stelle gab es kaum eine Gelegenheit an das Ufer zu gelangen, ohne sich durch dichtes Unterholz oder an den breit ausladenden Wurzeln der schlanken Bäume vorbeikämpfen zu müssen.

Keine zehn Meter vor ihm lag das schmale Boot, nur nachlässig die flache Uferböschung hochgezogen. Direkt dahinter verschluckte das Dämmerlicht des Dschungels jede Bewegung. Ab und zu kreischte ein Vogel hell auf.

Talon wischte sich das Wasser aus dem Gesicht und stieg aus dem Fluss. Er kletterte über den verwitterten Stamm eines umgestürzten Baumes, der von Moos und Schlingpflanzen längst überwuchert war. Der weiche Untergrund dämpfte seine Schritte.

Meter um Meter tastete er sich vorwärts, den Blick in das Wirrwarr aus Blättern und Ranken gerichtet, das sich vor ihm zu einer grünen Mauer auftürmte.

Etwas ...

Er kniff die Augen zusammen.

Seine Nase zuckte kurz vor, fast als könne er etwas wittern. Jemanden, den er nicht sah. Den er nur erahnte, fühlte.

Gefahr!

Talon sprang zur Seite. Ein Schuss bellte auf.

Dort, wo er gerade noch gestanden hatte, schlug etwas sirrend in den Boden. Die moosgrüne Erde spritzte auf. Instinktiv ließ Talon sich fallen. Eine weitere Kugel jagte über ihn hinweg und verlor sich im Dickicht.

In ihm begann ein Programm abzulaufen, tausendmal einstudiert und trainiert. Er dachte nicht darüber nach, wie er sich verhalten musste. Er ließ sich über die weiche Erde rollen, wich damit den folgenden Schüssen aus, die knapp hinter ihm den Boden zerpflügten.

Noch in der Drehung riss er sein Messer aus dem Gürtel, richtete seine Augen auf einen unsichtbaren Punkt im Geäst der Bäume und schleuderte bei der nächsten Rolle das Messer in diese Richtung.

Sirrend wirbelte die Klinge durch die Luft.

Sie verschwand im mosaikartigen Blätterdickicht, dessen Grüntöne sich im Licht der Sonne ständig veränderten.

Ein Schrei löste sich aus einem der Bäume, gut drei bis vier Meter über ihm. Das Brechen und Knacken von Ästen folgte. Zahlreiche Blätter tänzelten zu Boden. Aus dem Schatten der Zweige löste sich ein Körper. Stöhnend versuchte der Mann seinen Fall abzufangen, doch das weiche Holz gab unter seinen Bewegungen nach. In seinem linken Oberschenkel steckte die Klinge eines Messers. Die Wunde färbte die umliegende Stelle der Hose bereits dunkel. Fluchend stürzte der Mann den letzten Meter auf die Erde. Beim Sturz verlor er das Gewehr, das er die ganze Zeit noch verkrampft in der rechten Hand gehalten hatte.

Ein unterdrückter Schrei voller Schmerzen löste sich von seinen Lippen.

Seine Linke presste sich gegen die Stelle an seinem Bein, in der tief das Messer steckte.

Es war der Mann, den Talon als ‚Evangeliste‘ in der Bar von Kisijani kennen gelernt hatte. Mit schmerzverzerrtem Blick befreite er sich von mehreren kleinen Ästen, die ihn bei seinen

Bewegungen behinderten.

Seine Augen richteten sich wuterfüllt auf den halbnackten Mann, der sich nun aus seiner bisherigen Position löste und auf seinen Gegner zuhastete.

„Verfluchter Hurensohn", keuchte Evangeliste, „Ich hätte dich gleich in der Bar abknallen sollen!"

Trotz seiner Lage, die ihn stark behinderte, riss er das Gewehr mit einer flüssigen Bewegung wieder an sich und richtete den Lauf auf Talon. Schweiß und Dreck liefen ihm über die hohe Stirn. Im Rücken spürte er den festen Stamm eines Baumes. Er schob sich an ihm in die Höhe, um einen besseren Stand zu haben.

Sein Finger zog den Abzug durch. Die erste Kugel fauchte an Talons Kopf vorbei. Doch noch bevor der Verbrecher einen weiteren Schuss abgeben konnte, war sein Gegner mit raubtierhafter Geschwindigkeit direkt vor ihm.

Ein Hieb mit dem linken Arm schlug das Gewehr beiseite. Evangeliste sah nur einen Schatten vor seinen Augen, dann zerschmetterte etwas mit aller Wucht seinen Hals. Mit gebrochenem Genick kippte er vornüber zu Boden, die Augen ungläubig in die Ferne gerichtet.

Talon nahm sich nur einen Augenblick Zeit, um sich vom Tod seines Gegners zu überzeugen. Seine Muskeln spannten sich wieder an, während die Augen das Unterholz sondierten. Er suchte den zweiten Mann, der sich bislang nicht gezeigt hatte.

Keine fünf Meter entfernt hörte er ein heftiges Atmen zu seiner Linken.

„Bei Gott ...", löste sich aus dem Dschungel eine heisere Stimme.

Angsterfüllt trat der zweite Mann, dessen Namen Talon nicht kannte, aus dem Schatten eines mächtigen Baumes, in der rechten Hand einen Revolver. Er hatte den Arm stark angewinkelt und hielt sich die Waffe nahe vor sein Gesicht

„Du bist kein Mensch", flüsterte er. „Geh' weg!"

Talon sah ihn nur voller Abscheu an und blieb stehen. Seine rechte Hand bildete eine Kralle, die sich fordernd dem Verbrecher entgegenstreckte.

„Lass den Revolver fallen", erwiderte er nur.

Der Mann reagierte nicht auf die Worte. Seine Gedanken schienen noch immer um das zu kreisen, was gerade geschehen war. Mit hölzern anmutenden Bewegungen stakste er aus seinem Versteck. Fast wäre er über eine aus der Erde hervorstehende Wurzel gestolpert. Zitternd hob er die Hand mit der Waffe und richtete sie gegen den Mann, der einfach nicht in sein Weltbild passen wollte.

„Kein Mensch ...", kam es über seine Lippen.

Talon stand hoch aufgerichtet vor ihm und bot ein leichtes Ziel. Dennoch machte er keine Anstalten, den Mann anzugreifen oder Schutz zu suchen.

„Lass ihn fallen", wiederholte er nur tonlos.

Sekundenlang standen sich die beiden Männer gegenüber. Der Schwarze hielt seine Waffe weiter auf Talon gerichtet. Immer stärker vibrierte der Revolver in der zitternden Hand. Talons Blick fraß sich in die Augen seines Gegners. Die Lippen hart zusammengepresst, löste sich ein tiefes Grollen aus seiner Kehle.

Seine Hände ballten sich zu Fäusten und lauerten auf einen Angriff.

Langsam senkte sich der Arm des Schwarzen. Er atmete heftig und starrte den halbnackten Mann mit offenem Mund ungläubig an. Nach einer scheinbaren Ewigkeit lösten sich die Finger vom metallenen Griff des Revolvers.

Er polterte mit einem dumpfen Laut auf die Erde und blieb zu den Füßen des Mannes liegen. Dieser beachtete ihn nicht mehr.

„Mutter Gottes", lösten sich die Worte tonlos von seinen Lippen. Talon reagierte sofort.

Seine rechte Hand umschloss die Kehle des Mannes und presste den Hals zusammen. Schneidend fuhr er den Schwarzen an, während sich sein Blick weiter in dessen Augen bohrte.

„Du wirst mich zu den Leuten bringen, die diese Drogen herstellen!", knurrte er wütend.

Der Schwarze röchelte und versuchte, sich aus der Umklammerung zu lösen. Talon lockerte den Griff. Die Beine des Mannes gaben nach, und so sackte er zu Boden. Keuchend griff er sich an den Hals, während er sich auf der Erde aufstützte.

„Oh nein -!", entfuhr es ihm. „Das k-kann ich nicht - tun!"

Er zuckte zurück und wollte damit etwas Distanz zwischen sich und Talon bringen.

„Sie werden mich -", setzte er an, als ihn ein Schlag mit der flachen Hand traf. Sein Kopf flog zur Seite.

Talon stand nun drohend vor ihm und sah ihn abfällig an.

„Was denkst du, werde ich tun, solltest du mich nicht hinbringen?"

„Sie verstehen nicht", begann der Schwarze eine Erklärung. „Die bringen mich um, wenn sie merken, dass ich Sie hinbringe, weil …"

Er hielt inne. Sein Blick ging zur Seite, während er nach Worten suchte. Ihm schien bewusst zu werden, in welche Lage er sich gebracht hatte. Talon riss ihn mit einem Ruck am Kragen empor und hielt ihn etwa einen Fuß über dem Boden gegen einen Baumstamm gepresst.

„Was, verdammt?", schrie er wütend. „Rede!"

Der Schwarze zappelte hilflos in der Luft. Seine Arme hatten sich um Talons eisernen Griff gelegt, ohne ihn lösen zu können. Er konnte nur schwer atmen. Heiser drangen die Worte über seine Lippen.

„Die Drogen … wir haben sie unerlaubt mitgenommen", begann er hastig. „Wir wollten unser eigenes Geschäft aufziehen und, und … da wir nicht wussten, welche von den Drogen ankommen, wollten wir sie testen …"

Talon wirbelte den Mann wie eine Puppe herum und zog ihn nahe zu sich heran, beide Hände um den Kragen seines Gegners gelegt.

„Getestet?! Wie an Tieren?"

Der Schwarze fühlte den heißen Atem auf seiner Haut. Fast glaubte er, einem Raubtier gegenüberzustehen und nicht mehr einem Menschen.

„Wie – wie denn sonst?", wollte er sich rechtfertigen. „Die, die sich gut verkauft hätten …"

Mit einem Ruck schmiss Talon ihn zu Boden. Er schenkte dem Mann keine Beachtung mehr, der sich vor Schmerzen schreiend zur Seite drehte und sich seinen Rücken hielt. Mit wenigen Schritten hatte er den Toten erreicht und zog sein Messer aus dessen Körper.

Seine rechte Hand hatte sich fest um den Griff gelegt, während er zurück zu dem Schwarzen ging, der Hilfe suchend hinter einen knorrigen Busch robbte. Talon umkreiste den Mann wie eine Raubkatze und zeigte ihm, dass es kein Entkommen gab.

„Bring mich hin", zerschnitten seine Worte die Luft. „Oder ich reiße dir das Herz raus."

Der Schwarze zweifelte keine Sekunde daran, dass sein Gegner dieses Versprechen auch umsetzen würde. Schmerzerfüllt zog er sich hoch und hielt sich die rechte Seite.

„Aber – versprechen Sie mir, mich laufen zu lass- ", setzte er an. „Ich verspreche dir, dich nicht an die Freunde des Mannes auszuliefern, den du auf dem Gewissen hast ...", erklärte ihm Talon, während er mit etwas Gras die blutverschmierte Klinge seines Messers säuberte. Seine Finger fuhren bedächtig über den Stahl, bis er sicher war, keine Unebenheit mehr zu spüren.

„ – mehr nicht", beendete er den Satz.

„Und nun los!", wies er den Schwarzen an, während er das Messer zurück in den Gürtel steckte.

Unvermittelt begannen sie den Marsch. Talon verlor keine Zeit damit, den Toten zu bestatten. Er schleuderte die Waffen in den Fluss und begutachtete das Boot. Die Männer hatten nicht mehr die Zeit gehabt, mehr als ihr Leben und die Waffen zu retten, als sie das Boot stahlen. Nachdem er kurz seinen Durst gestillt hatte, wies er den Schwarzen an ihm vorauszumarschieren.

Über Stunden führte sie der Weg durch einen kaum zu erkennenden Pfad zwischen den üppigen Bäumen hindurch. Talon hielt sich ständig zwei, drei Schritt hinter dem Mann, der sich Lasete nannte. Der Schwarze kämpfte sich zwischen den tief hängenden Lianen hindurch, die sich nur sperrig zur Seite schieben ließen. Trotz aller Umwege, die sie durch die Vegetation nehmen mussten, schien er genau zu wissen, wohin er seine Schritte lenkte.

Die Luft hing wie ein feuchter Schleier in den Ästen. Nur mühsam durchdrang das Sonnenlicht diesen immer währenden Nebel, der sich träge auf die Männer legte. In dem Dunst, der das Atmen zur Qual machte, wurde jeder Schritt zu einer weiteren Belastung. Mücken und kleine Fliegen plagten die beiden Eindringlinge, die nur langsam vorwärts kamen.

Am späten Nachmittag setzte ein heftiger Gewitterregen ein. Die momentane Abkühlung, die er sich mit führte, wich schnell wieder der alles beherrschenden Feuchtigkeit. Der Pfad führte nun leicht bergauf. Hüfthoher Farn, von dessen Enden die Regentropfen perlten, säumte die schmale Schneise.

Kein Mensch begegnete ihnen auf ihrem Weg, obwohl die

Gegend um Kisijani dicht besiedelt war. Vor Talon schob sich plötzlich eine grimmige Fratze aus dem grünen Dickicht. An einem mannshohen Pfahl steckte eine hohle Maske aus dunklem Holz, deren stilisierte Züge voller Gehässigkeit auf die beiden Männer herabblickte. Die Stirn der Maske war mit unheildrohenden roten Symbolen verziert, gesäumt von Federbüscheln. An ihrer linken Seite baumelte ein verwitterter menschlicher Totenschädel.

„Rings um das Labor sind solche Masken verteilt", erklärte ihm Lasete. „Die meisten Menschen hier glauben noch an Naturgötter", er warf Talon einen bedeutungsvollen spöttischen Blick zu, den dieser nicht erwiderte.

„T'Nuba, Gott der drei Höllen. Er hält die Landarbeiter ganz gut ab. Billiger als eine große Zahl von Wachen. Weiß' nicht, wer da drauf gekommen ist, aber der Trick funktioniert gut."

Die Sonne verlor sich mehr und mehr am Horizont.

Schnell brach die Dämmerung des frühen Abends herein und legte einen dunklen Schatten auf die wirren Muster der Äste und Zweige. Der Anstieg führte die beiden Männer auf eine kleine Anhöhe, von der der Dschungel allmählich zurückwich.

Zwischen den Wolkenschlieren schob sich die breite Sichel des zunehmenden Mondes hervor, um die Landschaft schwach zu erleuchten. Es war bereits spät am Abend, als sie den Rand einer offenen Ebene erreichten. Sie kauerten hinter zwei Büschen nieder und hielten sich im Schatten der Vegetation.

Lasete deutete auf den niedrigen Bau, der am Rande der Ebene errichtet worden war. Bis auf ein Fenster, hinter dem Schemen im Schein einer Lampe zu erkennen waren, war das Gebäude in Dunkelheit gehüllt.

„So, ich habe Sie hierher gebracht", flüsterte er Talon zu und beugte sich zu ihm vor.

„Doch jetzt verabschiede ich mich!"

Lasete rammte Talon den Ellenbogen seines rechten Arms gegen die Brust. Talon keuchte auf und taumelte zurück. Die Attacke hatte ihn völlig unerwartet getroffen. Es dauerte mehrere Augenblicke, bis er wieder auf die Füße kam.

Mit einem hastigen Satz sprang der Schwarze auf und rannte auf das Gebäude zu.

„Rico! Emanuele!", rief er durch die Nacht. „Ein Eindringling!"

Er eilte über die Ebene hinweg und achtete nicht auf den im Dunkel der Nacht verborgenen Boden. Seine Gedanken galten allein der sicheren Unterkunft. In dem Augenblick, in dem sein rechter Fuß gegen einen Widerstand stieß, wurde ihm schlagartig bewusst, was er vergessen hatte.

In niedriger Höhe war rings um die Ebene ein Draht gespannt. Lasetes Fuß hatte den Kontakt zerrissen und löste einen Alarm aus.

Heulend schepperte der blecherne Ton einer Sirene durch die Nacht. Scheinwerfer leuchteten auf, die die Ebene in ein fahles Licht tauchten.

„Oh, nein!", schreckte der Schwarze auf.

Er hielt den linken Arm vor das Gesicht, um nicht vom Licht eines der Scheinwerfer geblendet zu werden. Mit der rechten Hand fuchtelte er heftig durch die Luft.

„Hey, nein! Nicht schießen! Ich bin's, Las-"

Sein Schrei ging im Kugelhagel automatischer Waffen unter, die unvermittelt durch die Nacht bellten.

Lasetes Körper wurde von mehreren Geschossen getroffen. Kurz noch zuckte der Körper wie eine Marionette, der die Schnüre durchgeschnitten wurden, dann sackte er tot zu Boden. In das Geheul des Alarms mischte sich nun das Durcheinander verschiedener Stimmen.

Aus seinem Versteck heraus konnte Talon nur tatenlos zusehen. Einige der Kugeln waren gefährlich nahe an ihm vorbeigesirrt. Dennoch hielt er sich verborgen und wartete gespannt ab, was nun passierte.

Die Lichtkegel der Scheinwerfer blieben in einer Position. Offensichtlich waren sie fest montiert und ließen sich nicht schwenken. So konnte Talon seine Schritte genau setzen und achtete darauf, sich nicht aus dem Schatten der Büsche zu lösen.

Langsam zog er sich von der Ebene zurück.

Auf der Lichtung schnitten die Silhouetten mehrerer Männer durch die Muster der Scheinwerfer. In ihren Händen erkannte Talon deutlich die schweren Waffen, die sie bei sich trugen.

Zwei der Schatten traten auf den am Boden liegenden Schwarzen zu.

Leises Fluchen drang durch die Nacht.

Eine der Gestalten winkte mit seiner Waffe die anderen herbei und wies ihnen verschiedene Richtungen an. Offenbar waren die

Männer gut aufeinander eingespielt. Nach nur wenigen Befehlen schien jeder von ihnen genau zu wissen, was er zu tun hatte.

„Verdammt, schaltet endlich den Lärm ab!", hallte eine kräftige Stimme über die Anhöhe.

Es dauerte nicht lange, bis das ohrenbetäubende Geräusch verstummte. Talon legte sich flach auf den Boden und schob sich zwischen den Büschen hindurch aus dem Bannkreis der Scheinwerfer.

Ihm war klar, dass die Männer die Umgebung gründlich absuchen würden. Wenn einer ihrer Männer so unverhofft in die Falle stolperte, musste ihr Misstrauen geweckt sein. Er hoffte, dass sich die Situation wieder beruhigte, wenn sie ihre Suche ohne Ergebnis abbrechen mussten.

Als er sicher war, dass ihn die Scheinwerfer nicht mehr erreichen konnten, erhob sich Talon und setzte den Weg geduckt durch den Dschungel fort. Er versuchte, die Lichtung zu umgehen und von der anderen Seite an das Gebäude heranzukommen. Sein Instinkt führte ihn durch den unwegsamen dunklen Untergrund. Nahezu lautlos setzte er seinen Weg fort.

An dieser Seite fiel die Ebene leicht ab. Der Hang war spärlich bewachsen und bot nur wenig Schutz. Talon tauchte so gut er konnte in die Nacht ein. Wie ein Schemen schlich er weiter. Vor ihm waren die Streben zu erkennen, die das Gebäude am Hang abstützten.

Er löste sich aus der Silhouette der Pflanzen und schlich geduckt nach oben.

Eine Ahnung ließ ihn herumfahren.

Hinter ihm!

Ein gleißendes Licht explodierte in Talons Schädel. Der Schlag schleuderte sein Bewusstsein in einen tiefen Strudel und ließ ihn auf die Erde sacken.

Aus dem Schatten der Bäume trat eine massig gebaute Gestalt. Sie strich das Blut vom Gewehrkolben und senkte die Waffe. Ein breites Grinsen löste sich unter dem grau melierten Schnurrbart aus dem faltigen Gesicht.

„Wusste ich doch, dass ich was finde, wenn ich durch's Unterholz streife ..."

Die Schwärze umgab ihn wie eine zähe Substanz. Aus der Ferne drangen undeutbare Schemen zu ihm herüber, die kurz in sein Bewusstsein eintauchten und dann wieder im Nebel verschwanden.

Ein Schmerz durchschnitt das Nichts wie eine scharfe Klinge. Er schob sich aus der Tiefe empor und explodierte weit über ihm in einem grellweißen Licht. Er fühlte eine Bewegung – war er das selbst? -, die jäh in ihrer Freiheit behindert wurde. Kaltes, hartes Metall floss unter ihm hinweg und umhüllte ihn von unten her.

Wispernde Laute zogen Wolkenschleiern gleich über ihn hinweg. Unverständlich, viel zu dumpf, als ob der Klang nicht bis zu ihm durchdringen konnte. Dann, langsam nur, ging das Wispern in ein Dröhnen über, mächtig, beherrschend.

[Bis du sicher, dass der nicht frei kommt?]

Das Dröhnen verebbte und ließ nur Leere zurück

[Keine Sorge – die Bänder halten.], rauschten die Klänge durch seine Wahrnehmung.

[Das hast du von den Kondomen auch behauptet!]

Ein heiseres Lachen folgte, kaskadierend, wie ein Wasserfall, der durch den Fels in verschiedene Richtungen zersprengt wurde.

[Idiot!]

Gleißendes Licht explodierte in einem scharf umrissenen Kreis über ihm. Es bewegte sich leicht nach links und rechts, um dann in der Mitte über ihm zu verharren. Er spürte, wie etwas in ihm darauf reagierte und sich aus der Tiefe der Schwärze nach oben schob. Wellen von Schmerz umflossen ihn je länger das Licht sich in seine Welt brannte. Etwas in ihm weigerte sich, das Dunkel aufzugeben.

Doch er fühlte, wie er mehr und mehr aus der Dunkelheit in die Dämmerung gehoben wurde.

[Eh, er erwacht!]

Überlebensgroß schoben sich zwei gewaltige Schatten in die nun herrschende graue, schleierdurchwebte Dämmerung. Sie bewegten sich stockend hin und her, begleitet von einer Vielzahl von Geräuschen, die er nicht zuordnen konnte.

[Etwas verwirrt, hm?]

Einer der Schatten beugte sich zu ihm vor. Etwas berührte ihn am Kopf – Kopf? – und zwang ihn zu einem Reaktion.

Voller Unmut stöhnte er dumpf auf und öffnete schwerfällig

die Augen. Der helle Schein einer Tischlampe war direkt auf ihn gerichtet. Er verzog die Lippen und wandte den Kopf ab. Sein Blick fiel auf einen jungen Mann, der vorsichtig an einer Tasse nippte. Er lehnte sich lässig an die Kante eines einfachen Holztisches und sah interessiert zu ihm herüber, dann stellte er die Tasse ab.

Beide Hände steckten in den Hosentaschen einer verwaschenen Jeans. Ein Lächeln löste sich aus dem Gesicht unter den kurzen blonden Haaren. Er zog die linke Hand aus der Hosentasche und winkte mit dem Zeigefinger jemanden herüber, den Talon nicht sehen konnte.

„Ruf' Dirk", erging ein kurzer Befehl. „Unser Karnickel ist aufgewacht."

Zur Bestätigung hörte Talon einen knappen, grunzenden Laut, dann öffnete sich quietschend eine Tür, die sich kurz darauf wieder schloss.

Der junge Mann trat zu ihm herüber. Unnatürlich groß türmte er sich vor Talon auf, während er sich gegen einen Stuhl lehnte und die Arme vor der Brust verschränkte. Die interessierten Augen wichen keine Sekunde dem Blick des Gefangenen aus.

Mehr und mehr klärten sich Talons Sinne. Er nahm die harte, metallene Pritsche unter sich genauso wahr wie den muffigen Geruch des engen Raumes, in dem er sich befand. Durch die halb geschlossenen Jalousien drang kaum Licht herein. Die schmutzverschmierten Fenster hätten auch keinen freien Blick nach draußen erlaubt. Im Halbdunkel des Zimmers konnte er erkennen, dass die Wände mit Regalen zugestellt waren, deren Inhalte ihm verborgen blieben.

Unruhe erfasste ihn.

„Wer – ", stöhnte er schmerzerfüllt auf. Seine Kehle brannte bei dem Laut wie Feuer. „Wer sind Sie?", richtete er die Frage an den Mann, der den Blick nicht von ihm abgewandt hatte.

Ein Lächeln umspielte die Lippen des Weißen. Er nippte erneut an seiner Tasse und stellte sie hinter sich auf der Tischplatte ab. Leicht beugte er sich vor.

„Nun, mit Sicherheit nicht Ihr Freund.", Versonnen sah er Talon an, der nun endlich die kräftigen breiten Bänder wahrgenommen hatte, mit denen er an die Metallpritsche gefesselt war.

„Was machen Sie auch bloß hier?"

Talon zerrte heftig an den ledernen Riemen und knurrte unwillig auf, als er merkte, dass seine Kraft nicht ausreichte, sie zu zerreißen.

Die Tür auf der anderen Seite des Raums schwang quietschend auf.

„Hör' auf, dich mit unserem Gast zu unterhalten, Hoyd", klang eine kräftige Stimme zu ihm herüber.

Der Mann, der den Raum betreten hatte, verschaffte sich mit einem kurzen Blick eine Übersicht über die Lage und trat dann in den Raum ein. Er war etwas größer als der Mann, den er Hoyd nannte, und trug im Vergleich zu dessen legerer Kleidung ein helles Hemd samt Krawatte, auch wenn diese lose geschlungen um den Kragen lag. „Er wird nicht lange genug leben, um dir zu antworten", beendete er seinen Auftritt und blieb neben der Pritsche stehen.

Leicht gelockte hellblonde Haare fielen in die hohe Stirn. Grünblaue Augen musterten Talon eindringlich, dem nicht verborgen blieb, dass diesem Mann offensichtlich eine leitende Rolle zukam.

„Dieser Schwachkopf, der dich hierher gebracht hat", setzte der Mann seine Gedanken fort, während seine Finger nachdenklich über das Kinn strichen, „er hätte uns gar keinen besseren Dienst erweisen können."

Er baute sich vor Talon auf und legte die Hände an die Hüfte.

„Du scheinst ja bereits zu wissen, was wir hier draußen machen, sonst wärst du nicht mit dem Kaffer bei uns aufgetaucht. Weißt du, wir produzieren hier viel Ausschuss – Drogen, die reiner Sondermüll sind, auch wenn wir sie aus den Pflanzen der Umgebung gewinnen. Die Natur gibt hier reichlich ..."

Er lachte kurz auf und legte dann seine rechte Hand auf den Rand der Pritsche. Der Zeigefinger fuhr die harte Kante entlang.

„Sicher, wir haben Ratten und Affen, um das zu testen, aber ... ah", er warf einen kurzen Blick zu Hoyd herüber, der im Hintergrund des Raums begonnen hatte, mehrere kleine Fläschchen aus den Regalen zu nehmen.

„ – es geht doch nichts über einen aussagekräftigen Test am Endverbraucher!"

„Wir wären dann soweit", informierte ihn Hoyd. Er war durch

den Körper des anderen Mannes halb verdeckt. Talon hatte keine Möglichkeit zu erkennen, was dort geschah.

Der Anführer warf kurz einen Blick über die Schulter und verzog angewidert den Mund.

„Ah, da geh' ich lieber!" Er schenkte Talon ein joviales Grinsen. „Ich kann Spritzen nicht leiden."

Er machte einen Schritt auf die Tür zu und winkte den beiden Männern zu.

„Wir seh'n uns!"

Hoyd wartete, bis sein Chef den Raum verlassen und die Tür hinter sich geschlossen hatte.

Summend trat er neben die Pritsche und zog einen kleinen Rolltisch aus einer Ecke des Raums heran. Er übersah Talons verstärkte Versuche geflissentlich, sich aus seiner Gefangenschaft zu befreien, und setzte die Arbeit ungerührt fort.

Auf den Ablagen standen mehrere Messgeräte, die Hoyd nun anschaltete. Er nahm einige Kabel, die mit den Geräten verbunden waren, und beugte sich über den Gefangenen, der unablässig an den Riemen zerrte, die ihn fesselten. Zwei Elektroden befestigte er an Talons Stirn und Brust.

Unterhalb des linken Ohrs schob er ihm eine dünne Messnadel flach unter die Haut in den Hals. Talon schrie auf. Die Bänder knarrten in ihrer Verankerung, je wütender er an ihnen zerrte, doch sie gaben seinem Druck nicht nach. Die Pritsche schwankte leicht hin und her.

„Entspannen Sie sich einfach", forderte Hoyd ihn auf. Er war zurück an den Tisch gegangen und schloss seine Vorbereitungen ab. Als er sich Talon zuwandte, hielt er eine bis zum Anschlag gefüllte Spritze in der Hand.

Kurz hielt er sie gegen das Licht und schob den Kolben etwas nach innen. Mit den wenigen Tropfen, die durch die Luft spritzten, löste sich auch die verbliebene Luft aus der Kanüle. Zufrieden nickte der Weiße und trat an die rechte Seite der Pritsche.

„Sind Sie verrückt? Verdammt –", schrie Talon ihn wutentbrannt an.

Heftig wand er sich in den ledernen Klammern. Seine Muskeln waren bis aufs Äußerste angespannt. Die Adern drückten sich deutlich durch die Haut. Hektisch beobachtete Talon Hoyd, wie dieser vollkommen entspannt die deutlich hervortretenden Venen zufrieden zur Kenntnis nahm und mit einem antiseptischen Tuch eine Stelle an Talons rechter Ellenbeuge reinigte.

„Nicht wehren", sprach er wie ein Arzt, der seinen Patienten beruhigen wollte, auf den Gefangenen ein. „Umso mehr tut's weh!"

Er setzte die dünne Nadel an und nahm die heftigen Bemühungen des Mannes vor ihm nicht zur Kenntnis.

Aus Talons Hals löste sich ein kehliger Schrei.

Schmerzhaft drang das Metall in sein Fleisch. Er spürte, wie die Flüssigkeit aus der Kanüle langsam in ihn floss.

Ein lange nicht mehr erlebtes Gefühl der Panik überkam ihn. Hilflos wand er sich in seinen Fesseln. Sein Atem flog. Aus der Tiefe seines Bewusstseins lösten sich Bilder, uralte Erinnerungen, die kreischend nach oben drangen und die dünne Schicht seines Ichs durchstießen.

„Nein ...", stammelte er leise und fühlte, wie die Wirklichkeit vor seinen Augen verschwamm.

„Bergstrøm -!", löste sich ein verzweifelter Schrei von seinen Lippen.

June Summers genoss den frühen Vormittag.

Es war die einzige Zeit, an der sie es halbwegs ertrug, ihr Leben in diesem abgelegenen Bungalow mitten im Dschungel von Zentralafrika zu verschwenden. Die feuchte Hitze war zu dieser Stunde noch auszuhalten und erlaubte so etwas wie eine kühle Frische, die einen durchatmen ließ.

Sie räkelte sich auf einem Badetuch auf der Terrasse und war mit nicht mehr bekleidet als einem hellgrünen Bikinihöschen. Dirk schätzte es zwar absolut nicht, wenn sie sich so aufreizend präsentierte, aber sie wusste genau, er würde jeden seiner Männer kaltblütig niederschießen, der es auch nur wagen sollte, sie mit mehr als einem Seitenblick zu bedenken. Ihre langen dunkelblonden Haare waren zu einem Pferdeschwanz zusammengebunden. Trotzdem musste sie immer wieder eine kleine Strähne aus der Stirn pusten.

June hatte ihren Walkman voll aufgedreht und summte die Melodie von „the lion sleeps tonight", während sie in einem Historienroman von Diana Gabaldon schmökerte. Ab und zu nippte sie an einem Glas frischer Zitronenlimonade. Ohne diese kühlen Getränke würde sie es in dieser Wildnis keinen Tag aushalten. Schon jetzt bildete sich auf ihrer Haut eine dünne Schicht Schweiß. Die Schwüle kündigte eines der zahlreichen Gewitter an, die die Nachmittage in dieser Region heimsuchten.

Durch die Holzstäbe des Geländers warf sie ab und zu einen Blick in den Dschungel und sah hin und wieder aufgeschreckte, bunt gefiederte Vögel, die über die Baumwipfel hinwegzogen.

Das Holz der Terrasse knarrte auf. Sie hob den Kopf an und sah Dirk, der aus einem Seitentrakt des weitläufigen Bungalows kam. Er sprach gedankenversunken leise vor sich hin und nickte kurz.

„Ey, Großer!", rief ihm June zu und sprang auf.

Sie legte ihm die Arme um die Schultern und zog ihn etwas zu sich herab.

„Ich hab' dich vermisst", flüsterte sie ihm zu, während sie ihn leicht küsste. Dirk erwiderte den Kuss und ließ es gewähren, dass die junge Frau weitermachte. Ihre Lippen wanderten über den Hals bis zum Ansatz seines Hemdes. Mit einer schnellen Bewegung löste er die Krawatte und streifte sich das Hemd ab und forderte June damit auf weiterzumachen.

Seine Geliebte nahm es mit einem leichten Lächeln zur Kenntnis und setzte ihr Spiel fort.

Sie bedeckte seine Haut mit leichten Küssen, wanderte den Oberkörper hinab und widmete ihre Sorgfalt der kleinen Brustwarze, bis Dirk unterdrückt aufstöhnte. Erst dann wanderte sie weiter nach unten, während ihre Hände sanft über seine Haut strichen.

Am Bund der Hose angelangt hielt sie inne und lächelte Dirk an. Sie fuhr sich mit der Zunge über die Lippen und stand wieder auf.

Ihre Hände hörten nicht auf, seinen Oberkörper zu streicheln. June legte ihren Kopf an seine Schulter.

„Sag mal, wer ist denn der Wilde, den ihr aufgetrieben habt?", flüsterte sie ihm leise zu, wobei ihr Zeigefinger mit Dirks Brusthaaren spielte.

Dirk schnellte herum und packte das rechte Handgelenk der jungen Frau. Sie schrie unterdrückt auf und ging leicht in die Knie. Zwei kalte Augen musterten sie.

„Warum?", zischte er misstrauisch. „Interessiert er dich?"

Junes Herz schlug heftig. Immer wieder unterschätzte sie die Gefühlsausbrüche, mit denen dieser Mann reagierte. Vorsichtig löste sie sich aus seinem Griff und trat hinter ihn. Zart massierte sie seine Schultern mit ihren Fingern und drückte dabei ihren Busen gegen seine Haut.

„Hey, nicht doch ...", sprach sie beruhigend auf ihn ein. „Ich gehöre dir."

Ihre Finger strichen sanft über seinen rechten Oberarm.

„Er bietet nur etwas Abwechslung hier."

Dirk knurrte mürrisch auf und griff nach dem Glas Limonade, in dem die Eiswürfel inzwischen geschmolzen war. Gedankenversunken betrachtete er die kleinen Limonenstücke, die im Glas schwammen.

„Was weiß ich, was der Irre im Lendenschurz hier will", ging er auf die junge Frau ein. June atmete innerlich auf und schenkte ihm weiter ihre Nähe.

„Was weiß ich, warum mich Vanderbuildt gerade in so eine Gegend schicken musste", fuhr er fort und lehnte sich auf das Geländer. Sein Blick verlor sich im vielfältigen Grün des Dschungels am Fuß des Hangs.

„Ich dachte, ich bin mehr wert." Seine Gedanken schweiften nach Kapstadt ab, das er seit Monaten nicht mehr besucht hatte.

June trat hinter ihren Geliebten und drückte sich fest gegen ihn. Tröstend redete sie auf ihn ein.

„Das bist du, Großer! Das bist d - -"

Zwei Schüsse bellten auf. Die kurze Garbe aus einer Maschinenpistole folgte.

„Was zur Hölle?!", fuhr Dirk hoch und schob die junge Frau kurzerhand zur Seite. „Was geht hier vor?"

Heftig prallte der bullige Mann mit dem Rücken gegen die Wand.

Noch immer drückte er den Abzug seiner Maschinenpistole durch. Die Kugeln verloren sich weit über ihm und schlugen in das dunkle Holz der Decke ein. Das Glas seiner Sonnenbrille war gesplittert und erschwerte ihm die Sicht. Er keuchte auf und wollte sich von der Wand abdrücken.

Doch sein Gegner bewegte sich mit der Geschwindigkeit einer jagenden Raubkatze, die ihre Beute fixiert hat. Talon schwang sich über die umgestürzten Möbel und jagte auf seinen Feind zu. Die Hände zu Klauen gekrümmt, stürzte er sich auf den älteren Mann, der seine Waffe nur noch zum Schutz vor sich hob.

„Nemesis!", löste sich tief aus Talons Erinnerung ein Name, den er seinem Gegner entgegenschleuderte.

Seine Hände schlugen in den Körper des Mannes ein. Scharfe, harte Nägel durchtrennten Stoff und Haut und rissen tiefe Wunden in den massigen Oberkörper. Nur wenige Augenblicke dauerte der Kampf, dann sackte die Wache blutüberströmt in sich zusammen und kippte tot zur Seite.

Talon wandte sich langsam um.

In angespannter Haltung schlich er durch den Raum und richtete seine fiebrig glänzenden Augen auf Hoyd, der das Geschehen entsetzt miterlebt hatte. Angsterfüllt wich der Mediziner nach hinten. Er stieß gegen den Tisch seines Arbeitsplatzes und tastete sich am Rand entlang in Richtung der schmalen Tür.

„Nein!", drang es über seine Lippen.

„Hilfe! Bleib' zurück!" Die Stimme überschlug sich, während er leicht ins Straucheln geriet und an der Lehne seines Stuhls entlangrutschte. Er hatte den rechten Arm zum Schutz vor das Gesicht gehoben.

„Bergstrøm", knurrte Talon voller Abscheu.

Adrian, komm zu dir!

Das fleischige Gesicht eines Mannes mit kräftigen Backenknochen sah ihn missmutig an. Die medizinische Uniform hing faltig an dem kräftigen Körper. Mit den Händen in den Manteltaschen näherte er sich Talon.

„Was? Wer?", entfuhr es Hoyd. „N-nein ...!" Er hielt beide Hände abwehrend vor sich und schüttelte unentwegt den Kopf.

„Verdammt, komm zu di–"

Talons Schlag schleuderte den jungen Mann über den Schreibtisch hinweg. Im Fallen riss er Notizblätter und Apparaturen mit sich. Klirrend zersprangen mehrere Reagenzgläser auf dem Boden. Hoyd kippte wie in Zeitlupe von der Tischplatte und blieb in den Trümmern besinnungslos liegen.

Instinktiv fuhr Talons Kopf herum. Von draußen waren schnelle Schritte zu hören. Er sah sich kurz in dem Dämmerlicht des Zimmers um und sprang dann über mehrere Möbel zur Decke.

Zwei Männer brachen durch die Tür. Ihre automatischen Waffen hielten sie im Anschlag bereit und gaben sich gegenseitig Deckung. „Oh, verdammte Scheiße", entfuhr es einem von ihnen. Zwischen der zerstörten Einrichtung konnten sie die blutbedeckten, regungslosen Körper ihrer Kollegen ausmachen. Die Deckenlampe schwang langsam von einer Richtung in die andere und warf damit ein wirres Schattenspiel auf das Zimmer.

„Ionas", fuhr der Mann fort, „das ist 'ne Nummer zu groß für uns!"

„Quatsch!", herrschte ihn der Angesprochene an. „Mach dir nicht in die Hosen!"

Mach den Stunner klar, Chris. Das Projekt dreht durch!

Die beiden Männer in der Sicherheitsuniform hielten die stromgeladenen Elektroschocker einsatzbereit und näherten sich dem am Boden kauernden Mann wie zwei Raubtierwärter. Sie traten in die Mitte des quadratischen, leeren Raums und deckten sich gegenseitig.

Das gibt's doch nicht", flüsterte einer der Bewaffneten.

„Es gibt nur einen Weg hier raus, und das ist durch die Tür." Er machte einen Schritt zu auf die zersplitterten Jalousien. „Das Fenster ist zu! Wir hätten ihn doch sehen müssen."

Von der Decke klang ein leises Knurren, das nun intensiver wurde. Die Köpfe der beiden Männer fuhren hoch. In gespannter Haltung hatte sich Talon zwischen den im Dunkel liegenden Deckenbalken versteckt und die Eindringlinge die ganze Zeit über genau gemustert. Seine Augen leuchteten in der schwachen Beleuchtung blutunterlaufen auf.

Speichel löste sich von den gebleckten Zähnen und tropfte über die Lippen nach unten.

Ich hab' ihn! rief einer der Wärter.

Den Stunner im Anschlag hielt er den nackten Mann im Schwitzkasten. Adrian wehrte sich mit aller Kraft, doch gegen die kräftig gebauten Wachen und ihre Waffen hatte er keine Chance.

Leg ihm die Weste an!

„Schieß! Schieß einfach", brüllte Ionas seinem Freund hektisch zu und riss die Waffe nach oben.

Ein verzweifelter Schrei löste sich aus Adrians Kehle. Die Schnallen der Gummiweste schlossen sich auf seinem Rücken.

Ein wütendes Brüllen löste sich aus Talons Kehle. Explosionsartig stieß sein rechter Fuß nach vorne und schmetterte gegen das Kinn eines der beiden Wächter. Noch im Sprung drehte er sich und landete behände neben einem umgestürzten Tisch auf allen Vieren.

„Fahr zur Hölle, du Scheißer!", schrie Ionas und zog den Abzug seiner Uzi durch. Die Kugelgarbe schlug knapp neben Talon ein und zog eine direkte Linie auf seinen Oberkörper zu. Heiß zerschnitten zwei der Kugeln die Haut seiner linken Schulter. Blut spritzte zur Seite. Noch bevor der Gangster die Waffe ein zweites Mal abfeuern konnte, schlug Talon frontal mit der Handkante gegen den Kopf des Mannes. Ein kurzes Knacksen erklang, wie das Brechen eines dünnen Astes. Mit gebrochenem Genick sackte der Mann tot zusammen.

Zitternd umfasste sein Kollege den Griff seiner Waffe. Er war kaum zu einem klaren Gedanken fähig. Das Blut lief ihm in Strömen aus der aufgeplatzten Lippe. Sein ganzer Kopf dröhnte entsetzlich.

„Jetzt, du Drecksau ...", flüsterte er heiser.

Er stützte sich schwerfällig auf die Lehne eines umgekippten Stuhls und versuchte, die Hand mit der Waffe ruhig zu halten. Voller Schweiß klebte ihm das Hemd am Körper.

Eine Hand legte sich hastig auf seine Schulter.

„Oh Gott, Ruis, - schieß doch endlich!", kreischte Hoyd ihn an, der wieder zur Besinnung gekommen war. Aus seiner Nase lief unablässig Blut. Am ganzen Körper waren kleine Wunden zurückgeblieben, die ihm die Glassplitter der Laboraufbauten zugefügt hatten.

Wütend schob der Mann den jungen Arzt von sich.

„Verdammt, lass mich los, du elender Idiot."

Sein linker Unterarm stieß hart gegen Hoyds Brust und ließ diesen zurücktaumeln.

Talon betrachtete die beiden Männer in aller Ruhe und knurrte sie drohend an. In dem Augenblick, als Ruis seine Waffe anlegte, löste sich Talon aus seiner Starre und schnellte auf die Männer zu.

„Ja - ja, schieß!", tobte Hoyd, dessen Arme wild umherzuckten.

„Verdammt, halt endlich die Klappe", fuhr Ruis ihn an. Er sah den schlanken Schatten, der auf ihn zujagte und wich zur Seite aus. So verfehlte ihn die kräftige Faust und traf stattdessen Hoyd, der dem Schlag unvorbereitet entgegensah. Durch die

Wucht des Schlages wurde sein Körper wie eine Puppe durch die Luft geschleudert. Noch bevor der junge Mann verstand, was tatsächlich geschah, krachte sein Kopf gegen die metallene Kante der Pritsche.

Gebrochen starrten die glasigen Augen ins Nichts, als seine Beine leblos am Fuß der Pritsche einknickten.

Talon ließ dem zweiten Mann keine Chance zur Gegenwehr. Unablässig prasselten seine Schläge auf ihn ein und schleuderten ihn aufs Neue gegen die hölzerne Wand. In rasender Wut leuchteten seine Augen bei jedem Treffer voller Blutgier, und so setzte er seinem Gegner noch stärker zu.

Irgendwann nach einer scheinbaren Ewigkeit ließ er von dem reglosen Körper ab. Er packte ihn mit beiden Händen am Kragen und hob ihn zu sich hoch. Eine unerklärliche Ruhe kehrte in ihn zurück. Müde betrachteten seine Augen das Opfer. Fast teilnahmslos registrierte er Ruis' Tod und ließ den Mann zu Boden fallen.

Er drehte sich langsam um und ging auf den toten Körper des Mediziners zu.

Schwarze Nebel umpeitschten Talons Wahrnehmung. Sie zersetzten die Linien um ihn herum und ließen die Sicht zerfließen wie ein Spiegelbild im Wasser, das von der Strömung mitgerissen wird.

Hoyds gebrochene Augen sahen mit einem letzten Hauch ungläubigen Entsetzens in die Unendlichkeit. Talon hob den Kopf des Toten leicht an.

Ein stiller Wind wischte die Gesichtszüge beiseite. Ein breites Grinsen leuchtete ihm unter hämisch blickenden Augen entgegen. Die Mimik offenbarte die Gewissheit, schließlich doch gesiegt zu haben.

Bergstrøm -?

Das Gesicht schmolz in seiner Hand und wurde in wehenden Fetzen davongewirbelt. Ein tiefes Raunen, voller unverständlicher Stimmen, erklang von den verwehenden Lippen. Zurück blieb nur die stumme Maske eines Totenschädels, der ihn leer angrinste.

Talons Sinne zerflossen leise in ein ungreifbares Nichts.

Ein muskelbepackter Hüne stürzte auf die Terrasse.

Über dem ärmellosen schwarzen T-Shirt trug er einen Patronengürtel, aus dem er ein Magazin zog und es in sein M-16 Gewehr steckte. Leise rastete es ein, und der Mann nickte beruhigt.

„Dirk, Mann! Schnapp' dir eine Waffe", wandte er sich hastig an seinen Anführer.

„Verdammt, Guinee! Was geht hier vor?", brauste dieser auf und erwartete voller Unruhe eine Erklärung für das, was im Inneren des Labors geschah. Der Angesprochene vermied es, dem blonden Mann direkt in die Augen zu sehen und konzentrierte sich völlig auf die Funktionen seiner Waffe.

„Der Wilde", setzte er an. „Nachdem er die Droge bekommen hat, ist er ausgerastet. Ruis, Emanuele und Doc Hoyd sind tot!"

Er schluckte heftig und fand etwas von seiner Ruhe zurück. Der Kolben des Gewehrs ruhte auf seinem rechten Oberschenkel, während er seinen Chef erwartungsvoll ansah.

„Ach du Scheiße", erwiderte dieser nur. Mit einer schnellen Bewegung zog er eine 45er Automatik aus dem Holster an seinem Gürtel und entsicherte sie. „Was haben sie ihm nur gegeben", sprach er mehr zu sich selbst.

Nervös legte June ihre Hand auf Dirks Oberarm, fast als glaube sie, ihn von seinem Vorhaben abhalten zu können. Sie merkte nicht, wie der Hüne ihren halbnackten Körper gierig musterte. Die junge Frau registrierte nur, wie Dirk ihre Hand unwillig abschüttelte.

„Du bleibst hier, Prinzessin", sah er sie aus schmalen Augen an. Er wies Guinee an, ihm den Weg zu zeigen und hastete neben ihm los.

„Scheiße, Scheiße, Scheiße", murmelte der Hüne mit den gelgeglätteten dunklen Haaren nur in einem fort vor sich hin.

„Halt's Maul, Guinee!", rief ihn sein Chef schließlich zur Ordnung.

Er umfasste den Griff seiner Waffe noch stärker, als er spürte, wie seine Handflächen anfingen zu schwitzen. Nach einem kurzen Sprint durch das Gebäude erreichten sie den schmalen Flur zum Labor. Guinee presste sich eng gegen die Wand und hielt Dirk mit einer Handbewegung zurück.

„Bleib hier", flüsterte er ihm zu „Jetzt ist es ruhi-"

Eine Pranke zuckte um die Ecke und schloss sich erbarmungslos um den breiten Hals des Hünen. Gurgelnde Laute drangen überrascht von seinen Lippen. Talons drahtiger, mit Blut bedeckter Körper löste sich aus dem Halbschatten des Flurs. Unerbittlich drückten seine Finger zu, ohne auf die hilflosen Versuche des Mannes zu achten.

Dirk hörte ungläubig, wie einfach das Genick seines besten Mannes krachte. Ihm war, als reagiere er nur in Zeitlupe gegen die katzenhafte Gewandtheit, mit der sich der Wilde vor ihm bewegte. Talon schmiss den Toten zur Seite und brüllte den Mann vor sich voller Wut an.

Als sei sein Arm nicht mehr Teil von ihm selbst, schwang Dirk ihn unbewusst empor und feuerte auf den Mann vor sich.

Gedankenverloren kaute June Summers auf ihrer Unterlippe. Ihr Atem ging hastig und sie konnte nicht mehr ruhig auf der Stelle stehen bleiben. Trotz der einsetzenden Schwüle fröstelte sie und schloss die schlanken Arme um ihren nackten Oberkörper.

Die unnatürliche Ruhe war für sie das Schlimmste. Normalerweise war immer einer der Männer bei einer Arbeit zu hören. Doch nun war sie den allgegenwärtigen Geräuschen des Dschungels ausgesetzt.

Ein Schuss durchbrach die Stille und direkt darauf ein zweiter.

Die junge Frau schreckte auf. Sie machte einen hastigen Schritt auf die Glastür zu, die ins Innere führte. Aus den Augenwinkeln sah sie, wie ein Schatten hinter der Tür immer größer wurde. Klirrend zerbarst die Scheibe, als Dirks toter Körper in weitem Bogen durch das Glas geschleudert wurde. Die Scherben wirbelten einem Hornissenschwarm gleich durch die Luft und schwirrten in alle Richtungen.

June schrie entsetzt auf und schützte sich, so gut sie konnte. Dennoch schnitten sich mehrere kleine Splitter durch ihre Haut. Mit Tränen in den Augen hielt sie ihre Hände auf die Wunden.

Durch den Tränenschleier hindurch schälte sich die groß gewachsene, wild anmutende Gestalt eines Mannes, dessen rotbraunes Haar in der Sonne kräftig leuchtete. Unwillkürlich wich sie zurück und hob eine Hand abwehrend vor sich.

„N-nein", stammelte sie kraftlos. „Bleib mir vom Leib!"

Ihre großen blauen Augen blieben an dem mit Wunden übersäten Körpers Talons hängen. Seine Augen leuchteten in einer dunklen Glut, die sie noch nie zuvor bei einem Menschen erblickt hatte.

Talon sah die junge Frau an. Das lange Haar, das ihr Gesicht wild einrahmte, verschwamm vor seinen Augen zu einer schwarzen Flut, die ein anderes Gesicht umfloss. Volle dunkle Lippen lächelten ihm verheißungsvoll zu, als luden sie ihn ein, ihnen zu folgen.

„*Obsidian?*", fragte Talon rau.

Er schüttelte unwillig den Kopf. Schmerzen durchzuckten seinen Schädel und explodierten tief in ihm drin. Seine Gedanken schienen zwei Welten gleichzeitig zu durchstreifen und ihn mit Erinnerungen zu überschwemmen, die jenseits des Vergessens lagen.

„Was - geschieht mit mir?", richtete er seine Frage ins Leere.

Seine Augen wanderten ziellos umher und hefteten sich dann an den Umriss der jungen Frau, der vor seinen Augen ständig verschwamm. Sie hatte es nicht gewagt zu fliehen und so sah sie ihn nur angsterfüllt an.

Die Schmerzen dehnten sich immer weiter in Talon aus.

„Verdammt noch mal – geh!", herrschte er June an. Ohne einen Augenblick zu verlieren, raffte die junge Frau das Badetuch um ihren Körper und hastete von der Terrasse. Sie flüchtete über die Ebene hinweg und tauchte in den Schatten der Bäume.

Der Boden schwankte unter Talons Füßen. Sein Kopf sackte leicht nach vorne. Müdigkeit machte sich in seinen Gliedern breit, die bleiern in ihm empor kroch.

„Wer warst du eigentlich?"

Der Gedanke an die junge Frau löste sich in zahlreichen Splittern aus seinem Bewusstsein. Bunte Kreise zerplatzten vor seinen Augen. Die Farben zerflossen in einem dämmrigen Licht, das ihn mehr und mehr einhüllte. Mit einem rauschenden Dröhnen entfernte sich die Wirklichkeit aus seinem Blickfeld und machte einem Meer voller Leere Platz. Endlose Schwärze umfasste seine Sinne wie ein hungriger Sog.

Sie zerschellten weit in der Ferne an der Klippe der Bewusstlosigkeit.

Die hoch schlagenden Flammen bildeten einen scharfen Kontrast zum schemenhaften Umriss des Dschungels, der die Ebene umsäumte.

Talon stand vor den brennenden Überresten des Labors und

betrachtete das Bild teilnahmslos. Heiße Luft erfüllte die Umgebung. Sie riss alles mit sich und wirbelte es in den nachtschwarzen Himmel, von wo es zurück zum Boden taumelte und in den Flammen verglühte.

Der Atem brannte in seiner Seele. Ruß bedeckte seine Haut und mischte sich mit dem kalten Schweiß und dem längst getrockneten Blut der Wunden zu einer zähen Schicht.

Was habt ihr nur in mir geweckt? schrien die Gedanken in ihm auf. Zahllose Bilder stürmten ungehindert auf ihn ein und drängten sein Bewusstsein weit nach hinten.

Was hast du mir angetan?

Talons Blick öffnete sich müde. Er ballte seine Fäuste und schrie seine Gefühle in die Nacht.

„Bergstrøm! Wer bist du?"

2

N'che reckte den mächtigen Kopf empor und blickte über die Savanne.

Seine bernsteinfarbenen Augen suchten die mit hohem Gras bewachsene Landschaft nach Bewegungen ab. Immer wieder zuckten seine Ohren vor, wenn ein leises Geräusch zu ihm herüber drang. Das Rascheln von Gras, der Schrei eines Vogels, Wind, der über die leicht gewellte Ebene strich.

Wind – im hohen Gras

Ab und an knurrte er unwillig und stieß eine seiner Gefährtinnen leicht in die Seite. Doch keine der Löwinnen war bereit, sich aus ihrem Schlummer zu erheben und ließ den Kopf wieder langsam auf ihre Pranken sinken.

Nicht weit von ihnen entfernt spielten zwei der Jungen miteinander. Das Rudel lagerte im spärlichen Schatten eines knorrigen Affenbrotbaums. Rund um den Stamm war das Gras mehrere Meter weit dem ockerfarbenen Boden der Savanne gewichen und erlaubte es den älteren Tieren, die Jungtiere ohne strenge Aufsicht herumtollen zu lassen.

Ruhe – im Wind

Der Wind trug eine angenehme Stille mit sich, die von der heiß brennenden Sonne begleitet wurde. Nichts rührte sich auf der Ebene, und so legte der Löwe den Kopf wieder auf seine rechte Vorderpranke. Irritiert schüttelte er den Kopf, wenn eine der ständig anwesenden Fliegen versuchte, in eines seiner Ohren einzudringen.

N'che war gesättigt und gähnte ausgiebig. Heute Morgen erst hatten seine Gefährtinnen ein Gazellenjunges erlegt, aus dem er sich die besten Brocken gesichert hatte. Nicht mehr als der Instinkt hielt ihn wach, das Gefühl, seine Umgebung niemals unbeobachtet zu lassen.

Der Wind trug eine dünne Staubschicht des Bodens vor sich her, die sich schnell im blassblauen Himmel verlor. N'che betrachtete eines seiner Jungen, das mit einem Grasbüschel spielte. Noch hilflos tapste es mit seinen kleinen Pfoten über den warmen, ausgedörrten Boden.

Fühlen – die Erde

Ein Knall durchschnitt die Savanne. N'che spürte etwas heiß in

seinem Körper explodieren und sackte tot in sich zusammen.
- *den Tod*

Bernhard Levis schob sich mit dem Daumen seiner rechten Hand den Hut aus der Stirn.

Er sicherte sein Repetiergewehr und stützte sich damit auf einem der Felsen vor sich ab. Angespannt blickte er auf die Ebene unter sich. Zwei Kraniche, die durch den Schuss aufgeschreckt waren, zogen krächzend in geringer Höhe über das Gras hinweg. Am Fuß des Affenbrotbaumes war das Löwenrudel aufgesprungen. Das Brüllen der Löwinnen erfüllte die Savanne. Levis lud eine neue Kugel nach, zog den Hahn durch und gab einen zweiten Schuss auf die Raubtiere ab. Durch das Fernrohr konnte er sehen, wie die Kugel zwischen den kräftigen Tieren in den Boden peitschte.

Die Löwen stoben nun auseinander und verloren sich schnell in der Deckung des gelbgrünen Grases. Mit einem zufriedenen Grinsen schmiss der Weiße die Patronenhülse aus der Waffe und legte sich das Gewehr über den linken Oberschenkel.

„Prachtvoller Kerl!", bestätigte er sich selbst mit einem Blick auf den Körper des toten Löwen, der regungslos im Schatten des Baumes lag.

„Wird sich gut vor meiner Bar machen." Er dachte dabei an seinen Partykeller in Nairobi. Als leitender Botschaftsangestellter wollte er seine Freiheiten so gut wie möglich nutzen. Niemand kontrollierte einen Europäer im diplomatischen Dienst, der mit einem Jagdgewehr von Kenia nach Zentralafrika reiste – vor allem nicht, wenn man die richtigen Leute fragte. Und niemand würde ihn kontrollieren, wenn er seine Trophäe mit nach Hause brachte.

Neben ihm löste sich eine dunkle Gestalt aus der Sicherheit der Felsen. Levis atmete tief durch und sah seinen Begleiter kühl an.

„Nun lauf schon und hol die Sachen aus meinem Jeep", herrschte er den Schwarzen an, der ihm als „zuverlässiger Führer" vorgeschlagen worden war.

„Der Löwe muss zerlegt sein, bevor sich das Rudel beruhigt hat und zurückkehrt", fuhr er fort. Er machte sich keine Gedanken um Wachtrupps im Nationalpark, die auf ihn aufmerksam werden könnten. Es brauchte nicht viel Bestechung bei einem

Vorgesetzten, um dafür zu sorgen, dass die Parkwächter in einem weit entfernten Distrikt ihren Dienst versahen, solange er sich hier austobte.

Sein afrikanischer Führer nickte zwei Mal heftig und verschwand dann hinter seinem Rücken. Aksem überwand die leichte Anhöhe mit schnellen Schritten. Der Schwarze hatte trotz seiner jungen Jahre bereits eine faltengegerbte Haut. Die Linien wurden tiefer, je mehr er über seinen Kunden nachdachte.

Er näherte sich dem Jeep, den sie nicht weit von ihrem Lager geparkt hatten.

Scheißkerl, dachte er bei sich. Missmutig hatte er die Hände in die abgewetzte Jeans gesteckt und trat bei jedem Schritt ein Stück Erde aus dem Boden. *Führt sich auf wie der letzte Bwana. Aber was tut man nicht alles für leicht verdientes Geld?*

Der Schwarze schob auf der hinteren Ladefläche des Jeeps eine Provianttasche und ein paar Decken beiseite. Das Besteck, das er zum Zerlegen von Tieren verwendete, hatte er in einem schmutzigen Beutel untergebracht. Die alten Werkzeuge waren sein ganzer Stolz und sicherten ihm in dieser abgelegenen Gegend ein gutes Einkommen. Den Mut, sein Glück in der Hauptstadt Bangui zu versuchen, hatte Aksem nicht.

Zu groß war die Konkurrenz ungelernter Männer, wie er einer war, als dass er sich dieser Herausforderung stellen wollte. Hier draußen waren die Menschen, vor allem zahlungswillige Touristen, die „ihre eigenen Wege" gehen wollten, schon mit wenig zufrieden.

Er warf sich den Beutel über die Schulter und stapfte die Schritte zurück ihrem Lager. Die Sonne brannte zu dieser Tageszeit mit sengender Hitze herab. Aksems bunt gemustertes Hemd war binnen weniger Augenblicke von Schweiß durchnässt. Er hoffte, dass sein Kunde keine Lust mehr auf einen zweiten Jagdgang hatte und sich bereitwillig zu einer Fahrt zum Hotel überreden ließ.

„Mister", tönte er mit gespielter Freundlichkeit und setzte ein breites Grinsen auf. „Hier bin ich schon wieder mit den Sa- "

Er passierte den großen Felsen, hinter dem sie ihre Position bezogen hatten, und blieb mit offenem Mund stehen. Der Beutel rutschte von seiner Schulter und sackte auf die Erde. Leise klirrten die Werkzeuge in seinem Inneren.

Vor ihm ragten zwei lange hölzerne Stäbe in den Himmel, die leicht wippten. Der Länge nach waren sie mit fremdartigen Mustern bedeckt, die an wenigen Stellen durch bunte Federbüschel unterbrochen waren. Die Stäbe endeten in zwei langen schmalen Klingen. Klingen, die tief in der Brust des weißen Jägers steckten.

Ungläubig starrte Aksem auf den toten Körper vor sich. Die Blutlache auf dem hellen T-Shirt färbte den Stoff tiefrot und wuchs noch an. Levis' Hände streckten sich verkrampft in die Höhe, als hätten sie noch einen Angriff abwehren wollen.

Der Schwarze ging mit zitternden Knien neben dem Weißen in die Hocke, der in verkrümmter Haltung zwischen den Steinen lag. Unbewusst fuhr seine rechte Hand über den Toten. Die Haut fühlte sich noch warm an, dennoch schien bereits eine Kälte von innen den Körper zu durchdringen.

Aksem schluckte schwer. Seine Zunge lag rau in seinem Mund, der mit einem Mal völlig ausgetrocknet war. Immer wieder wanderte der Blick zwischen den Speerspitzen und dem Gesicht des Toten hin und her. Verzweifelt versuchte er eine Antwort für den Anblick zu finden, der sich ihm hier bot. Wie sollte er das im Hotel erklären? Sie würde ihn nicht gehen lassen, bevor er nicht mit plausiblen Antworten dienen konnte.

Ein mächtiger Schatten schob sich in sein Blickfeld. Hastig drehte sich Aksem um und schrak zusammen.

Im Schein der gleißenden Sonne konnte er die Silhouetten zweier hünenhafter Männer erkennen, die seltsam archaisch gekleidet waren. Beide trugen nicht mehr als einen knappen Lendenschurz, dessen Bund mit Perlen und bunten Holzstückchen verziert war. Ihr kahl geschorenes Haupt wurde am Hinterkopf von einem Fellbüschel umrahmt, das sich einer Mähne gleich um die schmal geschnittenen Gesichtszüge legte.

Doch das Fremdartigste an den Männern waren die grün leuchtenden Juwelen, die in regelmäßigen Abständen auf der Stirn aufblitzten und mit der dunkelbraunen Haut verwachsen zu sein schienen.

Die Augen der beiden Gestalten musterten ihn kalt, abschätzend. Um ihre Lippen trugen sie einen verächtlichen Zug, der Aksem noch tiefer in sich zusammensinken ließ.

„Der Weiße hat gefrevelt – zu der Zeit, da Shion zurückkehrt", unterbrach einer der Hünen mit kräftiger Stimme die Stille.

Er zog die Speere aus dem Körper des Toten und reichte eine der Waffen seinem Begleiter.

„Vergiss ihn", sprach er weiter „Sei froh, dass wir dich leben lassen."

Gleißendes Licht umhüllte die Männer plötzlich. Die Helligkeit schmerzte in Aksems Augen. Er kniff die Lider zusammen und legte sich schützend die Arme vor das Gesicht, um das Licht nicht ertragen zu müssen.

Trotz der Worte fürchtete der Schwarze, jeden Augenblick von den Speeren ebenso niedergestreckt zu werden wie Levis. Sein Atem ging hastig und brannte heftig in der Kehle.

„Sag den Stämmen, dass der Dschungel und die Savanne für sie nun tabu sind. Shion hält Rat", hörte er die dröhnende Stimme wie aus weiter Ferne. „Ehrt die Löwen – oder wir kehren zurück!"

„Ja! Ja, ich werde alles tun!", stammelte Aksem hastig und unterdrückte nur mühsam Tränen der Angst. Er kauerte auf dem Boden zusammen und wagte nicht aufzusehen.

„Gut. Dann geh", verlor sich die Aufforderung wie ein Windhauch in der Ferne.

Minutenlang herrschte Stille, die nur unterbrochen wurde vom Schluchzen des jungen Schwarzen. Erst nach und nach wurde ihm bewusst, dass er allein war, und so öffnete er vorsichtig die Augen.

Vor seinem Blick zerfielen die letzten Kristalle sternförmigen Lichts in der dunstigen Luft. Nichts wies mehr darauf hin, dass noch jemand außer ihm anwesend war. Niemand außer dem toten Körper neben ihm.

Shion, stahlen sich die Erinnerungen an längst vergessene Fabeln zurück in sein Bewusstsein.

„Ich höre wohl nicht richtig?"

Wütend schlug Amos Vanderbuildt mit der Faust auf die Tischplatte. Nur mühsam konnte er sich beherrschen. Zornesfalten zerschnitten die hohe Stirn.

Der Mann Anfang Fünfzig kniff die tiefblauen Augen unter seinen buschigen Brauen zusammen und ließ den Blick nicht von dem Mann, der auf der anderen Seite des Schreibtisches stand. Langsam nur löste er sich aus seiner lauernden Haltung und nahm wieder in dem Stuhl aus schwarz gefärbtem Büffelleder Platz.

„Wo ist das kleine Flittchen?", richtete er die Worte unterkühlt an seinen Berater.

„Ich habe sie weggeschickt", entgegnete dieser betont ruhig, wobei er die Hände hinter dem Rücken verschränkt hatte und beruhigt zur Kenntnis nahm, dass ihn die breite Tischplatte aus durchsichtigem Plexiglas von seinem Chef trennte.

„Mit 20.000 Rand in der Tasche, damit sie den Mund hält", fügte er noch an, während er unruhig auf der Stelle trat.

Vanderbuildt drehte sich in dem breiten Sessel zur Glasfront in seinem Rücken und ließ den Blick über den Tafelberg schweifen, an dessen Fuß sich die Vororte von Kapstadt ausdehnten. Aus seinem Büro im 38. Stock genoss der groß gewachsene Mann die Aussicht über die geschwungenen Straßenzüge der Hafenstadt am äußersten Ende von Südafrika. Dies war *seine* Stadt und er genoss die Macht, die er über die Menschen in ihr hatte. Er wandte sich wieder seinem Berater zu und taxierte den hageren Mann, dessen altertümliche Nickelbrille die Augen hinter den Gläsern verbarg.

„Krugers, Sie machen gefährliche Alleingänge", erwiderte er knapp.

Ein Mundwinkel im kantigen Gesicht des Beraters zuckte. Abwehrend hob er eine Hand, wobei sein etwas zu groß geratener Anzug deutliche Falten warf.

„Mr. Vanderbuildt, Sir", setzte er an, „ – nur um Ihnen Ärger abzunehmen."

Sein Arbeitgeber erhob sich aus dem Sessel, bedachte Krugers mit einem scharfen Blick und hob warnend den Zeigefinger der rechten Hand.

„Ich entscheide noch immer, welchen Ärger ich mir antue!"

Er trat an die Glasfront seines spartanisch eingerichteten großräumigen Büros und blickte gedankenverloren über die Skyline der südafrikanischen Stadt, die sich im Morgendunst vor ihm erstreckte.

„Zentralafrika ist also zerstört", schloss er seine Überlegungen ab. „Und - wodurch?"

Er drehte sich um, verschränkte die Arme vor der Brust und lehnte sich gegen das Glas.

„Hat sich die Miliz nicht beherrschen können?"

Der Anflug eines Lächelns entflog seinen schmalen Lippen.

„Ich dachte, ich zahle genug."

Krugers stützte die Arme auf die Schreibtischplatte und blickte seinen Chef ernst an. Er atmete tief durch, bevor er zu sprechen begann.

„Mr. Vanderbuildt, das Mädchen sagte, es war ein Mann – ein einzelner Mann!"

Krugers kramte in einer Tasche seines Anzugs und zog ein zusammengefaltetes Blatt Papier hervor, das er nun öffnete und bedächtig glatt strich. Mit einem kurzen Blick bedachte er den Inhalt, dann fuhr er fort.

„Es erzählte von einer Art ... ‚Tarzan'. Er muss gewütet haben, bis kein Stein mehr auf dem anderen stand und jeder unserer Männer erledigt war!"

Er streckte die Hand mit dem Blatt Papier seinem Chef entgegen.

„Ihre Beschreibung hat uns ein ziemlich genaues Phantombild geliefert."

Vanderbuildt nahm das Blatt entgegen und betrachtete es zunächst nur oberflächlich. Doch mit jeder verstreichenden Sekunde brannte sich sein Blick tiefer auf der Zeichnung fest. Ein überrachtes Leuchten trat in seine Augen. Schnell faltete er den Bogen Papier zusammen und steckte ihn in eine Hosentasche.

„Sir?", fragte Krugers überrascht nach. „Sir, soll ich die Angelegenheit untersuchen?" Er räusperte sich und rückte sich die Brille zurecht, um seine Unruhe zu kaschieren. „Wir haben noch Männer dort, die –"

„Nein, Krugers", wurde er jäh unterbrochen.

Vanderbuildt winkte mit einer ausladenden Geste ab. „Dieser Sache nehme ich mich persönlich an." Er strich sich mit seinen Fingern über den gepflegten, grau melierten Backenbart. „Sie können gehen."

Sein Berater nickte nur kurz und verließ das Büro kommentarlos. Die hohen Flügeltüren schlossen sich lautlos hinter ihm.

Vanderbuildt wartete, bis er allein war und zog dann das Papier wieder hervor.

Ich dachte, du wärst tot, versuchte er sich auf das Bild zu konzentrieren. *Ein Mann allein ... du lebst da unten dein wahres Ich aus, hm?*

Er machte einen Schritt auf die Telefonanlage zu, die die linke Seite seines Schreibtisches einnahm, und drückte die Taste zum Vorzimmer.

„Kirsten, Fräulein Verhooven soll zu mir kommen."

Gedankenversunken hingen seine Augen an der Zeichnung fest, während er den weiten Raum durchschritt. Einige Minuten später öffnete sich die Tür zu seinem Büro. Eine junge Frau trat voller Elan in den Raum ein und richtete den Blick offen auf ihren Chef.

Das hellblaue Kostüm, das sie trug, war zu knapp geschnitten, um es als ,seriös' bezeichnen zu können, doch Vanderbuildt hatte stets großen Wert darauf gelegt, Mitarbeiter um sich zu haben, die seinem Geschmack entsprachen und ihm gefielen. Die blonden Haare der frech geschnittenen kurzen Frisur wippten bei jedem Schritt etwas aufreizend. Ihrer Wirkung war sich die junge Frau völlig bewusst, denn selbst in Gegenwart ihres Chefs legte sie ihren herausfordernden Blick nicht ab.

„Mr. Vanderbuildt, Sir?", begrüßte sie ihn knapp und schenkte ihm einen leuchtenden Blick.

Der ältere Mann registrierte es mit Amüsiertheit und breitete die Arme offen aus.

„Janet, Liebes! Fein, Sie zu sehen!", erwiderte er ihren Auftritt. „Haben Sie einen Augenblick Zeit für mich?"

Ungefragt setzte sich die junge Frau auf die Kante des Schreibtisches und schlug die Beine übereinander. Der ohnehin schon zu kurze Rock rutschte noch ein Stück nach oben.

„Moment ... kommen Sie, was soll das? Was wollen Sie?"

Sie bedachte ihn mit einem strahlenden Lächeln und fuhr abwartend mit dem Zeigefinger der rechten Hand über die kühle Tischplatte.

Aus Vanderbuildts Mimik wich jedes spielerische Element. Seine Stimme füllte den Raum völlig aus, während er seine Mitarbeiterin genau taxierte.

„Ich hatte in Zentralafrika ein Labor – legal, natürlich. Erforschung neuartiger Heilmittel, Sie wissen schon. Ein Geschäftszweig, in dem ich mich seit einiger Zeit versuche zu etablieren. Die Konkurrenz ist uns da um einiges voraus."

Nachdenklich legte er die Hand an das Kinn und senkte den Blick.

„Es wurde zerstört – von einem einzelnen Mann."

Überrascht keuchte Janet Verhooven auf. Sie wusste nur zu genau, welche Aktivitäten ihr Chef in dem afrikanischen Land verfolgte. Eine gewisse Unruhe erfüllte sie. Ihre Augen blitzten auf, während sie auf weitere Informationen wartete.

Vanderbuildt ließ sie nicht warten.

„Beeindruckend, nicht wahr?", fuhr er mit einem verzerrten Lächeln fort. „Nun, besorgen Sie mir Informationen über ihn – alles!"

Janet hatte sich zurückgelehnt und stützte sich auf dem Schreibtisch ab. Sie verzog den Mund und wirkte unzufrieden.

„Warum kann ich ihn nicht gleich mitbringen? Bevor er noch mehr Schaden dort unten anrichtet?"

Vanderbuildt blickte kurz aus dem Fenster. Die Sensoren im Glas sorgten dafür, dass die eingebauten Flüssigkristalle die Oberfläche nachdunkelten, sobald die Sonne direkt in den Raum zu scheinen begann.

„Weil er da unten ganz gut aufgehoben ist", antwortete er nur knapp. Kommentarlos ging er an seinen Schreibtisch zurück und zog ein leeres Blatt Papier aus einer Ablage. Schnell machte er sich einige Notizen, ohne die junge Frau zu beachten.

„Ihre Maschine geht in zwei Stunden", ließ er sie wissen. „Offiziell arbeiten Sie als Prospektorin meiner Industrien dort. Die ansässige Miliz sollte Ihnen alle Probleme vom Leib halten. Zwei Leute werden Sie dort empfangen – eine Firmenjournalistin und ein ortskundiger Mitarbeiter, beide zu Ihrer freien Verfügung. Beide sind nicht eingeweiht."

Erst jetzt sah er die junge Frau wieder mit einem sicheren Lächeln an.

„Sehen Sie sich nach ihm um. Und berichten Sie mir."

„Ich weiß nicht", Janet zog einen Schmollmund und schob herausfordernd das Kinn nach vorne. „Sie verheimlichen mir doch eine ganze Menge!"

Vanderbuildt lachte laut auf.

„Natürlich tue ich das – ich bin Ihr Boss!"

Janet Verhooven lächelte matt zurück und hielt die Augen halb geschlossen. Sie streckte sich und rutschte vom Schreibtisch.

„Nun gut", entgegnete sie ihm nur knapp. „Ich lasse von mir hören."

Auf ihrem Weg nach draußen achtete sie darauf, ihrem Chef einen guten Blick auf ihren Körper zu bieten, und lächelte ihm an der Tür zum Abschied einladend zu.

Vanderbuildt sah ihr noch nach, nachdem die Tür längst geschlossen war. Dann drehte er sich zu dem graubraun verdunkelten Fenster und sah den Menschen auf der Straße zu, wie sie sich ihren Weg durch die Stadt bahnten. Die Wangenknochen traten hart hervor und zeichneten deutliche Linien in das herbe Gesicht.

Bergstrøm, du würdest Millionen dafür zahlen zu erfahren, wo sich dein Liebling aufhält ..., drehten sich seine Gedanken um das Bild, das sich nicht aus seinem Kopf bannen ließ.

Die alte Löwin grollte zufrieden auf und drehte sich auf die Seite.

[Etwas weiter oben, mein Sohn], löste sich ein heiseres Fauchen aus ihrer Kehle. Gehorsam kratzten die Finger durch das Fell am Rücken und schabten dabei mehrere kleine Parasiten ab, die sich auf der Haut festgesetzt hatten.

Mehrere Minuten lang schnurrte T'cha wohlig auf und genoss die Entspannung sichtlich. Dann stieß sie ihren Kopf unwillig vor und zuckte mit der rechten Vorderpranke zur Seite.

[Mmmh, lass gut sein!], beendete sie ihre Muße. Sie legte sich kurz auf den Rücken, wand sich in der trockenen Erde und legte sich danach auf den Bauch. Gut einen Schritt von ihr entfernt kauerte Talon und fuhr mit den Fingern der rechten Hand rastlos durch den Staub.

T'cha stupste ihn leicht an. Talon zuckte ein wenig zusammen und lehnte sich gegen den zerfallenen Rest eines Baumstammes. Die Löwin schmiegte ihren schweren Kopf an seine Seite.

[Du bist abwesend seit deinem Ausflug zu den Menschen], bemerkte sie. *[Was ist geschehen?]*

Talon vermied, in die Augen zu blicken, die ihn intensiv musterten. Zurückhaltend drehte er den Kopf zur Seite. Auf seiner Brust lastete ein unerklärlicher Druck.

„Ich war nicht mehr ich selbst, Mutter."

Das Atmen fiel ihm schwer, so stand er auf und machte ein, zwei Schritte zur Seite, um etwas Luft schöpfen zu können.

„Ein Teil von mir", fuhr er fort, „- sie gaben mir ein Mittel, und ... – alles war anders."

Sein Blick senkte sich zu Boden. Wirre Bilder voller Erinnerungen brachen hervor. Talon schüttelte den Kopf.

„Ich - habe mich erinnert", brachte er stockend hervor. „An Bilder, die mir fremd sind. Und ich sah jemanden, den ich fürchten muss!"

Hilflos ballte er die Fäuste und schwieg. Lange Augenblicke vergingen, in denen keiner von beiden redete.

„Es hat nicht gut getan, das zu sehen", löste es sich schließlich von seinen Lippen.

T'cha hob den Kopf an. Ihre Nasenflügel blähten sich leicht auf.

[Deine Vergangenheit ... - kennst du sie wieder?]

Schnell fuhr Talon herum und bedachte die Löwin mit einem wilden Blick.

„Nein! Und ich will es auch nicht!"

Frustriert stützte der Mann die Hände in die Hüften und sah nach oben. Doch die dünnen Schlieren fasriger Wolken am tiefblauen Himmel brachten ihm keine Antworten auf all die ungestellten Fragen, die in seinem Inneren wüteten.

Die Löwin erhob sich und streckte sich durch. Einen Moment lang sondierte sie die nähere Umgebung und richtete dann ihren Blick auf Talon.

[Du gehörst nicht wirklich zu uns. Das weißt du], erklärte sie ihm. *[Deine Wurzeln liegen woanders.]* Sie knurrte kurz und machte einen Schritt nach vorne.

[Das Rudel verlangt schon seit langem, dass ich dich von mir entbinde. Viele stehen dir misstrauisch gegenüber. Sie werden niemals bereit sein, dich zu akzeptieren, so ähnlich du uns auch sein magst!]

Talon schnaubte zur Antwort verächtlich auf. Er hatte schon lange damit gerechnet, dass die Löwen zu solch einem Entschluss kommen würden.

„Und was hast du ihnen geantwortet?", richtete er seine Frage an die Raubkatze, ohne ihr in die Augen blicken zu wollen.

[Dass du mein gewählter Sohn bist. Frei zu gehen, wann immer du willst – aber immer gerne gesehen an meiner Seite.]

Talon unterdrückte das Brennen in seinen Augen und ging vor der Löwin in die Knie. Er umarmte sie an der Schulter und drückte sich fest gegen ihre Flanke.

„T'cha, du bist eine alte Füchsin!", lachte er auf und gab ihr einen leichten Kuss auf das raue Fell. Zur Antwort schmiegte sie ihren Kopf an seine Seite und genoss die Zuneigung, die er ihr nach all den Jahren immer noch entgegenbrachte.

Plötzlich jedoch ruckte ihr Kopf hoch und sie löste sich mit aller Kraft aus seiner Umarmung. Ihr Blick richtete sich weit in die Ferne. Lauernd zuckten die Barthaare, als nähmen sie eine Witterung auf. Unruhe überfiel den Körper der alten Löwin. Talon war überrascht zurückgetaumelt und sah sie verwirrt an.

„Was hast du?", brachte er hervor.

Sie löste sich nicht aus ihrer wachsamen Starre. Ihre Augen fixierten einen Punkt jenseits des Horizontes und folgten einer Spur, als könnten sie in der Entfernung deutlich eine Bewegung ausmachen.

[Shion. Er ruft], antwortete sie ihm.

Talon öffnete den Mund, um sie zu fragen, wer „Shion" sei. Doch in diesem Augenblick schossen Wellen von Schmerzen wie eine tosende Brandung durch seinen Kopf und schlugen tief in ihm auf. Die Wellen zogen ihn jedoch mit sich, zwangen seine Augen, in die gleiche Richtung zu blicken wie die Löwin. Die Sturmböe einer grollenden Stimme brauste in ihm auf und prasselte in unverständlichen Lauten auf ihn ein.

„Nein!", brachte er nur hervor und presste die Hände gegen den schmerzdurchfluteten Kopf. „Lass mich los!", schrie er auf. „T'cha, wer -?"

Der Boden schwankte vor seinen Augen. Er schmeckte Blut auf seinen Lippen. Nur verschwommen konnte er sehen, wie sich die Löwin aus ihrer Starre löste und den kleinen Abhang durch das dürre Gras hinabstapfte.

[Shion], erwiderte sie ihm nur. *[Er will uns.]*

Ruckartig setzte sich Talons Körper in Bewegung. Seine Glieder führten unkontrollierte Bewegungen aus, einer Gliederpuppe gleich, die von ungeschickter Hand geführt wird. Die Landschaft verschwamm in wilden Farben, die sich zu neuen Bildern zusammensetzte.

„Ja, ich folge", kam es unbewusst über seine Lippen. Im nächsten Augenblick jedoch wehrte sich jede Faser in seinem Leib gegen die beherrschende Macht der lenkenden Stimme.

„Nein! Mein ... Weg. Einer, einer – von uns." Das Blut pochte heftig in seinen Schläfen, während er versuchte, wieder die Oberhand zu gewinnen. „Nein, keiner – von uns!"

[KOMM], dröhnte die Stimme in ihm auf und wischte jeden Widerstand mit einer selbstverständlichen Leichtigkeit beiseite. Talon spürte, wie sich die Gedanken in ihm auflösten, verflüchtigten wie die letzten Schleier morgendlichen Nebels. Deutlich konnte er durch das fremdartige Muster vor seinem inneren Auge den Weg erkennen, der ihm angewiesen wurde.

„Shion!", brüllte er auf und folgte der Löwin, die unbeirrt nach Süden zog.

Am folgenden Abend war Kairo erfüllt von einer Hitze, die sich schwer über die Straßen legte. Die Menschen in der ägyptischen Millionenstadt waren den kaum auszuhaltenden Mantel aus einem immer während Smog längst gewohnt, in dem sich die Abgase einer nicht enden wollenden Autoschlange mit der warmen Feuchtigkeit des in seinem Flussbett träge dahinfließenden Nils verbanden.

Doch an diesem Abend waren die Straßen beinahe leer gefegt. Selbst in den Straßencafés hielt sich kaum ein Gast auf, der an einer Wasserpfeife saugend den Verkehr beobachtet hätte. Die Menschen versteckten sich in den Häusern und hofften, dass die Stromversorgung nicht versagen mochte und die Klimaanlagen ihnen eine gewisse Erholung schenkten.

Jenseits des Stadtkerns gingen die zersiedelten Vororte nahtlos ineinander über. Immer wieder zeugten Geröllhalden und brüchige Ziegelbauten von nie fertig gestellten Bauvorhaben, die hier draußen längst vergessen worden waren. In ihnen hielten sich die Bewohner Kairos auf, denen es selbst an Geld für eine einfache Lehmbehausung fehlte.

Aus dem Lautsprecher an der Fassade einer schmucklosen Moschee lösten sich die aufgezeichneten Rufe zum letzten Abendgebet. Sie zogen wie ein wehmütiges Klagen über die Häuser und verbanden sich mit den schwachen Echos entfernter Rufe, die dasselbe Gebet besangen.

Die Rufe erreichten die Ohren des Hünen nicht, der in unruhigem Schlaf zwischen dem Bauschutt eines halbfertigen Hauses im Schatten einer Mauer lag. Der kahlköpfige Schwarze stöhnte unentwegt leise auf. Sein löchriges Unterhemd war von Schweiß und Staub längst speckig geworden und legte sich wie eine schmierige Schicht auf den breiten, muskulösen Oberkörper.

Der Atem des Mannes ging hastig. Fiebrig glänzender Schweiß stand auf seiner Stirn, deren eine Seite von schmalen, bunten Perlenschnüren verziert war, die an dem letzten kleinen Haarschopf befestigt worden waren. Entlang der Stirn zeichneten Einbuchtungen tiefe Schatten in die Haut.

„Shion!", rief er plötzlich aus und erwachte. Ohne eine Spur von Müdigkeit oder Schwäche blitzten seine wachen Augen in der Dunkelheit auf.

Von der anderen Seite des Gebäudes war ein leises Fluchen zu hören. Ein von Pockennarben gezeichneter Araber sprang von seinem Schlafplatz auf und kam wankend auf die Beine.

„Eh, halt's Maul, du schwarze Laus!", rief er wütend und drohte dem Hünen mit der Faust. „Leg dich schlafen, du Penner. Ich bin müde!"

Beruhigend legte ihm ein Freund den Arm auf die Schulter und wollte ihn zurück in den Schatten ziehen.

„Mahmud, lass doch ...", setzte er an, doch sein Freund war nicht bereit, sich so einfach zu beruhigen. Er trat mit dem Fuß gegen eine leere Farbbüchse und hörte nicht auf zu schimpfen.

Ungerührt erhob sich der Schwarze und betrachtete die beiden Männer.

Sein rechter Arm stieß vor und schwang durch die Luft. Um die Fingerspitzen sammelten sich kleine Lichtpunkte, die seine prankenförmige Hand in weiten Schwüngen umtanzten. Die Lichter wurden wilder in ihren Bewegungen und nahmen eine bedrohliche Farbe an. Ein tiefroter Schein, der langsam pulsierte, umgab die Gliedmaßen.

Von einem Augenblick auf den anderen schoss das Licht vor und explodierte zwischen den beiden Arabern, die fassungslos dem Schauspiel zugesehen hatten. Ihre Todesschreie verklangen im letzten verwehenden Ruf der Muezzine weit in der Ferne. Zurück blieb nicht mehr als rauchende Asche, die sich an der kahlen Betonwand festbrannte.

Voller Befriedigung betrachtete der Hüne den Lichtschein, der nun langsam in seiner geschlossenen Faust verlosch. Schweiß perlte in Bächen von seiner Stirn.

„Er ist zurück!", stieß er kehlig hervor. „Er wagt es!"

3.

Stunden und Tage folgte Talon der lautlosen Stimme in seinem Kopf.

Sie war fordernd, unnachgiebig und zog ihn weiter mit sich. Die weite Savanne war einem kargen, unwirklichen Ruinenfeld gewichen, das sich über Dutzende von Kilometern zu erstrecken schien. Skelettartig ragten in regelmäßigen Abständen Streben in einem scharfen Winkel mehr als zehn Meter hoch in die Luft und trotzten allen Gesetzen der Statik. Zahlreiche Risse durchzogen wie ein feines Gespinst den marmorartigen Stein, der in allen Nuancen zwischen tiefbraun und ockergelb lebendig schimmerte.

Zwischen den Streben erhoben sich kurze, längst zerfallene Überreste breiter Säulen, bedeckt von einer feinen Staubschicht, die in dünnen Schleiern durch den leicht wehenden Wind davongetragen wurde.

Teilnahmslos bekam er mit, wie sich Rudel um Rudel von Löwen in den Pfad einreihte und mit ihm den Weg teilte. In einem endlosen Strom folgten sie einer befehlenden Stimme durch die längst zerfallenen Ruinen.

Etwas in Talon regte sich. Schwach nur, wie ein vergessener Gedanke. Doch dann nahm es an Intensität zu, durchbrach die Mauer der fern rufenden Stimme. Widerstand erwachte in ihm, der mit jedem Augenblick stärker wurde.

Er erinnerte sich an früher, als andere Stimmen ihn trieben.

Stimmen, zu denen Gesichter vor seinem inneren Auge tanzten. Ihnen hatte er widerstanden. Auch sie hatte er gebrochen. Längst war er stehen geblieben und ließ die teilnahmslos dahin schreitenden Löwen an sich vorbei ziehen.

Er wusste, dass er kämpfen musste, wollte er sich nicht wieder verlieren.

Der Atem brannte heiß in seiner Brust. Lichtreflexe umschwirrten ihn mit schmerzhafter Helligkeit. Die Schleier seiner Gedanken brodelten in einem Feuer qualvoller Glut.

Heiß.

Wie Magma drangen sie in seine Seele ein und erfüllten jede Faser seines Selbst.

Schwarz.

Talons Sinne schwanden in einem Strudel, der sich tief in der

Unendlichkeit verlor.
Leer.

Janet Verhooven gähnte ausgiebig.

Sie streckte ihren schlanken Körper durch und wartete, bis sich die Spannung in ihren Armen löste. Seit geschlagenen drei Stunden verbrachte sie die Zeit damit, zu sitzen und zu warten. Sie hatte im Schatten eines der gewaltigen Steinpfeiler Platz genommen, die die ausgedörrte Hochebene in gerader Linie durchzogen.

Trotz der Höhe wehte kein Wind. Die Luft hing heiß und schwer über der öden Landschaft und machte das Atmen zur Qual. Die junge Frau schwitzte in ihrer dünnen Leinenkleidung, die unangenehm an ihrem Körper klebte. Ihr kurzes blondes Haar hing in dunklen Strähnen herab.

Janet schützte ihre Augen mit der rechten Hand vor der Sonne und blinzelte in den Himmel. Das verwaschene milchige Grau erstreckte sich in einem fahlen Ton bis zum Horizont. Es schien fast so, als seien die Farben aus der Umgebung verschwunden.

Sie ging einige wenige Schritte, um ihre Unruhe im Griff zu halten, doch die Hitze zwang sie schnell wieder in den Schutz der Pfeiler. Unwillig blickte sie zur Seite. Ihr Auftrag war es gewesen, einen weißen Wilden im Urwald aufzustöbern. Ihr Boss Amos Vanderbuildt hatte sie über viele Details im Unklaren gelassen. Das war sie von ihm gewohnt. Sie sollte immer mit einem Minimum an Informationen ein Maximum an Erfolg aus einer Affäre gewinnen. Dafür war sie engagiert worden – für diese schwierigen, unlösbaren Fälle, von denen andere die Finger ließen.

Doch dieser Fall war selbst für sie etwas zu bizarr.

Alles hatte reibungslos geklappt. Der Flug nach Zentralafrika, die Einreise an den Zollbehörden vorbei, das Treffen mit den Mitarbeitern von Vanderbuildt Inc. in Bangui, die nicht wussten, für welche Aufgabe sie tatsächlich abberufen wurden. Alles ...

... und dann lag dieser Wilde bewusstlos mitten auf ihrem Fahrtweg in die westlichen Provinzen von Zentralafrika.

Janet sah zu ihm herüber und schüttelte den Kopf. Sie hatten eine provisorische Unterkunft errichtet und eine kleine Plane aufgespannt, um den Wilden vor der Sonne zu schützen. Alice

Struuten, die Fotografin aus ihrem Team, hatte sich prompt bereit erklärt, sich um ihn zu kümmern, bis er das Bewusstsein wiedererlangte.

Janet hatte sich die Frau mit dem langen, leicht gewellten brünetten Haar bei ihrer Ankunft am Flughafen nur kurz angesehen und sie als „Fotohäschen" abgehakt. Sie war etwas jünger als Janet und hatte bereits einige Fotostorys für Reisemagazine veröffentlicht. Wobei sie sich auf vielen der Fotos selbst gut in Szene setzte. Züchtig genug bekleidet, um keinen Ärger zu verursachen, doch knapp genug, um die Auflage zu steigern.

Bisher hatte sie es unterlassen, Janet um ein Gruppenfoto „Dame mit Wildem" zu bitten. Dabei hätte es Janet mehr als gereizt, ihr darauf die passende Antwort zu geben.

Verärgert wischte sie sich mit dem Zeigefinger langsam den Schweiß von der Stirn. Das Bild vor ihren Augen flimmerte durch die heiße Luft. Sie kauerte wieder am Boden auf einer der längst zerfallenen Säulen und warf kleine Steinbrocken durch die Luft.

Offiziell wusste niemand etwas von einem weißen Wilden, der sich in dieser Gegend aufhielt. Doch erstaunlicherweise fanden sich überall Leute, die ihn kannten. Die Informationen ließen sich wie ein Mosaikbild zusammensetzen und formten aus dem Fabelwesen ein lebendiges Bild, das seine Spuren in der Mitte Afrikas hinterließ. Unbekannt war er den Leuten hier wirklich nicht. Doch jeder von ihnen schien froh um die Unnahbarkeit, die diesen Mann umgab.

Keiner von denen, die bereit waren, für ein paar US-Dollar zu reden, kannte seinen wirklichen Namen. Manche der Einwanderer aus den ländlichen Gebieten, die sie in den Slums von Bangui befragte, nannten ihn den „Löwengeist".

Janet kniff die Augen zusammen. Örtliche Medien hatten zum gleichen Zeitpunkt von ungewöhnlichen Wanderungen ganzer Löwenrudel im Westen des Landes berichtet. Das war für sie Grund genug, hellhörig zu werden. Sie konnte ihrem Instinkt normalerweise blind vertrauen und hatte sofort eine Expedition in diese Gegend angeordnet.

Die lokale Miliz, die diesen Landstrich kontrollierte, hatte großzügig ihren Schutz angeboten. Janet musste einiges an Bargeld sowie den Einfluss von Vanderbuildt Inc. spielen lassen, um freie Hand zu haben. Von dem, was hier geschah, sollten nicht mehr Leute wissen als unbedingt nötig.

Je weiter sie nach Westen vorstießen, umso konkreter wurden die Hinweise auf die Löwen. Doch je näher sie ihrem Ziel kamen, desto zurückhaltender wurden auch die Menschen, die sie befragten. Janet musste sich manch eine Fabel und Legende anhören, die sich nun erfüllen werde. Innerlich schüttelte sie nur den Kopf. So sehr die Menschen hier inzwischen Fernsehen und Cola gewöhnt waren - sie hielten immer noch abergläubisch an den alten Märchen fest, mit denen schon ihre Großväter nachts geängstigt worden waren.

Janet konnte das nur recht sein. Keiner der Dorfbewohner wagte sich zurzeit in dieses Gebiet. Sie hatten ihr nur den Weg gewiesen und von den Ruinenfeldern erzählt, die einst der Löwengeist bewohnt habe. *Was lag also näher, als die Suche dort zu beginnen*, dachte sich Janet.

Doch welch ein Aufwand -

„Miss Verhooven?", unterbrach sie eine kräftige Stimme in ihren Gedanken.

Eugene Mauris, ihr ortskundiger Fahrer, kam mit weiten Schritten auf sie zu. Er war Belgier und saß seit den Unruhen um Bokassa in den 70er-Jahren als arbeitsloser Söldner in diesem Land fest. Seine kernige Art und sein trockener Humor hatten schnell dazu beigetragen, dass sie ihm vertraute.

Er war Ende Vierzig, mit kurzem schwarzen Haar, das strähnig zur Seite stand. Ganz im Gegensatz zu seinem schmalen Schnurrbart, der mit seinen akkurat geschnittenen Spitzen die Mundwinkel einrahmte. Janet blickte zu ihm hoch.

„Ich glaube, er kommt zu sich", fuhr er fort.

Die junge Frau nickte knapp und erhob sich aus ihrer Haltung. Mit kurzen Schlägen klopfte sie den Staub von ihrem olivgrünen Overall. Sie folgte dem Fahrer zu dem kleinen Lager. Die wenigen Schritte strengten sie mehr an, als sie es sich selbst eingestehen wollte. Unbewusst griff sie nach ihrer Wasserflasche und trank in hastigen Zügen. Das Wasser brannte in ihrem ausgedörrten Hals.

Sie sah Alice zu, die die Stirn des Wilden mit einem feuchten Tuch abtupfte. Missmutig stellte Janet fest, dass die Fotografin trotz ihrer Shorts und des dünnen T-Shirts keine Probleme mit der sengenden Hitze zu haben schien. Sie ging in die Hocke und registrierte den Schatten, den die Plane warf, mit Erleichterung. Interessiert betrachtete sie den Mann, der sich unruhig auf der Decke wälzte.

„Wahnsinn, was der Junge ausgehalten haben muss!", stellte Eugene fest. „Normalerweise überlebt das kein Mensch länger als ein paar Stunden, in so einer Einöde in der Sonne zu schmoren!"

„Urwaldhelden sind eben aus besonderem Holz geschnitzt", entgegnete Janet ihm lakonisch und warf Alice einen Blick zu. Diese lächelte vielsagend zurück.

„Es gibt halt zu wenige davon." Die Fotografin tunkte den kleinen Waschlappen aus Frottee in eine Schale mit Wasser und drückte ihn aus. Dann widmete sie sich mit dem Tuch wieder der Pflege des Fremden.

So wenig Janet die junge Frau leiden konnte, musste sie der Fotografin Recht geben. Der Junge war vom Körperbau her ein Prachtexemplar. Zu schade, dass Vanderbuildt bereits seine Pläne mit ihm hatte!

Ein Stöhnen des halbnackten Mannes ließ sie fast schuldbewusst zusammenzucken. Er warf den Kopf leicht zur Seite. Sein breiter Brustkorb hob und senkte sich unter den kräftigen Atemzügen. Übergangslos öffnete er die hellblauen Augen. Es wirkte fast so, als wisse er, was um ihn herum geschehe.

„Hallo", begrüßte ihn Janet und schob ihr Gesicht in sein Blickfeld. „Wie geht es Ihnen? Comment êtes-vous?"

Sie versuchte es mit einer Mischung aus Englisch und Französisch und hoffte, dass er einer der beiden Sprachen mächtig war. Ihren letzten Johnny Weissmueller-„Tarzan" hatte sie zu Schulzeiten gesehen und war nicht darauf aus, sich in einem unbekannten Affendialekt verständigen zu müssen. Seine Antwort kam in flüssigem Englisch. Er stöhnte unterdrückt auf und versuchte sich aufzurichten.

„Nicht so gut", brachte er schwerfällig hervor. „Kann ich etwas Wasser haben?"

Alice Struuten robbte aus ihrer sitzenden Haltung etwas zur Seite und goss aus einem der Wasserkanister ein wenig in ein Glas ein. Sie hielt es dem Fremden an die Lippen und kippte es leicht an. Dieser nippte in kleinen Schlucken an dem Glas, bis er seinen Kopf zurücksinken ließ.

„Danke", entfuhr es ihm rau.

„Mmmh, ich danke!", erwiderte Alice und stellte das Glas beiseite. Janet machte sich in Gedanken eine Notiz, die Fotografin bei der nächsten Gelegenheit in der Wüste auszusetzen.

„B'jour", übernahm Eugene die Initiative. Alle drei hatten sich inzwischen in einem Halbkreis um den Fremden versammelt. „Mein Name ist Eugene Mauris. Ich bin der Fahrer der Gruppe." Er deutete dann auf Alice. „Meine Kollegin hier vor Ort, Alice Struuten, Fotografin." Sie strahlte den Wilden an und warf ihm ein kurzes „Hi" zu.

„Und Miss Verhooven, unsere, hm, tja -", unterbrach er sich. „Was sind Sie eigentlich?"

Janet warf ihm einen scharfen Blick zu und verschränkte die Arme vor der Brust.

„'Janet' für meine Freunde", lautete ihre knappe Antwort. „Was treibt Sie in diese Gegend, Mister -?"

Der Mann, der mit nicht mehr als einem Lendenschurz bekleidet war, richtete sich mit katzengleicher Gewandtheit auf und hielt für einige Sekunden inne.

„Nennen Sie mich ‚Talon'." Ohne die Menschen weiter zu beachten, suchten seine Augen das Bild ab, das sich ihm bot. So, als sammelten sie die Bruchstücke von Erinnerungen zusammen, die zwischen den Ruinen verloren gegangen waren. Keiner der anderen wagte etwas zu sagen.

„Ich?", wandte er sich plötzlich wieder an Janet, als habe er erst jetzt den Sinn ihrer Frage verstanden. „Ich lebe hier. Aber Sie, was -?"

Der Boden schien unter Talons Füßen zu schwanken. Er stöhnte auf und taumelte zur Seite. Alice Struuten war mit einem Schritt bei ihm und hielt ihn am linken Unterarm fest.

„Vorsicht!", rief sie und hatte alle Mühe, den muskulösen Körper zu stützen. Talon lehnte sich mit dem Rücken gegen den Stumpf einer zerfallenen Säule und nahm das Glas Wasser, das ihm Alice reichte, mit einem stummen Nicken an. Janet wartete, bis er sich wieder erholt hatte.

„Wir sind für Vanderbuildt Inc. unterwegs", eröffnete sie ihm. Als sie keine Reaktion bei Talon feststellte, fügte sie erklärend hinzu, „ein südafrikanisches Unternehmen, das in ganz Afrika zahlreiche Niederlassungen pflegt." Sie behielt den Mann genau im Auge. „Wir sollen uns einen Einblick in die Geomorphologie des Landes verschaffen, in den Dschungel schnuppern. Und dabei haben wir von dem ‚Exodus' der Löwen gehört!"

In Talons Augen blitzte es auf. Ohne ein Zeichen von Schwäche fuhr er hoch.

„Die Löwen!", schrie er auf. „T'cha! Ich muss ihnen nach!"

Deutlich registrierte Janet, dass Talon die Menschen um sich schlagartig vergessen hatte. Seine Gedanken schienen nur noch von dem Schicksal der Löwen besessen zu sein. Sie wusste nicht, wie gut Mauris im Zweikampf war, aber sie räumte ihm keine großen Chancen in einem direkten Vergleich mit dem ‚Wilden' ein, sollte sie von ihm verlangen, ihn aufzuhalten. Stattdessen trat sie an Talon heran und legte ihm ihre Hand auf die Schulter, um ihn zurückzuhalten.

„Allein?", setzte sie mit einem besorgten Blick an. „In Ihrem Zustand? Lassen Sie sich von uns helfen!"

Sofort war Alice an ihrer Seite und unterstützte sie.

„Natürlich! Vielleicht springt 'ne Story für mich dabei raus!" Sie schenkte Talon ein gewinnendes Lächeln. „Ein wenig Pep kann dem faden Bericht nicht schaden." Alice befürchtete kurz, Janet könnte sie als Leiterin des Projekts für diese Worte zurechtweisen, doch mit einem Seitenblick erkannte sie, dass die blonde Frau die gleichen Gedanken zu führen schien.

Talon hielt in seiner Bewegung inne und blickte geistesabwesend zu Boden. Mehrere Augenblicke verstrichen, in denen er die beiden Frauen nur stumm musterte.

„Es ärgert mich, ihr Angebot annehmen zu müssen", stimmte er zögernd zu. „Aber, na gut – machen wir uns auf den Weg."

Eugene Mauris hatte inzwischen das provisorische Lager abgebaut und auf der Ladefläche des Rovers verstaut. Er lehnte sich gegen einen Überrollbügel und klopfte sich kurz den Staub von den Schuhen. Die beiden Frauen setzten sich wie selbstverständlich auf die Rückbank. Eugene lud Talon mit einer Handbewegung ein, neben ihm auf dem Beifahrersitz Platz zu nehmen, und schwang sich dann selbst in das Innere des Fahrzeugs.

„Immer den Ruinen nach, hm?", fragte er den Fahrgast und nickte mit dem Kinn Richtung Südosten. Talon folgte dem Blick des Belgiers. Der verwaschene graublaue Himmel ließ die Konturen am Horizont in einem nebligen Dunst verschwimmen. Dennoch zeigte sich Talons Sinnen ein klar erkennbarer Pfad durch die Einöde.

Er nickte dem Fahrer zu. Augenblicke später setzte sich der Rover in Bewegung und zog eine breite Staubfahne hinter sich her, die die Ruinen hinter ihnen in einen undurchdringlichen Schleier hüllte. So nahm keiner von ihnen mehr die hoch gewachsenen Silhouetten wahr, die sich wie Phantome aus dem Schatten der steinernen Pfeiler lösten.

Das Fahrzeug bahnte sich mit röhrendem Motor seinen Weg durch die Einöde. Die unebene Strecke ließ das Chassis stark ruckeln, und so hielten sich die Insassen vorsichtshalber an den Sicherheitsgriffen des Geländewagens fest.

Alice Struuten wies mehrmals Eugene wegen der Fahrweise frotzelnd zurecht und hustete jedes Mal, wenn der aufgewirbelte Staub in ihren Mund drang. Sie hatte offensichtlich Schwierigkeiten, sich der holprigen Fahrweise anzupassen und bewunderte Janet, die neben ihr völlig ruhig auf ihrem Sitz saß, den Blick kühl nach vorne gerichtet.

„Miss Verhooven?", rief sie ihr durch den Motorenlärm zu. Die blonde Frau wandte sich ihr überrascht zu. Alice lächelte verschmitzt zu ihr herüber. „Ich ziehe meinen Hut vor Ihnen! Sich so schnell bei dem Typen einzuklinken", sie deutete mit dem Zeigefinger auf Talon, der das Gespräch hinter sich durch den Lärm nicht mitbekommen konnte.

„Sie wissen, wo eine gute Story zu holen ist", gestand sie ihr neidlos zu.

Janet verzog die Lippen zu einem schmalen Lächeln.

„Miss Struuten – ich weiß vor allem, wo es die besten Männer gibt."

Sie genoss den verdutzten Blick auf dem Gesicht der Fotografin mit innerer Genugtuung und wandte ihren Blick wieder nach vorne, ohne sich auf ein weiteres Gespräch einzulassen.

Stille wehte durch die steinerne Dunkelheit.

Die Strukturen der gewaltigen, in sich verschachtelten Hallen ragten wie ein zerfallenes Skelett aus dem Dämmerlicht. Pfeiler und Streben aus einem marmorartigen Material, durchzogen von Myriaden Rissen und Brüchen, ragten in die Höhe und trugen die mächtige gewölbte Decke, die das Licht an sich zog und in einem stummen Wirbel verschlang.

Hallen, von der Zeit längst vergessen. Es schien, als seien die zerschmetterten Ornamente und Verzierungen eingefroren worden. So, als sei alles im Augenblick des Todes erstarrt.

Trotz der zahlreichen Risse und Löcher im Gestein hatte sich die Natur nie die archaischen Gänge und Säle zurückerobern können. Von draußen schimmerte das vielfältige Grün des Dschungels in die Räume. Es fand sich jedoch kein Blatt, kein Ast, der den Boden der Ruinen bedeckt hätte.

Inmitten des großen Kuppelsaales, der die Mitte des Bauwerks bildete, schraubte sich eine mächtige zylindrische Säule in die Höhe. Weit über dem kostbar getäfelten Boden wartete das Dunkel auf der Spitze der Säule, schlafend, erstarrt.

Der mächtige schwarze Körper ruhte einer Statue gleich auf der ebenen Fläche, die die Säule abschloss. Nur schwer waren die muskulösen Gliedmaßen unter dem obsidianfarbenen Mantel aus Licht zu erkennen.

Von einem Augenblick auf den anderen erwachte die Dunkelheit. Blutrot schimmernde Augen öffneten sich in der schwarzen Fläche des breiten Schädels. Momente verstrichen, in denen sich der Körper festigte und sich nachtschwarzes Licht um die zerfließenden Glieder sammelte. Dann erleuchtete die Spitze der Säule in einem schillernden Wirbel bunten Lichts.

Der dunkle Körper materialisierte sich am Fuß der Säule und schritt langsam den breiten Korridor entlang, der nach draußen führte. Lichtreflexe blitzten in der dunklen Mähne auf, die sich in einem imaginären Wind bewegte. Der gewaltige schattenhafte Leib des Löwen nahm die Umgebung wie ein Herrscher wahr, der nach langer Zeit wieder in seinen Palast zurückkehrte.

Endlich erreichte er einen breiten torartigen Ausgang, der nach draußen führte. Vor ihm öffnete sich eine ausgedehnte Plattform, die sich wie ein Balkon um das Gebäude zog. Hungrig sog der Blick des schattenhaften Löwen das Bild der Ebene in sich auf, das sich ihm eröffnete.

Sein mächtiger Körper verharrte nun an der Kante des Balkons. Die unendliche Weite des Dschungels leuchtete in den verschiedensten Grüntönen, nur selten unterbrochen durch das tiefe Ocker der trockenen Savanne im Norden. Eine Reihe längst zerfallener obeliskenartiger Säulen erhob sich über die Baumkronen. Sie zog sich einer geraden Allee gleich in Richtung der

Savanne, in eine Vergangenheit, die lange hinter dem nacht-schwarzen Beobachter hoch über der Szenerie lag.

Ein tiefes Grollen löste sich aus dem Dunkel.

Sein Ruf war erfolgt. Er musste nur warten, bis sie kamen, um sich mit ihm zu messen.

Um ihn als den Herrn anzuerkennen.

„Erzabbau? Hier?"

Talon warf Janet Verhooven einen zweifelnden Blick zu, während er sich zu ihr umdrehte. Die Fahrt dauerte bereits mehrere Stunden, und so nutzte Vanderbuildts Angestellte die Gelegenheit, etwas Licht in das Dunkel zu bringen, das diesen Mann umgab.

Also begann sie ein unverfängliches Gespräch, in dem sie über ihre Arbeit und die Gründe redete, die sie hierher geführt hatten. Doch Talon hatte ihr die ganze Zeit nur zugehört, ohne selbst etwas von sich zu erzählen.

„Warum nicht?", antwortete sie auf die noch offene Frage. „Sicher, wir gehen etwas unorthodox vor. Aber die politische Lage hier in Zentralafrika erfordert etwas Improvisation und Vanderbuildt Inc. lässt uns solche Freiheiten. Und vergessen Sie nicht, sonst wären wir nie zu den Ruinen gekommen – und zu Ihnen!"

Talon ging auf die Bemerkung nicht ein und sah stattdessen nur zu den steinernen Pfeilern herüber. „Sie sind fremdartig", murmelte er kaum hörbar vor sich her. „Ich war noch nie hier."

„Hey, Großer!", ließ ihn ein Zuruf aufschrecken. Er fuhr herum und blickte in ein dunkles, großes Auge. Mehrere Klickgeräusche waren zu hören, dann legte Alice Struuten die Kamera auf ihren Schoß, ein zufriedenes Lächeln auf den Lippen.

„He, was soll das?", reagierte Talon gereizt. Er warf der Fotografin einen wütenden Blick zu.

Diese legte ein schüchternes Lächeln auf. „Nur ein Foto", entschuldigte sie sich. „Mmmh, ich seh' schon den Titel: ‚Eine Safari mit Tarzan'."

Sie verstaute die Kamera vorsichtig in ihrer Tasche und sah Talon dann forschend an.

„Sagen Sie, können Sie das eigentlich? Mit Lianen schwingen und so?"

Zum ersten Mal hörte sie den Mann laut auflachen. „Seien Sie nicht albern", erwiderte er. „Die Lianen hängen nie dort, wo man sie gerade braucht. Ich bin auch eher in der Savanne zu Hause und halte mich nur selten im Dschungel auf."

„Schade!" Alice machte sich in Gedanken bereits die ersten Notizen. Sie beugte sich etwas vor, um nicht ständig gegen die Fahrtgeräusche anschreien zu müssen. „Und mit -!"

Eine harte Bremsung presste sie schmerzhaft in den Sitz vor ihr. Die Fotografin schrie auf und hielt sich nur mit Mühe an einer Querstange fest, während sie mit dem Oberkörper aus dem Fahrzeug hing.

„Eugene -?", rief sie ihre Frage ins Leere. Der Belgier fluchte. Noch immer war der Wagen nicht zum Stillstand gekommen, sondern raste mit unverminderter Geschwindigkeit über das Geröll hinweg. Aus einem Grund, den Alice nicht sah, riss der Fahrer erneut das Steuer herum. Sie schloss nur die Augen und schnappte hastig nach Luft. Durch den aufgewirbelten Staub hörte sie aus verschiedenen Richtungen kurze Rufe und Befehle.

„Gegensteuern!" „Festhalten!"

Ein harter Schlag erschütterte den Wagen. Alice konzentrierte sich nur auf ihre rechte Hand, die sich fest um einen Haltegriff geschlossen hatte, während sich die Welt um sie drehte. Der Rover überschlug sich und rutschte unkontrolliert über den steinigen Boden.

Nach einer scheinbaren Ewigkeit kamen alle Bewegungen zur Ruhe. Alice hörte nur ihr eigenes Herz, das heftig in ihrer Brust pochte, und ihr hastiges Atmen. Sie wagte es nicht, den Griff loszulassen.

Ohne es unterdrücken zu können, begann sie zu weinen.

Der schwarze Hüne erhob sich wie ein Felsen auf dem verlassenen Baugelände am Rande von Kairo. Ein Sandsturm suchte die Millionenstadt seit Stunden heim und hüllt die Häuser zu dieser frühen Nachmittagstunde in ein Dämmerlicht, als sei die Nacht bereits angebrochen.

In vielen der Häuser brannten daher schon die ersten Lichter, die sich jedoch schnell in den Sandwehen verloren, die durch die Straßen zogen.

Unbeeindruckt trotzte der kahlköpfige Mann den Naturgewalten. Es schien fast so, als genieße er das Chaos, in dem er sich befand. Um seine Fingerspitzen tanzten kleine Lichtwirbel, die wie Blitze in die Höhe zuckten.

„Shion!", dröhnte seine tiefe Stimme durch das Röhren des Sturms. Er reckte den Kopf in den Himmel und hielt die Augen geschlossen.

„Du willst mich quälen, demütigen, wie vor so vielen Jahren, so vielen Äonen!" Seine Arme vollführten ausladende Bewegungen, die jedoch einem fest vorgegebenen Muster zu folgen schienen.

„Nein, ich werde freikommen und zurückkehren -", fuhr er fort. Seine rechte Hand ballte sich zur Faust, während seine blutunterlaufenen Augen nach Süden blickten, „ – in den Dschungel. Deinen schwarzen Leib werde ich zerfetzen und in alle Winde verstreuen."

Der Schwarze streckte den linken Arm aus und hob ihn leicht an, so als wolle er etwas aufheben. Der Boden vor seinen Füßen begann zu vibrieren. Knirschend brach der brüchige Asphalt auf und bohrte sich in großen Platten in die Höhe. Unter seinen Füßen hörte der Hüne ein leises Kreischen. Unterirdische Wasserrohre rissen auf. Helle Fontänen schossen aus dem Boden und vermischten sich mit dem wehenden Sand zu einer zähen Schlacke, die in schweren Tropfen zu Boden perlte.

„Glaubst du, du könntest mich auf ewig binden, Löwenbrut?" Das Wasser verdampfte zischend, sobald es die Haut des Farbigen berührte.

„Mein ist die Macht!", schrie er auf, während sich der Asphalt um ihn herum meterhoch in den Himmel bohrte. Das Beben breitete sich aus. In der Ferne schwankten die ersten Häuser. Leise drang das panische Geschrei tausender Stimmen zu ihm herüber. Der Hüne sog sie wie Nahrung in sich auf.

„Ich bin der Herr!"

Um ihn herum zerfiel der Asphalt zu Staub.

„Hmm, nette Verstauchung, Miss Verhooven! Sagen Sie mir, wenn's weh tut."

Eugene Mauris legte den Verband um den linken Knöchel der jungen Frau, die dem Belgier aufmerksam zusah. Irgendwann zischte sie schmerzerfüllt auf. Ihre Mundwinkel zuckten unwillig. Sie lehnte sich gegen eine umgestürzte Säule und wartete, bis der Fahrer den Verband befestigt hatte.

„Geht schon, Scheißdreck!"

Janet murmelte eine Bedankung und fuhr mit der Hand über

die verletzte Stelle. Eugene erhob sich, ohne sie weiter zu beachten. Über seine Stirn zog sich ein breites Pflaster und sein rechter Unterarm war dick umwickelt. Er schnaufte auf und stützte sich auf dem Geröll ab.

Die junge Frau sah ihn resigniert an.

„Und wir kommen hier nicht weg?"

Eugene Mauris sah sie aus seinen graublauen Augen offen an. „Nein, der Rover hat einen schönen Achsenbruch. Wir hatten unglaublich viel Schwein, da mit so wenig Blessuren raus zu kommen!" Er sah zu dem Wrack hinüber, aus dem eine dicke dunkle Rauchfahne in den Himmel stieg.

„Na toll!", quittierte Janet die Nachricht und bog ihren Oberkörper durch. Der Schweiß lief ihr in Bächen über das Gesicht. „Aber unser ‚Tarzan' kann uns wohl von hier wegbringen. Wo ist er überhaupt?"

„Hinter ihnen", erklang eine Stimme direkt in ihrem Rücken. Die junge Frau schrie kurz auf. Sie hatten den großgewachsenen Mann nicht kommen hören. „Ich habe mir den Speer angesehen, der in den Motorblock gedrungen ist - es dürfte ihn nicht geben. Wie die anderen, die uns nur knapp verfehlt haben."

„Was soll das heißen?", hakte Janet nach. Sie hatte wie Alice nichts von dem mitbekommen, was zu dem Unfall geführt hatte. Als die beiden Männer von den Speeren erzählten, hatte sich alles in ihr dagegen gesträubt, ihnen glauben zu wollen.

Talon hielt den mehr als mannsgroßen Speer fest in beiden Händen. Der hölzerne Schaft war verziert mit bunten Büscheln Vogelfedern, die nun zerfetzt in ihrer Befestigung hingen. Er betrachtete die mächtige flache Klinge. Sie war durch den Einschlag in das Fahrzeug kaum verformt worden.

„Nur wenige benutzen heute noch solche alte Waffen in dieser Gegend. Und es gibt keinen Stamm, der Speere von dieser Machart benutzt. Ich frage mich - "

Ein leises Klicken unterbrach ihn in seinen Gedanken. Talons Kopf ruckte zur Seite.

„Meine Güte, Alice! Muss das denn sein?", herrschte er die Fotografin an.

Diese hielt ihre Kamera in beiden Händen und kniete am Boden. Sie hatte sich beim Unfall nur ein paar Schürfwunden zugezogen.

„Das war einfach ein zu geniales Motiv, Sie mit der Waffe!", erklärte sie ihm. „Zu schade, dass die Kamera den Unfall überlebt hat, hm?" Sie legte die Abdeckplatte auf das Objektiv und warf sich dann den Tragegurt, am dem das Gerät hing, um die Schulter.

„Und ich bin noch mit einigen Filmen bewaffnet", schloss sie mit einem schnippischen Unterton ab.

Talons Blick musterte sie kühl.

„Die Männer, die uns beobachten, sind es mit Speeren!"

Erschrocken zuckten die Anwesenden bei den Worten zusammen. Niemand hatte bisher richtig darüber nachgedacht, wie es überhaupt zu dem Angriff gekommen war.

„Beobachten?", keuchte Janet auf. „Sie meinen -?"

Eugene trat einen Schritt auf Talon zu und klopfte ihm mit dem Zeigefinger gegen die Brust.

„Dann müssen wir sofort hier weg! Bringen Sie uns irgendwie nach Bangui!" Sein Griff ging zu dem Holster an seinem Gürtel. Der kleine Revolver hatte den Unfall unbeschadet überstanden. Mauris öffnete das Magazin und kontrollierte zufrieden die Patronen.

Talon hatte ihn stumm beobachtet.

„Nein", entgegnete er nur knapp.

„Was?!", rief der Belgier entgeistert und sah den Mann mit dem rotbraunen wilden Haar entsetzt an.

„Was meinen Sie –", löste es sich von Alices Lippen.

„Ich muss der Fährte nach", erklärte er. Sein Blick ging weiter in Richtung der Allee, die durch die riesenhaften Pfeiler gebildet wurde. Er trat einige Schritte nach vorne. Seine Augen verloren sich in der Ferne.

Hart packte Eugene ihn an der Schulter und riss ihn herum.

„Verdammt, wollen Sie uns hier verrecken lassen?", fragte er Talon. Seine Augen suchten die des anderen Mannes. Dieser musterte ihn ungerührt.

„Ich habe Sie nicht gebeten, hierher zu kommen."

Zwischen den beiden Männern begann die Luft zu knistern.

„Ruhe, alle beide!", unterbrach Janet die angespannte Atmosphäre und trennte die beiden, indem sie mit der Hand dazwischen fuhr. Sie humpelte langsam wieder zurück auf ihren Platz und atmete erleichtert auf, als sie sich auf den kühlen Stein setzen konnte.

„Mauris, ich bin hier der Boss", setzte sie mit ruhiger Stimme an. „Wir gehen mit ihm, klar? Talon –" Sie sah den halbnackten Mann ernst an. „ – Sie sind uns was schuldig. Wir haben Sie aus der Savanne gerettet. Nehmen Sie uns mit!"

Sie spürte die Unwilligkeit, mit der die beiden Männer auf ihren Vorschlag reagierten. Alice stellte sich neben die Frau.

„Talon, wenn es Sie nicht stört –?", unterstützte sie Janet „Eugene, mir wäre eine Fotosafari lieber, als mich jetzt allein irgendwie nach Bangui durchschlagen zu müssen. Was weiß ich, was unterwegs auf uns lauert!"

Eugene antwortete mit einem kehligen Lachen und zuckte mit den Schultern. Er warf Talon einen eisigen Blick zu. „Ich bin ja sowieso überstimmt."

„Das sind Sie", stimmte ihm Janet Verhooven zu. „Nun?", wandte sie sich an Talon. Dieser bedachte sie mit einem unbestimmten Blick. Er wartete einige Augenblicke mit seiner Antwort.

„Gut, kommen Sie mit", ein schmales Lächeln löste sich von seinen Lippen. „Wegen Ihres Fußes – ich werde Sie tragen."

„Den ganzen Weg?", fragte Janet nach. „Hmm, ein wahrer Held!" Auffordernd streckte sie ihm ihre Hände entgegen. Ohne Mühe hob Talon sie hoch und wartete, bis sich die junge Frau in seinen Armen zurechtgelegt hatte. Etwas fester als nötig schlang sie ihre Arme um seinen Hals.

„Sie sind eine schreckliche Frau", stellte Talon kopfschüttelnd fest. Janet schenkte ihm ihr selbstsicherstes Lächeln.

„Das sagen alle meine Männer."

Gegen Abend des nächsten Tages erreichte die Gruppe das Ende der ausgedörrten Savanne. Ohne Wechsel ging die Einöde in die grüne Wand des Dschungels über. Zerfallene Überreste mehrerer Säulen ragten vereinzelt aus dem Gewirr von Ästen und Blättern.

Kurz setzten die Menschen das Gepäck ab, das sie noch aus dem Wagen hatten retten können, und legten eine Pause ein. Alice hatte ihre schussbereite Kamera von der Schulter genommen und machte unablässig Bilder.

„Das ist doch nicht normal!", stellte Eugene fest. „So krass ändert sich keine Landschaft!"

Eine Unruhe erfüllte Talon, die er bereits seit Stunden in sich spürte.

„Es ist ein besonderes Gebiet. Niemand geht dorthin", klang seine Antwort ungewohnt vorsichtig.

„Wieso nicht?", fragte der Belgier nach. Er ging in die Knie und betrachtete die Landschaft genau.

Talon legte die Hände an die Hüfte und trat unruhig auf der Stelle.

„Um es abergläubisch auszudrücken – das Gebiet ist tabu. Ich habe nur von anderen davon gehört. Das Land ist fremd. Als gehöre es schon lange nicht mehr hierher."

Eugene musterte ihn nachdenklich.

„Sie sagen das so, als ob Sie daran glaubten."

Janet Verhooven wischte sich Hals und Gesicht trocken. Es ärgerte sie, wie sehr ihr die Hitze zu schaffen machte. Umso mehr, da die anderen nicht mit diesen Problemen zu kämpfen schienen. Zum Glück war ihr Fuß nicht so stark angeschwollen wie befürchtet.

„Wollen Sie immer noch da rein?", wollte sie von Talon wissen.

Dieser nickte. „Ich muss!"

Ein Schrei entfuhr Alices Lippen. Hastig rief sie Talons Namen. Sie zeigte vor sich in das undurchdringliche Dickicht. Aus dem Unterholz löste sich ein ockerfarbener Schatten, der sich langsam der Gruppe näherte. Die bernsteinfarbenen Augen unter der langen Mähne brannten sich in die Menschen ein.

Ein gefährliches Grollen drang aus der Kehle des gewaltigen Löwen.

Talon stellte sich vor die drei Personen, die ihn begleiteten, und wies sie mit einer Handbewegung an zurückzubleiben. Sein Blick löste sich keinen Augenblick von dem gewaltigen Raubtier, das sich lauernd aus dem Unterholz des Dschungels näherte.

Der Löwe stieg über die Überreste der zerfallenen Mauern und postierte sich auf einem von der Witterung gezeichneten Marmorblock, der wie eine Kaimauer aus dem grünen Dickicht ragte. Seine von schwarzen Strähnen durchsetzte Mähne wehte leicht im kühlen Wind des anbrechenden Abends.

Die Sonne ging nun rasch unter. Einem endlosen Band gleich schob sich ein pastellfarbenes Gewebe aus blauen und purpurroten Streifen über den Himmel.

Talon trat langsam nach vorne, als er sich sicher war, dass der Löwe keinen Angriff plante. Seine Gedanken tasteten sich vorwärts, suchten das Bewusstsein der großen Raubkatze, die ihn aus ihren bernsteinfarbenen Augen kalt musterte. Ein kurzes Grollen reichte, um dem Mann anzuzeigen, wie weit er sich nähern durfte.

Er hielt inne und begegnete dem Blick des Löwen.

[Es gibt keinen Grund, feindselig zu erscheinen, mein Freund], lösten sich fremdartige Laute von Talons Lippen, die die kleine Gruppe, die hinter ihm wartete, nicht zu verstehen vermochte. Doch der Löwe verstand sie. Und er zuckte merklich zusammen.

[Du sprichst unsere - ?] Momente vergingen voller Stille. Unruhig scharrte die Raubkatze mit der linken Vorderpfote über den groben Stein. *[Es gibt hier kein Durchkommen. Der Zugang zu diesem Ort ist solchen wie euch untersagt. Geht!]*

Ein heiseres Fauchen begleitete die Aufforderung.

Unwillig warf Talon einen Blick zurück und schüttelte dann den Kopf.

[Ich muss hier durch!], beharrte er.

Der Löwe knurrte den Menschen ungeduldig an. Sein massiger Kopf ruckte nach vorne und taxierte Talons Augen.

[Dies ist Shions Reich. Ich dachte, die Wächter hätten euch klar gemacht, dass der Dschungel in dieser Zeit für euch tabu ist.] Die dunklen Augen blitzten bedrohlich im schwindenden Sonnenlicht. *[Kehr' um, bevor ich nicht mehr gewillt bin, dir zuzuhören!]*

Talon konnte deutlich sehen, wie sich die Muskeln des Löwen unter der ockerfarbenen Haut anspannten. Die Raubkatze war offensichtlich zum Sprung bereit und nicht mehr gewillt, eine weitere Warnung auszusprechen. Um gegen den Angriff gewappnet zu sein, verlagerte er sein Gewicht und schob das linke Bein zurück. Er scharrte mit der Ferse eine kleine Kuhle frei, um einen besseren Halt zu finden. Dann breitete er die Arme aus und beugte den Oberkörper vor. Sein Atem ging hastig, und er spürte, wie er trotz der einsetzenden Kälte zu schwitzen begann.

[Dann musst du mich mit Gewalt aufhalten!], entgegnete er nur und knurrte den Löwen an.

Die Antwort erfolgte in einem lauten Brüllen. Aus dem Stand sprang die Raubkatze von ihrer erhöhten Stellung auf Talon zu. Hinter dem gebleckten Maul leuchteten die scharfen Zähne matt auf. Heißer Atem schlug dem Mann des Dschungels entgegen.

Der Aufprall warf ihn fast von den Beinen. Er hatte die Arme nach oben gerissen und den schweren Kopf des Raubtieres gepackt. Immer wieder stießen die Zähnen gegen die Unterarme und schnitten kleine Wunden in die Haut.

Der Löwe warf den Kopf hin und her und versuchte sich aus der Umklammerung zu lösen. Seine Pranken zuckten vor und stießen jedes Mal ins Leere. Voller Wut brüllte das Tier auf und verstärkte seinen Angriff.

Talons heiseres Brüllen vermischte sich mit dem Grollen des Löwen. Im Augenblick konnte er sich der Attacken nur mühevoll erwehren. Die Sehnen traten dick an seinen Unteramen hervor. Nach wie vor ließ er den Kopf des Löwen nicht los und zwang das schwere Tier dazu, auf seinen Hinterpfoten zu tänzeln, um das Gleichgewicht nicht zu verlieren. Doch allein die Masse des Löwen setzte Talon schwer zu. Er konnte den Bewegungen nur folgen, wenn die Raubkatze mit ihren Tatzen nach ihm schlug.

Ein schwerer Hieb erwischte ihn an der rechten Seite. Blutige Striemen zeichneten die Spur der Krallen nach.

Sein Atem ging hastig. Schweiß lief ihm in Bächen über den von Staub verschmierten Körper und mischte sich mit dem Blut aus vielen kleinen Wunden zu roten Schlieren, die den muskulösen Körper bedeckten. Talon spürte, dass er den Löwen nicht mehr lange auf Distanz halten konnte. Er musste selbst in die Offensive gehen, wollte er eine Chance gegen die Überlegenheit des Löwen erhalten. Die Muskeln in seinen Beinen schmerzten unerträglich. Trotzdem zog er das linke Bein vor und hieb es in den ausgedörrten Boden. Talon schob sich nach vorne und drückte gleichzeitig den gewaltigen Körper seines Gegners zur Seite.

Überrascht taumelte der Löwe zurück und stürzte. Doch sofort kam er wieder auf alle Viere. Talon nutzte die gewonnene Sekunde und riss sein Messer aus dem Gürtel. Den nächsten Angriff des Löwen fing er nur mit dem linken Unterarm ab. Durch die offene Deckung hieben die Krallen mehrere tiefe Wunden in Brust und Schultern des hoch gewachsenen Mannes.

Talon nahm die Schmerzen nicht mehr wahr. Seine Gedanken richteten sich auf die Klinge in seiner Hand, die in den Körper des Löwen stach. Er zog das Messer zur Seite zurück und riss damit lange klaffende Wunden in das Fell, das sich nun schnell rot färbte.

Im Hintergrund hielten sich seine drei Begleiter zurück und sahen dem Kampf entsetzt zu. Alice Struuten packte Eugene, den belgischen Fahrer, bei den Schultern und forderte ihn auf, Talon zu helfen. Dieser löste sich hastig aus ihrem Griff und lachte trocken auf.

„Bin ich verrückt? Ich werde mich da nicht einmischen!"

Er hatte schon die ganze Zeit seinen 38er-Revolver in der schweißbedeckten Hand, um einen Schuss auf den Löwen abzugeben. Doch die beiden Kontrahenten belauerten sich mit solch einer Geschwindigkeit, dass Eugene Mauris keine freie Schussbahn fand.

Der Atem brannte heiß in Talons schmerzenden Lungen. Blut aus einer tiefen Stirnwunde war ihm in die Augen gelaufen und behinderte seine Sicht. Er folgte fast nur noch seinen Instinkten, wenn er die Angriffe des Löwen abwehrte. Tausendfach eingeübte Bewegungen und Reaktionen, deren Herkunft er nicht kannte, übernahmen die Kontrolle in seinem Körper.

Langsam spürte er, wie die Attacken und Hiebe der Raubkatze schwächer wurden. Umso heftiger setzte er nach, um aus diesem Kampf als Sieger hervorzugehen. Und endlich sackte der massige Körper vor ihm auf den Boden und blieb regungslos liegen. Blut lief aus zahlreichen Wunden und versickerte zwischen den trockenen Grashalmen in der Savanne.

Müde reinigte Talon sein Messer und steckte es in den Gürtel. Eine unendliche Schwere machte sich in seinem Körper breit. Unwillig schüttelte er leicht den Kopf, als er den toten Löwen betrachtete.

„Vergib mir, Bruder", murmelte er rau. „Doch ich kann nicht umkehren."

Aus dem Augenwinkel nahm er die drei Menschen wahr, die sich nur langsam dem Schauplatz näherten. Sie standen so eng zusammen, als hofften sie, die Nähe böte ihnen ausreichend Schutz. Talon nahm es trotz seiner Mattheit fast amüsiert zur Kenntnis.

„Lasst uns weiter gehen", eröffnete er ihnen dennoch nur kurz.

Entsetzt hob Alice die Hände und machte einen Schritt auf ihn zu.

„Aber – gute Güte! Ihre Wunden!" Sie schnallte sich ihren Rucksack ab und kramte zwischen den Utensilien nach etwas Verbandsmaterial.

„Die Wunden werden sich schließen", antwortete er ihr nur kurz. „Ich habe gerade getötet. Diese Wunde klafft tiefer in mir." Talon ging in die Knie und legte die Hand auf die blutüberströmte Flanke des Löwen. Schon jetzt war die Kälte deutlich zu spüren, die von dem toten Körper Besitz ergriff.

Eugene Mauris trat zu ihm hin und lachte rau auf.

„Sind Sie immer so zart besaitet?", fragte er und schüttelte ungläubig den Kopf. „Das Biest hat uns schließlich angefallen! Was hätten Sie denn sonst tun sollen?"

In Talons Augen glomm unterdrückter Hass gegen den fremden Mann auf. Er betrachtete den Belgier mehrere Augenblicke lang, bis dieser sich unbehaglich in dem Blick wand. Talon ballte die Hände zur Faust.

„Er war eine Wache und wollte nur, dass wir umkehren." Seine breite Brust hob und senkte sich unter den hastigen Atemzügen, mit denen er seine Gefühle in den Griff bekommen wollte. „Und ich habe ihn herausgefordert."

In seine Gedanken versunken, blickte Talon zum Dschungel herüber, dessen üppiges Grün einen harten Kontrast zum ausgetrockneten Savannenboden bildete. Aus dem undurchdringlich erscheinenden Gespinst aus Blättern, Lianen und Ästen schälte sich eine weit entfernte Stimme, die sich in seinen Gedanken verlor.

„Deshalb müssen wir weiter", fuhr er fort. Sein Blick ging zu den drei Menschen, die sich alle nicht sicher waren, wie sie ihm begegnen sollten. Er spürte die Distanz, die zwischen ihnen lag.

„Andere werden ihn finden", erklärte er mit einem Fingerzeig auf den toten Löwen, „und dann will ich nicht mehr hier sein!"

Alice Struuten hatte sich unbeirrt mit dem Verbandsset beschäftigt und forderte Talon auf, sich endlich auszuruhen. Er sah kurz in die Augen der jungen Frau und nahm dann bereitwillig auf einem der Mauerreste Platz. Die Fotografin zerdrückte einige entsetzte Ausrufe zwischen ihren Lippen, als sie die Wunden genauer betrachten konnte. Trotzdem musste sie überrascht zugestehen, dass keine von ihnen genäht zu werden brauchte. Es schien tatsächlich fast so, als begännen die Verletzungen jetzt schon zu verheilen. Dennoch desinfizierte sie die größeren Wunden vorsorglich.

„Wissen Sie eigentlich, wohin Sie gehen?", fragte sie Talon, als sie ihre Arbeit beendet hatte und die Verbandssachen wieder in ihrem Rucksack verstaute.

Er nickte ihr für ihre Hilfe dankend zu und begann seinen Weg in den Dschungel.

„Nein", antwortete er ihr nur kurz angebunden. Janet Verhooven und Eugene Mauris warfen sich einen schnellen bedeutungsvollen Blick zu und schüttelten ihre Köpfe. Mit einem leisen Seufzen folgten sie dem Mann, der unbeirrt zwischen den gewaltigen Stämmen im Dschungel verschwand.

Stunde um Stunde kämpfte sich die Gruppe durch den Dschungel. Die Pflanzen schienen auf fremdartige Weise mit den zerfallenen Überresten der gewaltigen Bauten aus hellem Stein verwachsen zu sein. Marmorne Streben schoben sich aus den überwucherten dunklen Stämmen der hoch aufragenden Bäume. Pflanzen wuchsen reliefartig aus längst verwitterten Säulen, das Grün ihrer Blätter durchwebt von den feinen Maserungen des Steins.

Kein Geräusch erfüllte die Szenerie. Selbst der Wind schien an den fremden Strukturen zu zerfallen und langsam zu Boden zu sinken.

Bis spät in die Nacht schlug sich die Gruppe einen Weg durch das unwegsame Holz. Talon trieb die anderen unermüdlich an. Sein Blick war wie versteinert nach vorne gerichtet. Das schwache Licht der Taschenlampen schnitt sich mit schmalen Kegeln einen Weg durch die Umgebung, die sie in unergründlichem Dunkel umgab. Dann jedoch gab Janet Verhooven dem hoch gewachsenen Mann ein Zeichen.

„Talon, können wir anhalten?", entfuhr es ihr schwerfällig. „Ich kann nicht mehr." Sie hatte die Hände in die Seite gestützt und sah den Mann aus müden Augen an, der nur unwillig in seinem Schritt innehielt. Sie keuchte heftig. Kalter Schweiß hatte ihren khakifarbenen Overall schon seit langem durchtränkt. Neben ihr ließ sich Alice auf alle viere fallen und sank erschöpft in das feuchte Moos.

„Ich auch nicht", stimmte sie der Teamleiterin atemlos zu. Die beiden Frauen warteten auf eine Antwort des Mannes, der sie nur schweigsam musterte. Auch Eugene war die Erschöpfung anzusehen, doch er hielt sich zurück und betrachtete beide Parteien aufmerksam.

Endlich nickte Talon. Er warf einen kurzen Blick in den Himmel, der zwischen den Baumkronen unergründlich verborgen lag. „Gut", erwiderte er. „Es hat sowieso keinen Sinn mehr, weiterzuziehen. Es wird dunkel."

Die anderen drei ließen ihr Gepäck ohne weitere Aufforderung auf den Boden fallen und schlugen ein kleines Lager auf. Talon beobachtete die Szene nur kurz, dann schwang er sich an einer Liane hoch in einen der Bäume. Binnen weniger Augenblicke hatte er mehr als zehn Meter überwunden und war als Schemen nur noch undeutlich zwischen den Blättern zu erkennen.

Janet sah ihm ungläubig nach. „Wohin gehen Sie?", rief sie ihm zu und hoffte, dass er sie überhaupt noch zur Kenntnis genommen hatte. Talon drehte sich kurz um und musterte die blonde Frau aufmerksam.

„Ich sehe mich um", kam die kurze Antwort. „Was Sie auch tun, machen Sie kein Feuer!" Er schwang sich weiter nach oben und verwuchs mit den Schatten der Bäume, die ihn verschlangen. Janet blickte ihm nach. Zumindest sah sie dorthin, wo sie ihn vermutete. Die Bäume um sie herum schienen immer weiter anzuwachsen und sie langsam zu erdrücken.

„Ich bin gleich zurück", hörte sie plötzlich Talons Stimme aus der grünen Wand. Sie belächelte sich selbst, als sie spürte, wie sehr sie die Worte beruhigten. Kopfschüttelnd öffnete sie ihren Rucksack und zog ein kleines Handtuch hervor, um sich wenigstens den groben Schmutz und Schweiß abzuwischen.

Alice Struuten kam zu ihr herüber, einen Fuß vorsichtig vor den anderen setzend. So wenig sie die brünette Frau ausstehen konnte, so sehr war sie für ihre Gesellschaft dankbar. Sie hatte die Arme um ihren Oberkörper geschlungen und sah nach oben, dorthin wo Talon vor wenigen Augenblicken verschwunden war.

„Brrr, ich weiß nicht!" Ihre Augen waren von einer ungewohnten Unsicherheit erfüllt. „Manchmal ist er mir unheimlich."

Janet atmete hörbar auf, als sie ihre Katzenwäsche abgeschlossen hatte und verstaute das Handtuch wieder. Sie warf der Fotografin einen verständnisvollen Blick zu.

„Mhmm", stimmte sie ihr zu. „Mit normalen Maßstäben lässt er sich wirklich nicht messen." Sie zog eine breite Decke aus dem hohen Rucksack und breitete sie auf dem erdigen Boden aus. Alice lief weiterhin nervös auf und ab und hörte nicht auf, nach oben zu starren.

„Wie er den Tod des Löwen kommentierte", fuhr sie gedankenversunken fort. „Als ob es ihm leid täte."

Sie konnte das Blitzen in Janets Augen nicht erkennen, die ihre Arbeit unterbrach.

„Wer weiß", sinnierte die Blondine. „Vielleicht ist er bei Menschen nicht so zimperlich."

Alice keuchte entsetzt auf. „Das meinen Sie doch nicht im Ernst!" Sie ging neben Janet in die Hocke und war froh, die Wärme der anderen Frau zu spüren.

„Seien Sie froh, wenn wir es nicht herausfinden." Janet Verhooven war nicht weiter gewillt, sich mit dem Thema zu beschäftigen. Sie war viel zu müde, um sich über die moralischen Grundsätze ihrer Beute Gedanken zu machen. Doch langsam beschlich sie die Gewissheit, dass es viel schwieriger werden würde, Vanderbuildts Forderungen nachzukommen, als sie es selbst jemals für möglich gehalten hätte. Sie dachte, sie müsste nach einem Wilden im Dschungel stochern. Stattdessen wurde sie in eine Welt gerissen, die ihr so fremd, so verborgen war, dass sie ihre Ängste nicht mehr beherrschen konnte.

„Will jemand was zu essen?", riss sie Eugenes Frage aus ihren Gedanken. Der Belgier hatte sich inzwischen um das Lager gekümmert und es so weit gesichert, dass sich die Nacht wohl unbeschadet überstehen ließ. Er hielt eine leicht zerbeulte Dose verlockend in die Höhe.

„Kalte Ravioli!", zog er die Aufmerksamkeit der Frauen auf sich. „Und ...", ein Seufzen rang sich von seinen Lippen, „lauwarmes Bier."

Die beiden Frauen ließen sich dankbar ablenken und machten es sich im abgeblendeten Licht einer der Lampen auf einem umgestürzten, mit Moos überwucherten Baumstamm bequem.

„Ahhh, Sie verwöhnen uns", nahm Alice die geöffnete Dose entgegen und suchte nach einem Löffel. Keiner von ihnen bemerkte die tiefblauen Augen, die sie aus dem Schatten der Blätter aufmerksam beobachteten. Talon hatte sich aus der Höhe einen besseren Überblick über die kleine Lichtung verschaffen wollen, auf der die Gruppe nun lagerte. Er hatte die Ruhe gesucht, um das Feuer in ihm etwas zu beruhigen, das seit Stunden in ihm loderte.

Die unablässige Gesellschaft von Menschen weißer Hautfarbe war ihm fremd geworden. Dennoch betrachtete er die drei Personen eindringlich, folgte ihrem lockeren Geplauder, mit dem sie ihre Müdigkeit und Unruhe zu überspielen versuchten. Dann, nach nicht mal einer Stunde, zogen sie sich in ihre Schlafsäcke zurück. Eugene Mauris löschte das Licht der Taschenlampe.

Die Dunkelheit hüllte sich wie ein undurchdringlicher Mantel über die Lichtung. Doch Talons geschärfte Sinne erkannten in der Nacht jede Nuance, jede Struktur in den Ästen und Blättern.

Er warf der Gruppe einen kurzen kontrollierenden Blick zu. Es schien eine ruhige Nacht zu werden. Dennoch verharrte er auf seinem Posten und wachte über die Menschen.

Bereits nach einem kurzen Marsch stieß die Gruppe am folgenden Tag auf ein neues Hindernis.

Steil abfallend schnitten die Wände der Schlucht in die Erde und teilten den Dschungel wie ein Keil. Der Boden des Abgrunds verlor sich im Dunst des frühen Morgens tief unter ihnen. Alice Struuten hatte ihre Kamera hervorgeholt und machte unablässig Bilder.

„Meine Güte, ist das gewaltig!", kommentierte sie den Anblick und verstaute eines der Objektive in einer Seitentasche des Rucksacks, nachdem sie sicher war, kein Motiv verpasst zu haben.

„Ich frage mich nur, wie wir da runter kommen sollen", stellte Eugene Mauris nüchtern fest, während er am Rand der Schlucht kauerte und kleine Steine nach unten warf. Die Landschaft erschien ihm so unwirklich, als sei sie künstlich angelegt worden und vielmehr Teil einer Anlage als tatsächlich wild gewachsene Natur.

Janet Verhooven ging zu Talon herüber, der unschlüssig in die Schlucht blickte. „Müssen wir überhaupt da runter?", verlangte sie nach einer Antwort.

„Ja", erwiderte er kurz angebunden. Trotz der offensichtlichen Unsicherheit, die ihn immer wieder befiel, schien er sich des Weges, den er einschlug, im Klaren zu sein. Er verschaffte sich einen Überblick über die Landschaft und deutete dann nach rechts, auf ein Stück, das leicht nach unten abfiel.

„Wir gehen dort entlang."

Ohne die Reaktion der anderen abzuwarten, setzte er seinen

Weg fort. Die übrigen drei rafften ihr Gepäck zusammen und folgten ihm. Eugene beschleunigte seinen Schritt ein wenig, bis er direkt hinter Talon war.

„Woher wissen Sie das alles, wenn Sie noch nie hier waren?", wollte er wissen. Die Rücksichtslosigkeit, mit der der „Wilde", für den er Talon nach wie vor hielt, seinen Weg fortsetzte, machte ihn rasend. Er verstand nicht, warum Janet dem Mann so bereitwillig folgte.

Talon warf ihm einen kurzen Blick über die Schulter zu.

„Ich fühle ... etwas. Und es führt mich dorthin, wo die Quelle liegt."

Eugene hatte solch eine Antwort befürchtet und verkniff sich alle weiteren Fragen, auch wegen des Seitenblicks, mit dem ihn Janet Verhooven bedachte. Er kannte in Kapstadt den einen oder anderen wichtigen Kontakt, der ihm vielleicht etwas Licht in die ganze Angelegenheit bringen konnte. Wenn er jemals wieder zurück nach Bangui kam ...

Die folgenden Stunden kämpfte sich die Gruppe einen Weg über den schmalen Pfad nach unten. Mehr als einmal mussten sie ausweichen oder wieder umkehren, wenn sich der Grat als unwegsam erwies. Die Sonne lag hinter einem dunstigen Schleier verborgen, der die Luft mit einer schweren Feuchtigkeit erfüllte. Je tiefer sie kamen, desto mehr versperrten ihnen Bäume und Sträucher den Weg, die die steilen Hänge bewuchsen und einen seltsamen Kontrast zu der kargen Steinlandschaft bildeten.

Langsam näherten sie sich dem unteren Ende der Schlucht und konnten bereits den steinigen Untergrund erkennen, der den Boden bildete. Doch nicht die Geröllbrocken erregten die Aufmerksamkeit der Menschen. Es waren die Wände der Schlucht, die sauber und fast in einem rechten Winkel abschlossen. Im Gegensatz zum rauen und zerklüfteten oberen Ende des Abgrunds zog sich der Weg nahezu in gerader Linie durch das Gestein.

„Stehen bleiben!", unterbrach ein leiser Zuruf Talons die Menschen in ihren Betrachtungen.

Ein Winken mit der Hand deutete ihnen an, etwas zurückzubleiben. Er legte sich flach auf den Boden und schob sich an den Rand des Pfads vor. Die anderen drei taten es ihm gleich.

„Oh Gott", entfuhr es Alice Struuten leise. Sie legte sich die

Hand auf den Mund und beobachtete das Bild mit großen Augen. Dutzende von Löwen, durch den Dunst im Verborgenen gelegen, zogen unter ihnen vorbei. Die Tiere hatten alle den Kopf gesenkt und marschierten stumm durch die Schlucht.

Die Menschen warteten mehrere Minuten, bis die Raubtiere im Nebel verschwunden waren, dann erhoben sie sich vorsichtig.

„Wo wollen die alle nur hin?", fragte sich Alice laut. Sie klopfte sich den Staub von der knappen Kleidung.

„Dorthin, wohin auch Sie wollen. Nicht wahr?", beantwortete Janet Verhooven die Frage mit einem Blick auf Talon. Dieser verharrte wie versteinert in der Hocke. Seine Augen waren zu schmalen Schlitzen zusammengekniffen. Sein Atem ging gepresst.

„Ich muss dorthin." Er rutschte den Hang herab und glitt in das Dickicht der Pflanzen, die einen breiten Saum links und rechts des Weges bildeten.

„Hier entlang!", rief er den anderen drei zu. „Solange wir uns hier verborgen halten, sollten wir den Löwen aus dem Weg gehen können."

Nur mühsam kam die Gruppe im dem harten Gestrüpp vorwärts. Immer wieder mussten sie innehalten und sich im Unterholz verstecken, sobald ein weiteres Rudel Löwen an ihnen vorbeizog. Langsam wurde die Schlucht breiter und ging in eine leicht abfallende Landschaft über. Der Dschungel gewann hier die Oberhand zurück und überwucherte die Landschaft in seinen satten Farben.

Doch plötzlich wichen die gewaltigen Bäume zurück. Wie ein Hügel erhob sich inmitten des Dschungels eine wuchtige Anlage aus hellem Stein. Zu beiden Seiten wurden die Gebäude von den gleichen Steinpfeilern gesäumt, die sie bereits in der Savanne entdeckt hatten.

Die fein gemaserte Oberfläche war an zahlreichen Stellen weggesprengt und mit Wurzeln durchbrochen, die sich aus dem Inneren des Materials nach außen zu schieben schienen. Eine Vielzahl von Rissen und Brüchen zeugte vom Alter der Anlage. Geröll bedeckte die Erde und ließ sie erscheinen wie ein Aschefeld.

Die mächtigen Steinquader waren allesamt kaum verziert. Trotz ihrer einfachen Form waren die klaren Kanten und Winkel immer noch deutlich zu erkennen, mit denen sie ineinander gepasst worden waren.

Eine breite, längst verwitterte Steintreppe führte gut zwanzig Meter in die Höhe und endete in einem breiten offenen Tor, das wie ein Schlund nach innen führte.

Beeindruckt stand Eugene Mauris im Schatten der Bäume und betrachtete wie die anderen die Ruinen.

„Völlig bedeckt durch den Dschungel", sinnierte er. „Aber, was ist das alles? Ein Tempel, eine ganze Stadt?" Er deutete mit dem Finger auf die ockerfarbenen Schemen, die sich aus dem Unterholz lösten. „Und von überall kommen noch Löwen. Ich hätte nie gedacht, dass es noch so viele von ihnen in Afrika gibt!"

Er zog sich etwas zurück, als die Tiere bedrohlich nahe ihr Versteck passierten. Ungläubig sah er ihnen nach, wie sie über die Treppe nach oben verschwanden.

„Sie scheinen uns überhaupt nicht wahrzunehmen. Eigentlich hätten sie uns längst wittern müssen!"

Er hatte von Talon eine Antwort erwartet. Doch dieser konnte seinen Blick nicht von den urwelthaften Steinbauten lösen und trat aus seinem Versteck.

„Weiter", erklärte er nur kurz.

Janet Verhooven hielt ihn an der Schulter zurück. „*Da* wollen Sie rein?"

Talon sah sie mit einem ausdruckslosen Lächeln an.

„Es steht Ihnen frei, hier zu bleiben."

„Bin ich verrückt?", entgegnete sie ihm, während sie sich im Geiste von Dutzenden hungriger Löwen umgeben sah. „Los!"

Die kleine Gruppe schlich sich an der linken Außenseite des Hauptgebäudes entlang und vermied so jeden weiteren Kontakt mit den Raubtieren, die alle über die zentrale Treppe im Inneren des Steins verschwanden. An einem schmalen hohen Seitenfenster blieb Talon stehen und deutete nach oben. Aus dem Gepäck wurde nur das Nötigste mitgenommen, dann kletterte Eugene Mauris als erster nach oben und schob sich über das Fenster, das gut drei Meter über ihnen lag, nach innen.

Talon wartete unten und half zuerst Alice, dann Janet nach oben. Diese warf ihm einen bedeutungsvollen Blick zu, als sie seine kräftigen Hände spürte, die sich um ihre Taille schlossen, um die junge Frau nach oben zu wuchten. Doch Talon ließ durch nichts erkennen, dass er auf den Blick reagierte.

Janet nahm Mauris' helfende Hand dankend an und zog sich

nach innen. Erschrocken zog sie ihre Hand von dem Stein zurück, der unter ihr hell aufleuchtete.

„Dieses Licht -", entfuhr es ihr keuchend. „Es scheint direkt aus dem Boden zu kommen! Aber woher ...?"

Eugene zog nun Talon nach oben, der sich behände in das Gebäude schwand. Das Fenster bildete das Ende eines Ganges, der tief in das Innere führte. Mehrere leise Klickgeräusche durchbrachen die Stille. Alice hatte ihre Kamera herausgeholt und betätigte in einem fort den Auslöser. Sie wollte jede Nuance dieser fremden Architektur einfangen.

Ein harter Schlag landete auf ihrem rechten Unterarm. Schmerzerfüllt schrie sie auf und blickte in Talons wütendes Gesicht.

„Sind sie verrückt?", herrschte er sie zischend an. „Lassen Sie doch gleich eine Fanfare erschallen, dass wir hier sind!" Seine Augen funkelten bedrohlich. Ein leises Knurren löste sich von seinen Lippen, dann ließ er die Fotografin stehen, die innerlich vor Angst und Zorn bebte.

Eugene legte ihr beruhigend die Hand auf die Schulter, doch sie schob sie beiseite. Sie ließ sich an das Ende der Gruppe zurückfallen und war darauf bedacht, den Abstand zu Talon so groß wie möglich zu halten.

Janet schloss zu dem groß gewachsenen Mann auf, der trotz seiner sicheren Schritte eine wachsende innere Unruhe nicht verleugnen konnte.

„Was für ein Volk war das, Talon?", flüsterte sie ihm leise zu. Sie wollte ihre eigene Nervosität wieder in den Griff bekommen. „Ich sehe keine Reliefs, Malereien oder Ähnliches. Nichts, was auf Kunst oder Kultur hinweisen würde."

Sie durchquerten eine lang gestreckte Galerie, deren einzelne Stockwerke sich in dem alles beherrschenden Licht verloren, das die Räume erhellte. Auch hier war die Substanz deutlich angegriffen und zerfiel langsam unter dem Einfluss der Zeit.

„Ich weiß es nicht", musste Talon Janet nach einer Weile eingestehen. „Ich habe noch nie von diesem Ort gehört."

Die junge Frau konnte aus der Stimme deutlich die Unsicherheit heraushören, die den Mann erfüllte. Jetzt, da er sein Ziel erreicht hatte, schien er sich nicht darüber klar zu sein, wie es weitergehen würde.

Sie erreichten das Ende des langen Flurs. Janet legte die Hand auf eine der Mauern. Der Stein fühlte sich warm, fast lebendig an. „Und die Abmessungen", fuhr sie fort. „Als ob es nicht für Menschen gemacht worden s- "

„Still!", wurde sie von Talon unterbrochen.

Der Flur mündete in einer schmalen Tür, die einen Blick in den Raum dahinter preisgab. Das Kuppelgewölbe deutete auf eine riesige Halle hin, die sich vor ihnen erstrecken musste. Talon legte sich auf den Boden und schob sich vorsichtig zum Rand des Absatzes vor, der nur wenige Schritt hinter der Tür ins Leere führte. Seinen Augen eröffnete sich ein weitläufiges, flach ansteigendes Forum, das besetzt war von Tausenden und Tausenden an Löwen. Die Tiere wirkten, als sei ihnen unbehaglich. Als seien auch sie aus einer Trance erwacht, die sie hierher geführt hatte. Keiner von ihnen wollte sich an diesem Ort aufhalten.

Und doch blieben sie, um auf etwas zu warten. Erfüllt von Unruhe und Nervosität.

Die Gruppe hatte sich hinter Talon auf dem Absatz versammelt. Auch von ihnen wagte keiner, bei dem Anblick einen Laut von sich zu geben. Sie beobachteten nur die stille Unruhe, die die Tiere beherrschte. Ein Chor aus Knurren und Grollen durchzog die treppenartigen Reihen, die sich wie Ringe nach oben zogen.

Dann, mit einem Mal, war es still.

„Gott, sehen Sie!", konnte sich Alice nicht zurückhalten.

In der Mitte des Kuppelsaals erhob sich ein kreisrundes Podest aus dem Boden. Es hatte gut zehn Meter im Durchmesser und waberte gleichförmig in dem hellen Schein, der alles hier erleuchtete. Das Licht jedoch wich einem Schatten, der durch den Stein glitt und sich verdichtete. Aus der Tiefe des Podests drang gleißende Dunkelheit empor. Fetzen schwarzen Lichts zuckten aus dem Stein empor und explodierten in grellen Schatten. Und aus der Dunkelheit formte sich Schwärze.

Der Schemen eines gewaltigen Löwen schälte sich aus der lichtlosen Substanz. Und er begann zu atmen. Zu leben.

Aus dem blutroten Rachen, der das Maul des Wesens bildete, drang ein Brüllen, das die ganze Halle erfüllte. Einen Moment noch hielten die Löwen inne, dann stimmten sie in den Ruf ein und antworteten dem Schatten in einem vielstimmigen Chor.

Talon erzitterte. Sein ganzer Körper bebte und schrie danach, die Spannung mit aller Macht zu entladen.

„Shion", flüsterte er stattdessen nur tonlos.

Eugene Mauris drehte sich überrascht zu ihm um.

„Was? Wer -?", setzte er an. Doch dann bemerkte er den hünenhaften Schatten, der sich in der Türöffnung abzeichnete.

„Oh, du Scheiße", entfuhr es ihm beim Anblick der beiden Männer. Sie waren mit kaum mehr bekleidet als einem knappen Lendentuch. Doch umso auffälliger war der bunte, mächtige Kopfschmuck, der sich wie eine Löwenmähne um ihren kahlgeschorenen Kopf legte. In ihren Händen hielten sie gewaltige Speere, die sie zum Stoß bereit erhoben hatten.

„Ketzer!", grollte einer der beiden Männer mit bronzefarbener Haut voller Abscheu. „Ihr seid des Todes!"

Die Augen der Wächter blickten ohne jegliche Regung auf die Eindringlinge herab. Noch immer hatten sie die schweren Lanzen zum Stoß erhoben. Gleißend leuchteten die langen Metallspitzen in dem unerklärlichen Licht, das die dunklen Steinhallen erfüllte.

„Shion hält Rat", beendete einer der beiden Hünen die Stille. Seine Mundwinkel verzogen sich angewidert, während die Hand mit der Waffe erregt zuckte. „ – und ihr Ungläubigen wagt es ..."

Er machte einen drohenden Schritt auf die kleine Gruppe zu, die noch immer am Rand des gewaltigen Forums kauerte und das unwirkliche Schauspiel verfolgte, das sich ihr bot. Tausende von Löwen verharrten still auf den Rängen und schienen zu warten. Darauf, dass sich der riesige nachtschwarze Schatten im Zentrum der Arena regte.

Eugene Mauris hatte dafür jedoch keine Augen mehr. Er handelte reflexartig, geschult durch jahrzehntelange Kämpfe als Söldner für die verschiedensten afrikanischen Potentaten. Er schätzte die Situation ab und erkannte, dass sich die Wächter auf Talon konzentrierten, der ihnen hoch erhoben gegenüberstand, während er und die beiden Frauen am Boden kauerten oder knieten.

Die Finger seiner rechten Hand tasteten langsam seinen Rücken entlang, bis er am Gürtel die beruhigende Kälte eines Revolvers spürte. Fest schlossen sie sich um den Griff der Waffe. Mauris' Blick wanderte zwischen den beiden bronzenfarbenen Hünen hin und her. Ohne noch eine Sekunde zu vergeuden, riss er den Revolver aus dem Holster und legte auf die Männer an.

„Verdammt, was glaubt ihr, wer ihr seid -?"

Jeder der Anwesenden fuhr überrascht herum. Talon erkannte die Lage und stürzte auf den Belgier zu.

„Mauris, nein!", schrie er in die Leere des Ganges, der sein Echo wieder und wieder brach. Er wollte sich schützend vor den Teamgefährten stellen, doch einer der beiden Wächter war schneller als er. Im Dämmerlicht der Balustrade blitzte eine Speerspitze gleißend auf. Janet und Alice erkannten nur zwei Schemen, die undeutlich durch die Luft zuckten. Die beiden Frauen warfen sich in den Schutz einer Strebe.

Dann bellte ein Schuss auf.

„Neiiin!", gellte Alices Schrei durch die Hallen.

Tausende von Körpern schienen für einen Augenblick wie erstarrt. Inmitten all der Löwen ruckte der schwere Kopf Shions nach oben. Seine schattenhafte Mähne wehte in einem imaginären Wind und tanzte wie ein Schleier um den massigen Körper, in dem sich die Lichtreflexe verloren wie in einem endlosen Schlund. Ein dunkles Knurren löste sich aus der Schwärze. Langsam setzte sich die schwere Gestalt in Bewegung und näherte sich dem Rand des Podests.

Shions Gebrüll klang wie die Antwort auf den längst verhallten Schuss. Die glutrote Tiefe seines Mauls wurde von dunklen, mächtigen Zahnreihen eingerahmt. Der Löwe senkte seinen Kopf und blickte über die Reihen der Raubkatzen hinweg, deren Augen alle auf ihn geheftet waren. Damit begann das Ritual.

Ein Zögern, eine Unruhe machte sich unter den Tieren breit. Laute des Unmuts und der Furcht waren zu hören. Tausend Stimmen erschallten in einem wilden Durcheinander. Viele der Löwen tänzelten nervös auf der Stelle. Kaum einer von ihnen war jemals zuvor an diesem Ort gewesen. Nur die Ältesten von ihnen erinnerten sich noch an das letzte Mal, vor einer ganzen Generation, als Shion sie gerufen hatte.

Kaum einer wusste wirklich, was ihn hier erwartete. Keiner von ihnen wagte es, durch eine Bewegung oder einen Laut die Aufmerksamkeit auf sich zu ziehen. Die Furcht vor dem unwirklichen Wesen, das sie zu sich gerufen hatte, erfüllte sie mit jedem verstreichenden Augenblick. Alle fühlten sie, dass es einer von ihnen sein musste. Doch seine Existenz überschritt das, was sie als Realität zu begreifen bereit waren, um ein Vielfaches.

Dann aber erhob sich einer aus den Reihen. Ch'tra, der sein Rudel in zahlreichen Rivalitätskämpfen seit drei Jahren stolz verteidigte, setzte sich in Bewegung. Sein Kopf ruckte herausfordernd nach vorne, während er die ungewohnten breiten Steinstufen nach unten schritt.

Allein das Podest, auf dem Shion lauerte, überragte den Löwen um mehr als die doppelte Höhe. Er musste den Kopf weit nach oben recken, um die dunklen, drohenden Augen des Schattens zu erkennen, der auf seinen Gegner wartete.

Ch'tra ließ die bernsteinfarbenen Augen auf dem Weg nach oben nicht von dem fremdartigen Wesen. Dann betrat er die Kampffläche.

Alice Struuten bebte am ganzen Körper. Nur mit Mühe konnte sie die Tränen unterdrücken. Ihr Rachen brannte. Sie stolperte zu dem Belgier herüber, der am Boden lag und sich keuchend wand. Er schrie unterdrückt auf, als ihn die Fotografin stützte. Sie ging neben ihm in die Knie und zog ihn nach oben, so dass er sich mit seinem Rücken gegen ihren Oberkörper lehnen konnte.

„Eugene, nein!", flüsterte sie betroffen. „Scheiße ...". Im Halbdunkel des schmalen Ganges zeichnete sich der Schatten eines der beiden Wächter ab. Seine Lanze war nun auf den Boden gerichtet. Von der breiten Klinge tropfte es rot auf den grauen, marmorartigen Stein.

„Alice, lass ...", brachte Mauris mit zusammengepressten Lippen hervor. Schweiß perlte trotz der kühlen Luft auf seiner Stirn. Er stöhnte unterdrückt auf und hielt sich mit der Hand die rechte Seite. Die Fotografin legte beruhigend ihre Hand auf die seine. Dann jedoch spürte sie die Nässe, die zwischen ihren Finger hindurchrann. Ohne es wirklich zu wollen, zog sie die Hand zurück und betrachtete sie. Entsetzt weiteten sich ihre Augen, als sie das dunkelrote Blut sah, das ihr in breiten Bahnen den Unterarm herablief.

„Oh Gott", presste sie tonlos hervor. Hilfesuchend ging ihr Blick zu den Personen, die um sie herum standen. „Oh, mein Gott", konnte sie nur wiederholen. Talon ging neben ihr in die Knie und legte ihr behutsam eine Hand auf die Schulter. Der Körper der jungen Frau zitterte heftig.

Der Wächter, dessen Klinge den Belgier verwundet hatte, trat vor, während sich sein Begleiter im Hintergrund hielt und jede Bewegung der Eindringlinge beobachtete.

Seine Augen blickten ungerührt auf die kleine Gruppe vor sich. Mit einer herrischen Handbewegung forderte er die Menschen auf, sich zu erheben.

„Ihr da, kommt mit", folgte der kurze Befehl.

Alice sah ihn ungläubig an. Sie hatte den Oberkörper des Belgiers fest an sich gepresst und streckte dem Hünen ihre blutverschmierte Hand entgegen.

„Aber ... er braucht einen Arzt", entgegnete sie fassungslos. Mauris zuckte kraftlos in ihren Armen und versuchte sich zu erheben. Talon drückte ihn behutsam, aber bestimmt zurück und sprach auf die Fotografin ein.

„Alice, ruhig!", beschwörte er sie leise. Er befürchtete, sie könnte sich in Gefahr bringen, wenn sie den beiden Hünen nicht bedingungslos folgte. Ihre Augen flackerten wild, als sie den Mann aus dem Dschungel an ihrer Seite wahrnahm und hoffend in seinem Blick nach einer Lösung suchte.

Talon senkte die Augen und stützte Mauris.

„Ich werde ihn tragen", erklärte er Alice. Beunruhigt stellte er fest, wie mühsam sich der Belgier zusammenriss, um sich keine Blöße zu geben. Das schmutzige Hemd war inzwischen blutdurchtränkt. Er ächzte unterdrückt auf, als Talon ihn anhob und ihn auf den Händen trug. Müde ließ er seinen schweißnassen Kopf auf die Schulter des Mannes sinken.

„Geht's, Eugene?", fragte Talon nach, um ihn bei Bewusstsein zu halten. Der Körper schien mit jedem Augenblick weiter in sich zusammenzufallen. Zitternd bewegte der Ex-Söldner die Lippen, doch es dauerte viel zu lange, bis er die Worte hervorbrachte.

„So kalt ...", krächzte er rau.

Talon nickte kurz und drückte den Mann etwas fester an sich, um ihm etwas Körperwärme zu geben. „Ich weiß", folgte seine knappe Antwort. Sie beide wussten, wie es um die Verletzung stand.

Einer der Wächter nahm den Revolver auf und schlug ihn gegen eine Mauerkante, bis etwas in der Waffe knirschend brach. Achtlos warf er das Stück Metall beiseite und tastete dann die Gruppe nach weiteren Waffen ab. Janet schrie empört auf, als sie die großen Hände auf ihrem Körper fühlte, doch der Hüne überging die Beschwerde nur kommentarlos und suchte weiter. Talon machte keine Anstalten, das Messer am Gürtel verstecken zu wollen. Dennoch war es für ihn wie eine Niederlage, als die Wächter es aus dem Schaft zogen und verschwinden ließen.

Ein knapper Wink mit der Speerspitze deutete den Weg an, den die Gruppe einschlagen sollte. Talon ging mit dem verletzten Mauris voran. Direkt hinter ihm folgte Alice, die das Geschehen entsetzt verfolgte und die ganze Zeit leise, undeutliche Laute von sich gab. Janet Verhooven hatte wie zum Schutz die Arme um ihren Oberkörper geschlossen und hielt den Abstand zwischen sich und den Farbigen so groß wie möglich.

Sie war es nicht gewohnt, einer Situation so hilflos ausgeliefert zu sein. Bisher hatte es nichts gegeben, was sich durch Geld oder ihre Beziehungen nicht hatte beheben lassen. Doch nun fühlte sie sich zum ersten Mal in eine Welt versetzt, die einer völlig anderen Wirklichkeit anzugehören schien. In der ihre Gesetze nicht zählten.

Die Gruppe folgte den Wächtern auf einem verschlungenen Pfad durch die weitläufige Anlage. Die klobige Form der Architektur stand in krassem Gegensatz zu der Vollkommenheit, mit der die einzelnen Steine ineinander gefügt worden waren. Überall waren die Blöcke durchzogen von tiefen Rissen und Sprüngen. Die wenigen Verzierungen, die reliefartig in die Wände eingelassen worden waren, waren oftmals zertrümmert und nur noch bruchstückhaft vorhanden.

Keiner von ihnen konnte sagen, wie viel Zeit vergangen war, als sie endlich eine gähnende Öffnung erreichten, die eine Tür in der Mauer bildete. Einer der Hünen blieb an ihrer Seite stehen und winkte die Gruppe mit dem Speer zu sich her.

„Nach den Tagen des Rituals wird Shion entscheiden, was euch erwartet -", eröffnete er den Menschen. Er bedeutete ihnen, in den Raum hinter der Tür zu gehen. „ - ein langsamer Tod oder ein schneller."

Alice betrachtete das Gesicht des Farbigen eindringlich. Bei den Worten war in seiner Miene keine Regung zu erkennen. Sie hatte zumindest einen Hauch von Spott erwartet, doch die Worte kamen ruhig und gelassen über die Lippen des Hünen.

Nachdem sich die Gruppe in dem quaderförmigen leeren Raum versammelt hatte, versperrte einer der Wächter ihnen den Weg und hieb seinen Speer drohend neben sich auf den Boden.

„'Denkt über eure Verfehlung nach und bereut die Sünde'. Wir haben es den Stämmen in all den Jahrhunderten so häufig gesagt. Wir dachten, ihr hättet es gelernt. Es scheint, als sei die Welt von Stämmen bewohnt, die voller Ignoranz durch die Geschichte stapfen!"

Der Wächter schüttelte leicht den Kopf. Das war die erste Regung, die die Gruppe an einem der Hünen wahrnahm. Er drehte sich wortlos um und verließ den Raum. Sobald er die Schwelle überschritten hatte, donnerte übergangslos eine schwere Steinplatte aus einer Versenkung im oberen Türrahmen und versperrte den Ausgang.

Auch hier leuchteten die fensterlosen Wände in einem dämmrigen Licht. Es warf die Kontur der Menschen in langen Schatten gegen den Stein und schien schon nach wenigen Metern in einem diffusen Nebel zu versinken.

Die Frauen blickten auf die massive Platte, die die Tür zu ihrem Gefängnis bildete. Janet Verhoovens Hände glitten über die kalte Oberfläche. Der Stein schloss nahezu fugenlos mit der Mauer ab und wirkte, als habe er schon immer an dieser Stelle gestanden. Ohne zu wissen, warum sie es tat, drückte sie die Platte und versuchte sie zu verschieben. Kopfschüttelnd hielt sie inne und schalt sich selbst. Sie warf Alice Struuten einen Blick voller Sarkasmus zu, doch die Fotografin starrte den Stein wie hypnotisiert an.

„Oh, Gott! Was machen wir jetzt?", richtete sie ihre Frage hilflos an ihre Auftraggeberin. Janet war sich einige Momente lang nicht sicher, wie lange die andere Frau noch durchhalten würde. Sie musterte sie besorgt, ohne jedoch zu einer Antwort zu kommen. Ihr Blick ging zu Talon, der den verletzten Mauris vorsichtig an einer Wand niedergelassen hatte.

„Die Frage ist doch eher, was *er* jetzt macht?" Frustriert stemmte sie die Fäuste in die Hüfte. „Er hat uns schließlich hierher gebracht!"

Ihre Augen blitzten wütend auf. Doch Talon erwiderte ihren Blick nur kühl.

„Lassen ... Sie", warf Mauris schwach ein. „Mein Fehler. Hätte ..." Er hielt inne. Sein Oberkörper fuhr hoch. Rasselnd löste sich ein lang gezogener Schmerzlaut aus seiner Kehle. „... hätte nicht schießen dürfen", fuhr er mühsam fort.

Alice Struuten ging neben ihm in die Knie und legte ihre Hand auf die seine. Sie drückte leicht die Finger, die widerstandslos nachgaben. Erschrocken sah sie ihn an und versuchte dann, ihn aufzumuntern.

„Ruhig, Eugene. Du musst dich ausruhen, und dann werden wir -"

„Verrückt. Alice ..." Er lächelte sie müde an. „Du ... bist ... "

Sein Kopf sackte nach vorne. Alice beugte sich beunruhigt vor. „Eugene?"

Der leblose Körper sackte in sich zusammen.

„Oh, Gott", flüsterte Alice tonlos und presste die Faust gegen die Lippen. Voller Mühe versuchte sie die Fassung zu wahren. Hinter ihr entfuhr Janet Verhooven ein gefluchtes „Scheiße", mit dem sie sich abwandte und sich etwas in den Schatten des Raumes zurückzog.

Talon schloss die Augen des toten Mannes und richtete sich auf. Gefühle brodelten unterdrückt in seinem Inneren. Seit Tagen war er seines freien Willens beraubt, folgte einem Ruf, der etwas in ihm wachrief, das er mühsam zu unterdrücken versuchte. Ein Wesen, das ihn gefangen hielt, das ihn nicht einmal zur Kenntnis nahm und das nun einen Mann hatte töten lassen, für den er die Verantwortung übernommen hatte.

Voller Wut streckte er die Hände in die Höhe. Aus seinem Rachen löste sich ein grollender Laut. Er riss den Kopf in die Höhe.

„Shiooon!", hallte es dröhnend durch den leeren Raum.

4.

Überrascht hielt der Hüne in seinem Gebet inne.

Immer noch erschütterten kleine Nachbeben die Vororte von Kairo und brachten viele der beschädigten Häuser, die die ersten Wellen noch überstanden hatten, zum Einsturz. Der Mann nahm das Chaos um sich herum nur am Rande zur Kenntnis. Es war sein Werk gewesen. Das Konzert aus verzweifelten Schreien, dem Dröhnen weiterer Bauten, die in sich zusammenfielen, und dem nicht enden wollenden Heulen der Sirenen umschmeichelte seine gepeinigte Seele.

Doch gerade eben war ein anderer Laut zu ihm durchgedrungen. Eine Stimme, weit entfernt, und dennoch deutlich zu verstehen. Sie trug einen Namen mit sich, den er selbst nur voller Abscheu aussprach.

„Wer -?", fragte er in die Leere des frühen Morgens. Sein schweißbedeckter und von Staub verschmierter Körper glänzte dunkel im Licht der wenigen noch funktionierenden Straßenlaternen.

Das Echo der Stimme hallte durch seine Gedanken.

„Du ... ich kann dich hören!", konzentrierte er sich auf den verwehenden Klang. „Bist du tatsächlich in Shions Nähe?"

Sekunden des Schweigens folgten.

Talons Ruf war in der Kammer verklungen. Er sah zu den beiden Frauen herüber, die ihn vorsichtig beobachteten. Ohne etwas zu sagen, wandte er sich ab. Ein Wispern stahl sich in seine Gedanken. Es wurde schnell lauter und schwoll zu einer dröhnenden Stimme an.

Bist du tatsächlich in Shions Nähe?

Talon verharrte in der Bewegung. Zuerst dachte er, seine Sinne spielten ihm einen Streich. Aber die Stimme hallte in seinem Kopf wider, als sei sie von jemand gesprochen worden, der direkt neben ihm stand.

„Ja", antwortete er leise und zurückhaltend. „Er hat uns gefangen genommen." Er ließ die Frauen stehen und verschwand in der Tiefe der Kammer. „Aber, wer bist du?", ergänzte er.

Ich bin jemand, der dir helfen kann.

Der Mann aus dem Dschungel konnte das breite Grinsen nicht sehen, das sich in diesem Augenblick Tausende von Kilometern von ihm entfernt über das Gesicht eines kahlköpfigen Hünen stahl. Der Farbige reckte seinen massigen Körper in die Höhe. Trotz des kühlen Morgens war er mit nicht mehr bekleidet als einer zerschlissenen blauen Jeans. Der Atem löste sich sichtbar von seinen Lippen, als er das Gespräch fortsetzte.

Ich zeige dir den Weg, hallte es in Talons Sinnen. *Ich verlange nur etwas Kooperation.*

Längst vergessene Kräfte durchströmten den Hünen, der mit einer Handbewegung Tonnen von Bauschutt und Müll wegwischte und so einen freien Kreis um sich schuf, der gut fünfzig Schritt durchmaß. Blitze zuckten um den dunklen Körper. Sie jagten mit einem hellen Schein in den Himmel und verzweigten sich dort, um dann in einem grellen Licht zu explodieren.

Shion ist mein Feind. Länger, als die Erinnerung der Menschheit reicht!, fuhren die Gedanken des Mannes fort.

Talon grinste schwach.

„Große Worte", flüsterte er leise. „Lass ihnen Taten folgen, wenn du mir helfen willst!"

Brich die Tür auf und glaube mir ... dann, erklangen die Worte ruhig und voller Stärke in seinem Inneren. *Finde Shion für mich – und zermalme ihn!*

Die Worte zischten schneidend durch Talons Kopf. Stumm richtete er den Blick auf die Tür. Er hatte das Gefühl, als würden andere Augen als die seinen das Bild vor ihm wahrnehmen.

Alice Struuten näherte sich Janet vorsichtig. Die letzten Minuten hatten sie sich noch etwas tiefer in ihre Ecke zurückgezogen.

„Verdammt", wisperte sie der anderen Frau zu. „Seit Minuten steht er regungslos da und murmelt irgendwelche zusammenhangslosen Sätze vor sich hin!"

Janet sah sie mit einem schwachen Lächeln an. „Tja, Schock vielleicht ..." Sie wollte nur noch, dass all das hier zu einem Ende kam. Keine Faser in ihr war mehr bereit, sich auf das einzulassen, was in jedem Augenblick auf sie einprasselte. Ihr Unbehagen Talon gegenüber wuchs. So sehr sie es versuchte, es war ihr nicht möglich diesen Mann zu verstehen. Er wirkte so fremdartig, so völlig anders als alle Menschen, die ihr bisher begegnet waren. Und er beunruhigte sie.

Sie wusste nur nicht, was stärker in ihr wütete. Die Angst vor diesem „Wilden" oder die Furcht, Amos Vanderbuildt mit leeren

Händen gegenüberzustehen. Sie wollte nach dieser Reise an nichts erinnert werden, das mit diesen Ereignissen zusammenhing.

Talon lauschte den Worten in sich.

Zerschlage den Stein - - mit all deiner Wut!

Ohne zu zögern, ballte er seine Fäuste. Er fühlte, wie Kräfte durch seine Fasern strömten, die er nie zuvor erlebt hatte. Sie schienen wie lebendige Energie durch seinen Körper zu fließen und sich in seinen Händen zu bündeln. Tief in sich hörte er ein weit entferntes Lachen voller Siegesgewissheit.

Er riss die rechte Faust hoch und hämmerte sie gegen die steinerne Platte.

Mit einem lauten Krachen zerbrach die Barriere. Kleine Splitter sirrten wild durch die Luft und mischten sich mit dem aufgewirbelten Staub, der die Stelle andeutete, an der eben noch die Tür gestanden hatte.

„Shions Leib!", hörte Talon eine erschrockene Stimme hinter der Mauer. Durch den Staub, der sich langsam legte, konnte er einen Wächter erkennen, der sich nur knapp vor den Steinsplittern in Sicherheit gebracht hatte. Mehrere kleine Schrammen zeichneten sich blutig auf der dunklen Haut ab.

Ohne einen Augenblick zu zögern, riss der Hüne seinen langen Speer hoch und richtete ihn stoßbereit auf Talon. Seine Arme zuckten vor. Doch er hatte nicht mit der katzengleichen Geschwindigkeit des Weißen rechnen können. Talon wich dem Stoß aus und umklammerte die Waffe mit beiden Händen.

Trotz seiner Kraft hatte der Hüne dem Angriff nichts entgegenzusetzen. Seine Hände rissen schmerzhaft an dem Holz auf, als ihm die Lanze entrissen wurde. Der wuchtige Stoß mit dem Ende des Speers ließ ihn zu Boden taumeln.

Noch bevor er wieder auf die Beine kommen konnte, rammte Talon dem Hünen die Lanze in die Brust. Der lang gezogene Todesschrei verhallte ungehört in der Tiefe der Hallen.

Als Talon keine Bewegung mehr in seinem Gegner spürte, zog er den Speer aus dem toten Körper und sah zu den beiden Frauen herüber, die die Szene entsetzt mit angesehen hatten. Seine Brust hob und senkte sich rasch. Der Atem ging fliegend über seine Lippen.

„Kommt", rief er ihnen rau zu und machte sich dann auf den Weg. Er wartete nicht ab, ob sie ihm tatsächlich folgten. Den langen Speer hielt er fest umklammert in seiner rechten Hand.

„Gott, was geschieht hier nur?", kam es tonlos über Alices Lippen, während sie sich neben Janet an dem toten Krieger vorbeizwängte. Sie wünschte sich, aus diesem Albtraum endlich aufwachen zu können.

„Shion!", antwortete Talon ihr nur knapp. In seine Gedanken hatte sich das Ziel fest eingebrannt.

Das Ritual forderte, dass eine von beiden Seiten die andere als Sieger anerkannte. Shion erwartete jeden neuen Herausforderer, der den Sieg für sich beanspruchen wollte – und damit mehr, als er es sich hätte vorstellen können.

T'chre war jung, ungestüm, ohne ein eigenes Rudel. Auch er kannte den schwarzen Löwen nur aus der Erinnerung der Alten. Nach seinem Verständnis war Shion etwas, das es nicht geben durfte. Er wusste nicht um die Macht, die Kraft, die er erlangen konnte. Er wollte sich nur den Respekt der anderen erkämpfen. Und zumindest ein oder zwei Weibchen auf sich aufmerksam machen.

Der Kampf dauerte erst wenige Minuten, doch schon jetzt spürte T'chre, dass er seinem übermächtigen Gegner nicht gewachsen war. Die Verzweiflung schenkte ihm die nötige Kraft, um sich gegen Shion behaupten zu können. Für ihn war es mehr als ein Ritual. Es ging um sein Leben, all das, das er erreichen wollte.

Doch der König, der Shion war, spielte nur mit seinem Gegner. Fast mühelos wehrte er die Attacken des jungen Löwen ab. Seine Pranken gruben sich tief in das ockerfarbene Fell und zogen lange Spuren.

Und dann fiel T'chre, gezeichnet von Wunden, die ihn nie mehr aufstehen ließen.

Shions Triumph hallte durch die Emporen wie ein mächtiger Wind, der über die karge Savanne zog. Den Kopf weit zurück geworfen, stand er am Rande der Plattform. Seine glutroten Augen glitten über die Reihen der Leiber, die die Ränge füllten.

Und ein neuer Herausforderer antwortete ihm. Ein tiefes Grollen hallte durch die Arena.

N'gra, alter Führer eines stolzen Rudels tief im Osten, war nicht bereit, sich dem schemenhaften Schwarz eines formlosen Schattens zu beugen. Seine lange Mähne war durchsetzt mit schwarzen Strähnen. Tiefe Kerben in der Haut des Löwen zeugten von den zahlreichen Kämpfen, die er bestanden hatte.

Mit kraftvollen Schritten jagte er die Gänge nach unten und überwand die Kante zum Podest mit einem mächtigen Satz. Knurrend lauerte er auf den ersten Schritt Shions.

Stumm lauerte Talon im Schatten einer steinernen Strebe auf die beiden Wächter, die ihren gewohnten Rundgang machten. Er hatte den Speer mit seinen Händen fest umschlossen und ließ die hoch gewachsenen Männer an sich vorbeiziehen.

Entsetzt verfolgten die beiden Frauen Talons Angriff. Sie lernten eine Seite des Mannes kennen, die sie mit Furcht erfüllte – mit der Furcht vor einem wilden Tier. Keiner der Wächter hatte gegen den lautlosen Angriff eine Chance. Sie fielen, noch bevor sie wirklich merkten, was geschehen war.

Sofort setzte Talon nach und hastete die Gänge entlang, erfüllt von den Gedanken an einen gewaltigen schwarzen Schatten.

N'gra blieb ständig in Bewegung und vermied es, seinem Gegner die Flanke zu präsentieren. Shion wartete jedoch nur gelassen ab, bis sein Kontrahent unruhig wurde. Eine tiefe Müdigkeit erfüllte ihn bei jedem neuen Kampf. Es war zu viel Zeit verstrichen, seit das Ritual begonnen hatte, vor so vielen Äonen. Als er gezwungen worden war, das Leben, das er selbst gelebt hatte, hinter sich zu lassen. Eine Macht zu verkörpern, die er selbst nie verstanden hatte, die ihn erfüllte, beseelte.

Shion wartete auf den Tag, an dem er sein Ziel erreichen konnte.

Wie ein Besessener suchte sich Talon seinen Weg. Er fühlte etwas, das ihn vorwärts trieb. Hin zu seinem Ziel. Einem Ziel, das er selbst nicht kannte. Vorsichtig schlich er durch die engen Gänge und kam so aus den Katakomben, in die sie gesperrt worden waren, zurück in die oberen Teile der Gebäude.

Vor ihm saß eine Wache auf einem Mauerrest und lehnte sich gegen die brüchige Wand, den Speer auf den Beinen ruhend. Talon schob sich an der Wand entlang langsam vorwärts, bis er nahe genug an dem Farbigen war, um ihn zu überwältigen. Zufällig nur fiel sein Blick auf den Gurt, den die Wache umgeschnallt hatte. Doch er erkannte das Messer sofort, dessen Griff sich dunkel von der Haut abhob.

Seine Finger tasteten vorwärts. Behutsam ging er in die Knie und beugte sich leicht nach vorne. Er unterschätzte jedoch die Aufmerksamkeit von Shions Wächtern. Die leiseste Bewegung an seiner Seite ließ den Mann herumfahren.

Erkennen und Reagieren erfolgten in einer fließenden Bewegung. In dem Moment, in dem Talon das Messer an sich riss, war die Wache aufgesprungen und hielt den Speer in beiden Händen.

„Sieben Höllen!", entfuhr es dem groß gewachsenen Mann mit bronzefarbener Haut. Keiner der Männer, die den Tempel bewachten, passte zu den Menschen, die diese Gegend bevölkerten. Es war, als seien sie wie die Ruinen ein Relikt aus einer längst vergangenen Zeit.

Talon verschwendete an diese Überlegungen keinen Gedanken. Er wich dem breiten Speerblatt aus und zog sich in den Schutz eines Mauervorsprungs zurück.

Shion ließ seinen Gegner näher kommen und sah, wie der alte Löwe seinen Angriff einleitete. Dann warf er sich dem mächtigen Führer des alteingesessenen Rudels mit aller Vehemenz entgegen.

Seine dunklen Zähne gruben sich tief in die rechte Schulter der Raubkatze, die mitten in ihrem Sprung zurückgeworfen wurde. Hilflos versuchte sie, mit einem Prankenhieb zu reagieren. Die Krallen glitten durch die zähe schwarze Masse von Shions Leib, als hieben sie in die Dunkelheit einer sternenlosen Nacht.

N'gra schrie wütend auf. Die Wunde an seiner Schulter blutete heftig und jagte Wellen von Schmerzen durch seinen gepeinigten Leib. Shion setzte nach. Ein Hieb mit dem Kopf schnitt blutige Striemen in das raue Fell. Der alte Löwe taumelte und fiel.

Talon warf sich dem Wächter entgegen und schlug den mannshohen Speer mit einer Handbewegung beiseite. Die schmale Klinge seines Messers fuhr in die ungeschützte Brust des Farbigen.

Der Mann taumelte. Ungläubiges Staunen spiegelte sich in seinen Augen wider. Er sah den Weißen, der einen Schritt zurücktrat und den blutverschmierten Händen auswich, die nach ihm griffen. Rote Schlieren tanzten vor seinen Augen, als er in die Knie ging. Der Boden schwankte unter seinen Füßen. Seine Worte wurden durch das Blut erstickt, das seine Lungen füllte.

Talon stieg über den sterbenden Körper hinweg. In seinem Bewusstsein brannte nur ein Gedanke. Shion.

Aus der Ferne konnte er den Lärm zweier kämpfender Löwen hören. Das Geräusch löste eine lange vermisste Vertrautheit in ihm aus. Doch gleichzeitig wusste er auch, wohin es ihn zog. Unwillig verbannte er die Gefühle aus seinem Kopf und hastete ernüchtert weiter. Mit einem Seitenblick stellte er fest, dass ihm Alice und Janet weiterhin folgten.

Keine von ihnen hätte es gewagt, allein in dem Labyrinth der verwinkelten Gänge und Hallen zurückzubleiben. Sie unternahmen keinen Versuch, den Mann von seiner blutigen Spur abzuhalten. Beide hatten nur den Wunsch, dem nächsten Morgen lebend zu begegnen.

Nach kurzer Zeit erreichten sie einen Vorsprung, der hoch über das Forum ragte. Er war wie eine Tribüne in die Mauer eingelassen und bot Shions besten Kriegern Platz. Sie unterschieden sich durch die Wachen, die Talon bekämpft hatte, vor allem durch den imposanten Kopfschmuck, der dem einer Löwenmähne glich. Nur mit einem knappen Lendenschurz bekleidet wachten sie über den rituellen Kämpfen und beobachteten ausdruckslos das Geschehen zu ihren Füßen.

So blieben ihnen auch die Eindringlinge verborgen, die sich vorsichtig die Plattform entlangschlichen. Ihr Weg hatte sie wieder hierher zurückgeführt. Der Platz, an dem sie vor Stunden gefangen genommen worden waren, lag nur gut zehn Schritte zu ihrer Linken.

Sie klebten förmlich am Mauerwerk, gegen das sie sich drückten, um mit dem Dämmerlicht zu verschmelzen. Dann jedoch stieß Alice mit der Hüfte gegen eine lose Stelle an einem der Pfeiler. Ungewollt fluchte sie leise auf, als das faustgroße Stück zu Boden polterte.

Sofort ruckten die Köpfe der Wachen herum. Ihre Augen leuchteten feurig auf. Es entstand ein kurzer Tumult, in dem keiner von ihnen wusste, wie er reagieren sollte. Wild riefen sie sich Befehle zu und kreisten dann die kleine Gruppe ein.

Talon winkte die beiden Frauen zurück. Er warf ihnen einen kurzen Blick zu.

„Ihr bleibt hinter mir!", befahl er ihnen und breitete die Arme aus, um sie so gut wie möglich zu decken. Alice und Janet zogen sich in den Schutz eines Pfeilers zurück.

Während Shion seinen nächsten Gegner niederstreckte, stürmte Talon wütend auf die Männer los. Er bewegte sich mit einer Gewandtheit, die ihre Lanzen immer ins Leere stoßen ließ. Gleichzeitig fügte er den Männern Wunden zu, die den einen oder anderen Wächter verletzt zurückweichen lassen musste.

Talon lachte wild auf.

Shion wurde müde. Er suchte neue Herausforderer, während der Tag sich dem Ende entgegenneigte und die erste Ruhe einläuten würde. Seine Blicke strichen ziellos über die Reihen der Löwen, die unruhig und irritiert auf das Wesen reagierten, das ihnen so sehr glich und sich doch von ihnen unterschied.

Dann aber spürte er etwas. Weit über sich. Eine Präsenz. Fremdartig und vertraut, so wie er selbst. Seine Augen hefteten sich auf den Kampf, der sich hoch über ihm abspielte.

„Ihr hättet in Frieden sterben können, wie euer Freund, Ketzer!", schrie einer der Wächter Talon zu und stieß seine Lanze nach vorne. Der Mann war schneller als die anderen. Talon hatte Mühe, dem Stoß auszuweichen und konnte die Waffe nur knapp zur Seite drücken.

Sofort setzte der Hüne nach.

„Doch wenn es euer Schicksal ist", brachte er rau zwischen zwei Atemzügen hervor, „dann sterbt wie gehetzte Tiere!"

Ein gleißender Schmerz durchschnitt Talons Seite. Er hatte nicht gedacht, dass einer der Männer schneller sein könnte als er. Die Klinge zog eine lange Wunde über seinen Rücken. Er brüllte auf und ging in die Knie.

Ein entsetzter Schrei löste sich von Alices Lippen. Sie sah nur noch, wie Talon zu Boden sank und hörte das Messer, das klirrend auf dem Stein aufprallte. Die Wachen hatten sich in einem Kreis um ihn geschlossen und verhinderten, dass die junge Frau noch etwas erkennen konnte.

„Tötet ihn", ordnete der Hüne emotionslos an. Er selbst hielt den Speer zum Stoß erhoben abwartend in seinen Händen. Seine Augen brannten sich auf seinem Ziel fest. Er streckte den Körper durch und warf den rechten Arm zurück.

[Halt, N'kele!], unterbrach ihn ein dunkles Tosen.

Der Farbige zuckte herum. Irritiert richtete er den Speer zu Boden.

„Was? Herr ...?", fragte er verwirrt. Trotz der gewaltigen Entfernung zur Arena in der Mitte des Forums trafen sich seine Augen mit denen des schattenhaften Löwen.

[Zeig ihn mir], fuhr Shion fort. *[Zeig' ihn mir, den Eindringling.]*

Seine Gedanken suchten die des am Boden kauernden Talon. Die Stimme bohrte sich wie ein tobender Orkan in die Sinne des weißen Mannes.

[Komm!], dröhnte es in seinen Ohren.

Durch einen nebligen Schleier, der sich über seine Augen gelegt hatte, sah er zwei glühende rote Sterne, die seine Sicht einnahmen. Shions Blick schwebte über ihm wie eine alles verzehrende Sonne.

„Fahr zur Hölle!", stieß Talon zwischen seinen zusammengepressten Lippen hervor. Er hielt sich die heftig blutende Wunde. Dennoch kam er schwerfällig auf die Füße und wankte vorwärts. Wütend stieß er die Wächter zur Seite, die ihm nur unwillig Platz machten. An der Garde vorbei wankte er eine der breiten Steinstufen hinab in die Arena.

Er fühlte, wie Tausende von Augenpaaren sich auf ihn gerichtet hatten. Das Schweigen unzähliger Blicke begleitete ihn auf seinem Weg hinab zu der schwarzen, mächtigen Gestalt, die ihn unauslotbar betrachtete.

Stille durchwebte den weiten Saal.

Einer Statue gleich verharrte der schwarze Löwe auf der Arena und erwartete den hoch gewachsenen Mann, der die letzten Stufen hinauf zu der Plattform überwand. Seine glutroten Augen brannten sich auf dem Menschen fest, den er sich als neuen Gegner auserkoren hatte. Etwas Fremdartiges umgab ihn und das erregte Shions Aufmerksamkeit. In diesem Mann lebte die Seele eines Löwen – wild, ungebändigt, zerrissen von den beiden Naturen, die den Körper beherrschten.

Die Wunde an seiner Seite schwächte Talon spürbar. Dennoch hielt er dem Blick des schwarzen Schattens stand. Shions Formen schienen in einem ständigen Fluss zu sein. Die Konturen eines Löwen waren deutlich zu erkennen, doch sie waberten um den massigen Körper, lösten sich an einer Stelle auf, nur um an einer anderen wieder zusammenzufließen. Die Pranken, die den Boden berührten, verschmolzen augenscheinlich mit dem graugrünen Stein wie eine zähe Flüssigkeit, die über die glatte Oberfläche glitt.

Abwartend stellte er sich am anderen Ende der Arena auf und wartete schweigend.

Talon sah die Blicke der Menschen nicht, die ihn von der Empore weit über der Arena beobachteten. Shions Garde verfolgte das Schauspiel voller Unruhe. Keiner von ihnen wusste, wie er mit der Situation umgehen sollte. Die Fremden waren Ketzer, die den heiligen Ort während der rituellen Kämpfe entweihten. Seit Urzeiten war es die Aufgabe der Wächter, alle Frevler aufzuspüren und zu richten.

Dass Shion einem von ihnen die Ehre zukommen ließ, ihn zu einem Kampf herauszufordern, war für die Männer nur schwer zu verstehen. N'kele, Anführer der Garde, stand hoch aufgerichtet am Rand der niedrigen Brüstung und blickte mit glühenden Augen nach unten.

„Lass ihn deine Rache spüren, Herr!", murmelte er gepresst zwischen den Zähnen hervor. Voller Unmut stieß er das stumpfe Ende des Speers auf den Boden. Er konnte seine Erregung kaum noch unterdrücken.

Alice Struuten zog sich noch etwas tiefer in den Schatten einer Mauer zurück, als sie die Unruhe spürte, die von den Männern ausging. Auch wenn keiner von ihnen sie oder Janet Verhooven, die dicht neben ihr stand, eines Blickes würdigte, wollte keine der beiden Frauen es auf einen Fluchtversuch ankommen lassen.

Eine beklemmende Kälte kroch durch den Körper der jungen Fotografin, die in ihrem dünnen T-Shirt zu ersten Mal fror. Alles in ihr versuchte sich mit dieser unwirklichen Situation auseinander zu setzen. Und ein Teil davon weigerte sich standhaft, das Bild für real anzuerkennen. Es war Ende des 20. Jahrhunderts. Die Afrikaner, die sie kannte, waren daran interessiert, mit westlicher Kleidung und einem Handy bewaffnet etwas darzustellen. Keiner von ihnen hielt sich halbnackt in zerfallenen Ruinen auf und folgte einem archaisch anmutenden Ritus.

Unwillkürlich schüttelte sie den Kopf und wischte sich die Feuchtigkeit aus den Augen.

„Was wird mit uns geschehen, wenn Talon verliert?", richtete sie eine leise Frage an Janet. Sie musste eine andere Stimme hören, weil sie fürchtete, die Beherrschung zu verlieren.

Die Angesprochene schob sich eine schweißverklebte blonde Strähne aus der Stirn und seufzte.

„Das fragen Sie noch?", kam ihre knappe Antwort. Sie hatte ihren Blick gebannt nach unten gerichtet, vorbei an den Tausenden von Löwen, die das weite Forum ausfüllten.

Shions Gebrüll zerriss die Wand aus Schweigen. Die wabernden Fasern um seinen Körper verdichteten sich und schlossen sich zu einer einzigen Masse. Langsam setzte er sich in Bewegung und machte einen Schritt auf den Mann zu. Ewigkeiten von Augenblicken standen sie sich nur gegenüber, beobachteten, warteten auf ...

... den Moment!

Aus den Kehlen beider Kontrahenten drang ein tiefes Brüllen. In diesem Moment spürte Talon nicht, wie seine menschliche Seite einem dünnen Vorhang gleich zerrissen wurde und darunter etwas zum Vorschein kam, das er selbst nicht kannte. Er sah den schwarzen Körper seines Gegners vor sich und kannte nur ein Ziel. Ihn zu besiegen.

Beide hetzten aufeinander los. Von einem Feuer der Wut erfüllt stieß er vor und schlug zu. Seine Finger waren zu einer Kralle geöffnet und gruben sich in den schattenhaften Leib. Shions Körper wurde im Schwung abgefangen und taumelte etwas zurück.

„Ja!", entfuhr es Alice weit über den Kämpfenden unwillkürlich. Sie presste die Faust auf den Mund und unterdrückte den Wunsch aufzuschreien.

„Nein!", zischte N'kele wütend. Ungläubig ruckte sein Kopf hoch. Mit einer barschen Handbewegung unterbrach er die Unruhe, die unter den Männern um ihn herum ausbrach. „Sakrileg", murmelte er. Seine Finger zuckten. Er wollte in den Kampf eingreifen und dem Fremden nicht die Ehre zukommen lassen, durch Shions Macht zu fallen.

In Kairo dröhnte das heftige Lachen eines Hünen durch die zerstörten Straßen. Der Mann, der mit nicht mehr bekleidet war als einer zerschlissenen blauen Jeans, reckte die rechte Faust in die Höhe und jubelte.

„Ja!", schrie er mit rauer Stimme. „Fahr zu deiner Hölle, Schattenbrut!"

Die Verbindung, die er mit Talon aufrechterhielt, ließ vor seinem inne-

ren Auge das Bild des Kampfes entstehen.

Der Bann zwischen ihnen war endgültig gebrochen. Keiner von ihnen wartete noch ab oder lauerte zurückhaltend, um eine Schwachstelle am Gegner zu entdecken. Ihr einziges Verlangen war die Niederlage des anderen. Der Rausch, den Kampf zu gewinnen.

Erneut sprang Shion vor. Der schwere Körper durchschnitt die Luft mit einer unerwarteten Leichtigkeit. Talon riss beide Hände hoch und packte den schwarzen Löwen an der Kehle. Die Wucht des Gewichts hätte ihn fast nach hinten geworfen. Doch er stemmte seine Beine in den Boden und fing den Sprung ab. Er verschwendete keinen Gedanken mehr an die Wunde, die ihm die Wächter bei der Flucht zugefügt hatten.

Seine Augen waren allein auf die dunklen Krallen gerichtet, die in einem unwirklichen Licht aus sich heraus leuchteten.

Obwohl er den Körper mit ausgestreckten Armen auf Distanz zu halten versuchte, setzte der Löwe mit kräftigen Hieben nach. Wie in Zeitlupe sah er Shions Pranke durch seine Deckung hindurchstoßen. Talon spürte nur, wie etwas in seine Brust eindrang. Dann wurde er durch den Stoß zurückgeworfen. Die unruhigen Laute der Raubkatzen, die dem Schauspiel beiwohnten, verstummten.

Getroffen ging er zu Boden. Aus zusammengekniffenen Augen konnte Talon die blutrote Spur erkennen, die sich quer über seine rechte Brust zog. Jetzt drang auch der Schmerz heiß durch seinen Körper und betäubte seine Sinne für einen Augenblick. Er stützte die Hände auf den Boden und betrachtete den Löwen, der ein paar Meter von ihm entfernt stand.

Shion wartete ab, wohl wissend, dass sein Gegner durch die Wunde nicht ernsthaft angeschlagen war. Er ließ den Mann nicht aus dem Augen, der noch immer halb am Boden lag und sich nur auf einen Arm aufgestützt hatte. Seine Pranken gruben sich tief in den Untergrund. Leise brach die steinerne Struktur auf und zersplitterte mit jedem Schritt zu feinem Staub.

Das schattenhafte Tier wirkte etwas verwirrt. Es rechnete damit, dass sich sein Gegner wieder aufraffte. Dann jedoch zögerte es keinen Augenblick mehr. Aus seinem Rachen löste sich ein heiseres Brüllen. Mit mächtigen Sätzen überwand der Löwe die Distanz und sprang auf den Menschen zu.

Alice sah mit weitaufgerissenen Augen den massigen Körper, der auf Talon zu schnellte. Sie keuchte entsetzt auf. Ihre Hände hatten sich in die Mauer gekrallt. Sie bekam kaum mit, wie Janet neben ihr aufgesprungen war und den Blick genauso wenig von dem Bild lassen konnte, das sich ihnen bot.

Vor Talons Auge wuchs der dunkle Körper ins Unermessliche an. Bis zum letzten Augenblick wartete der Mann, um auf den Angriff zu reagieren. Er spannte seine Muskeln und rollte sich über den blutverschmierten Stein zur Seite. Knapp hinter ihm fing Shion seinen Sprung nur mit Mühe ab. Der heftige Aufprall ließ die Fasern seiner schattenhaften Struktur wabern und für einen Moment verwischen.

Sofort jedoch setzte er mit einer Pranke nach, die Talon allerdings weit verfehlte. Dieser blieb keuchend an der Stelle liegen, an der er zur Ruhe gekommen war. Es fiel ihm schwerer hochzukommen, als er es sich selbst eingestehen wollte. Jeder Muskel in seinem Körper schrie nach Ruhe und folgte seinen Befehlen nur schwerfällig. Immer wieder verschwamm das Bild vor seinen Augen. Schwarze Nebel tanzten an den Rändern seines Blickfelds.

Unwillig brüllte Shion auf, überrascht durch die Aktion seines Gegners. Sein massiger Kopf ruckte herum, abwartend nach unten gesenkt. Die tiefroten Augen leuchteten bösartig auf. Dieses Mal wartete er, bis sich Talon erhoben hatte.

Auf der Empore blickten die Wächter mit einer stoischen Ruhe hinab in die Arena. Sie hatten die Unruhe, die sie erfüllte, abgeschüttelt und murmelten einen dumpfen Singsang vor sich her. Wäre eine der beiden Frauen der alten Sprache mächtig gewesen, hätte sie dem gebetsartigen Inhalt folgen können, auch wenn sie die Worte nicht beruhigt hätten.

‚Schatten der Erde', löste es sich von den vollen Lippen. ‚Rot befleckt dein schwarz' Antlitz, genährt durch die Ernte deiner Feinde.'

Sie setzten ihr Gebet fort, während sich Talon und Shion kaum zwei Schritt voneinander entfernt gegenüberstanden. Minuten lang taxierten sie sich, lauerten auf eine Bewegung des anderen, jeder Muskel ihres Körpers angespannt.

Ohne den Angriff anzukündigen, stießen beide vor. Beide wichen dem Ansturm nicht aus. Keiner von ihnen war bereit nachzugeben. Talon drückte den schweren Leib des Löwen nach oben, die Hände fest in die Mähne des Tieres gekrallt. Shion stieg auf die Hinterbeine. Seine Pranken fuhren links und rechts des Mannes ins Leere. Er konnte kaum die Balance halten und brüllte voller Zorn auf.

Sein gewaltiges Maul näherte sich dem Kopf des Mannes, dessen Muskeln bis zum Äußersten angespannt waren. Hart drangen die Sehen an Talons Unterarmen hervor und zeichneten ein grobes Muster auf die Haut. Er drückte den wuchtigen Schädel etwas zur Seite. Ungläubig sah er, wie sich zwischen den leuchtenden Zahnreihen ein Schlund auftat, dessen glühendes Rot sich in einem dumpfen Wabern verlor.

Talon konnte nichts erkennen, das auf Muskeln und Fleisch deutete. Es schien, als existiere jenseits des Maules etwas anderes, das nicht in diese Welt gehörte. Einen Augenblick lang zögerte er.

Diesen Moment der Schwäche nutzte Shion sofort aus. Seine mächtigen Kiefer zuckten vor. Talon konnte seinen Kopf gerade noch zurückreißen. Vor seinen Augen schlossen sich die Zahnreihen mit einem dumpfen Knirschen. Allein durch sein Gewicht drängte er den Menschen zurück. Wieder und wieder musste Talon einen Fuß nach hinten setzen, um seinen Halt nicht zu verlieren. Schmerzen zogen durch seine Sehnen, die der Belastung nicht mehr viel entgegenzusetzen hatten.

Der Mann aus dem Dschungel ignorierte sie. Alles in ihm konzentrierte sich auf die schwarze Masse, die er zwischen seinen Händen fühlte. Talons Finger hatten sich tief in das gegraben, das er in diesem Schatten als Hals vermutete. Er spürte, wie sie weiter vordrangen, und schloss sie zu Krallen.

Alice Struuten und Janet Verhooven waren längst nicht mehr in ihrer Deckung geblieben. Sie waren nahe an den Rand der Empore herangetreten und folgten gebannt dem Kampf, der unter ihnen wütete. Alice spürte, wie auch ihre Begleiterin längst ihre gewohnte Gelassenheit aufgegeben hatte. Sie beide unterdrückten die aufgewühlten Gefühle, die sie erfüllten. Der Fotografin fiel das Atmen schwer. Ihr Herz schlug heftig in der Brust. Sie ballte die Hände so fest zu Fäusten, dass sich die Fingernägel schmerzhaft in das Fleisch gruben.

„Gott, bitte, lass ihn gewinnen!", flüsterte sie heiser. Sie wusste selbst nicht, was geschehen mochte, falls der Kampf tatsächlich so ausging. Keine von ihnen konnte abschätzen, was die Wächter des schwarzen Löwen unternehmen würden. Ebenso wenig war sich Alice darüber im Klaren, ob sie den Mann noch begleiten wollte. Sie hatte die letzten Stunden eine Seite an ihm erleben müssen, die sie schaudern ließ. Auf ihrer Flucht in die Freiheit hatte er mehrere Menschen kaltblütig und mit einer Gnadenlosigkeit beseitigt, mit der sie nicht gerechnet hatte. All die Romantik eines Mannes aus der Wildnis war dem Bild eines Tieres gewichen, das nur einen Weg kennt, um sein Ziel zu erreichen.

Sie hatte darüber kurz mit Janet gesprochen und sie wusste, dass es der blonden Frau nicht anders ging. Ihre einzige Hoffnung war, dass Talon überhaupt noch daran interessiert war, sie in die Freiheit zurückzuführen.

Shions Hieb mit der Schnauze traf Talon unvorbereitet.

Die schwarze Masse prallte hart gegen seine Stirn und riss eine Wunde oberhalb der linken Augenbraue auf. Blutend taumelte der Mann zurück. Er konnte die Bewegung nicht mehr abfangen und stürzte schwer zu Boden. Benommen blickte Talon empor und wartete darauf, dass der Löwe sofort nachsetzte.

Doch die Flanken des schattenhaften Raubtieres zitterten und ließen ihn verharren. Aus der Tiefe seines Körpers drang ein dunkles Grollen. Er machte einen Schritt zurück. Und dann sah Talon den dünnen Faden, der sich aus den wabernden Formen löste und zu Boden tropfte.

Der Stein glänze schwarz auf. Ein Grinsen stahl sich auf das müde Gesicht des Mannes. Das Blut des Schattens!

Er wischte sich sein eigenes Blut aus dem linken Auge und spuckte aus. Ein wenig kehrte die Hoffnung zurück. Bisher hatte er nur noch versucht, sich gegen die Angriffe des schwarzen Löwen zu wehren. Aber es war ihm kaum noch möglich gewesen, den Kampf selbst zu bestimmen.

Sie trennten sich voneinander und wichen bis an die äußeren Enden der Plattform zurück. Beide mussten Kraft schöpfen. Nur der schwere Atem durchzog die weite Halle, die in einem diffusen Licht verschwamm.

N'kele betrachtete die Szene mit Sorgen. Er hatte den Kopf auf die Brust gesenkt.

„Herr, warum?", stellte er seine Frage ins Leere. Er verstand nicht, warum Shion so lange mit dem Menschen spielte. Warum er es zuließ, von diesem verwundet zu werden.

Diese Fragen schienen auch den massigen Schatten zu beschäftigen. Sein Körper fühlte sich wieder gestärkt. Der Stein brach knirschend unter jedem Schritt. Er trat vor und sprang Talon mit aller Wucht entgegen.

Dieser war von dem plötzlichen Angriff überrascht und versuchte erneut auszuweichen. Mit einem Sprung warf er sich zur Seite. Doch dieses Mal war der Löwe darauf vorbereitet. Noch im Sprung drehte er den schweren Leib zur Seite. Tief zerfurchten die Krallen Talons ungedeckten Rücken und schleuderten den Mann nach vorne. Dieser überschlug sich mehrmals auf dem Stein und blieb halb besinnungslos liegen. Sein lang gezogener Schmerzensschrei vermischte sich mit dem unruhigen Gebrüll der Löwen, die einen so lange andauernden Kampf nicht erwartet hatten und sein Ende forderten.

Ihr Brüllen drang zu Talon nur wie ein weit entferntes Rauschen. Der Schmerz in seinem Rücken schien seinen ganzen Körper zerreißen zu wollen. Er keuchte heftig und stieß unterdrückt mehrere Flüche aus. Seine linke Hand legte sich auf den Rücken. Unter seinen Fingern spürte er die warme Nässe, die in breiten Bahnen die Haut hinablief.

Müde kam er aus seiner kauernden Haltung hoch. Seine Beine fühlten sich an, als laufe flüssiges Blei durch ihre Adern. Er fühlte, dass er Shion nichts mehr entgegenzusetzen hatte. Tanzende Lichter explodierten vor seinen Augen. Der Boden neigte sich leicht zu einer Seite. Nur mühevoll konnte er seine Augen auf den Gegner richten, der einfach abwartete.

Talons Blick ging hoch zu den Rängen. Die Körper der Löwen verschmolzen zu einer einheitlichen Masse, die hin und her wogte, erfüllt von einem Gewirr Tausender Stimmen.

Shion brüllte erneut auf. Er war bereit, das Spiel ein für allemal zu beenden.

Mit einem Satz warf er sich dem schwankenden Mann entgegen. Talon ging unter dem wuchtigen Hieb schwer zu Boden. Die ganze Welt schien um ihn herum in einen tiefen Schlund zu fallen, aus dem es kein Entrinnen gab. Seine Gedanken versanken in einem zähen, blutigen Nebel.

„Nein!"

Der schwarze Hüne schrie wild auf. „Cht'ye t'a! Kämpfe!", brüllte er in die Ruinen der zerstörten Vororte von Kairo. Trotz des Chaos, das die ganze Stadt erfüllte, hatte sich in einem weiten Kreis um ihn herum eine Leere gebildet, die von keinem Leben und keinem Klang durchbrochen wurde.

Die große ovale Narbe auf seiner Stirn leuchtete blutrot auf. Wild schlugen die Arme des Mannes umher. Glühende Muster lösten sich aus seinen Handflächen. Sie tanzten in einem wilden Spiel durch die stauberfüllte Luft und wischten Sand und Schmutz in dunklen Wirbeln über die Einöde des weitläufigen Grundstücks.

„Shion! Höllenbrut!", drang es wie ein tiefes Dröhnen aus dem Hals des dunkelhäutigen Mannes. „Ich werde nicht zulassen, dass du gewinnst!"

Seine Gedanken konzentrierten sich, glitten tief über die Welt hinab nach Süden in ein Gebiet, das ihm nur allzu vertraut war. Sie suchten, stießen tiefer vor in die Landschaft und fanden die alten Ruinen, die vergessen zwischen den Baumriesen schlummerten. Wie ein Irrlicht zogen sie durch die verschlungenen Gänge, sahen die Menschen, die hoch über der Arena verweilten, erblickten die unglaubliche Zahl von Löwen, die sich hier versammelt hatten, und erreichten dann den Punkt tief unten in der Halle.

Wie Nadeln stießen die Gedanken in Talons Bewusstsein.

Kämpfe, Menschlein! Kämpfe und gewinne!

Tausend Klingen aus glühender Energie bohrten sich in Talons Seele. Einer Welle aus Feuer gleich jagten sie durch seinen Körper, erfüllten jede seiner geschundenen Fasern. Ein Schrei löste sich von den müden Lippen. Alles in seinem Körper hatte auf das Ende gewartet, auf eine alles erfüllende Ruhe.

Doch nun riss ihn ein Sturm zurück und trieb ihn vorwärts.

Auch Shion spürte es. Er fühlte die ... Veränderung, die in dem Menschen vorging. Sein massiger Körper hatte sich bereits über den Mann gebeugt, der wehrlos am Boden gelegen hatte, um ihm mit einem Biss das Genick durchzutrennen. Doch nun leuchteten seine Augen überrascht auf. Der Löwe hielt in der Bewegung inne. Sein Kopf zuckte leicht zurück. Voller Unmut grollte er unterdrückt auf.

Als Talon seine Augen öffnete, schwebte Shions Kopf scheinbar erstarrt über ihm. Neue Kräfte begannen, seine Hände zu durchdringen und ihn mit frischer Energie zu erfüllen. Er wusste, dass der Löwe nur einmal kurz zuzustoßen brauchte, um den Kampf für sich zu entscheiden. Doch der Schatten schien mitten in der Bewegung zu verharren. Talon war nicht bereit, diese Gelegenheit ungenutzt verstreichen zu lassen. Sein linker Unterarm rammte gegen Shions Schnauze und drückte den massigen Kopf zurück, während sich die rechte Hand tief in die Schlieren der Mähne schoben und den breiten Hals umfassten.

Shion aber wehrte sich erbittert. Als habe ihn die Berührung des Mannes aus seiner Erstarrung erweckt, stieß seine linke Pranke unvermittelt vor. Nur knapp hieb sie neben Talons Kopf in den Boden und schlug einige Splitter aus dem Stein. Der Schatten setzte die ganze Wucht seiner Masse ein und drückte den am Boden Liegenden nach unten.

Talon musste seinen Griff um die Kehle des fremdartigen Wesens lösen und presste die rechte Hand gegen den mächtigen Unterkiefer des Mauls, das nun wild nach ihm schnappte. Wieder und wieder zogen die dunklen Pranken dünne Striemen über die helle Haut des Mannes, doch dieser nahm die neuen Wunden kaum noch zur Kenntnis.

Allein der Wille trieb Talon weiter. Seine Hände wuchteten den massigen Kopf immer weiter nach hinten. Das wütende Grollen des Löwen erfüllte die weite Halle und wurde von Tausenden Stimmen reflektiert.

Es dauerte unendliche Augenblicke, bis Talon sein rechtes Bein anwinkeln konnte und sich langsam nach oben drückte. Sein Griff um Shion lockerte sich nicht, als er einen Moment in einer kauernden Stellung verweilte, um Atem zu schöpfen. Der Schatten wehrte sich ungebändigt in seiner Umklammerung und schien kein Mittel zu finden, sich gegen diesen Angriff durchzusetzen.

Talon drückte den Löwen zur Seite und erhob sich langsam. Sein linkes Bein hieb in den Boden und verschaffte sich einen sicheren Stand. Ein heiserer Schrei drang aus seinem Mund. All die ganze neu erlangte Kraft in seinen Fasern konzentrierte sich in ihm. Er drückte den mächtigen Schatten herum, der wild um sich schlug.

Blut aus einer klaffenden Wunde an der Stirn verschleierte Talons Sicht und ließ ihn kaum noch etwas erkennen. Doch sein Instinkt wies ihm den Weg. Seine Arme umschlossen Shions breiten Hals. Die rechte Hand umklammerte den linken Unterarm und drückte unerbittlich zu. Er wuchtete Shion mit diesem Hebel weiter nach oben und ließ das schwere Gewicht auf seiner linken Schulter ruhen, die unter dem Druck zu brechen schien.

Der Löwe verlor fast vollständig den Kontakt zum Boden. Seine Umrisse wurden schemenhafter. Sie zerflossen und nahmen einen durchscheinenden Glanz an. Nur der Oberkörper wirkte noch, als sei er massiv und mit Leben erfüllt. Die Hinterpfoten verschwammen im Dämmerlicht der Umgebung.

Erschöpft hielt sich der Hüne auf den Beinen. Zahlreiche Menschen hatten sich in Kairo in einem weiten Kreis um seinen Platz versammelt und sahen ungläubig, wie sich Energien aus den Händen des dunkelhäutigen Mannes lösten und gen Süden verschwanden.

Schweißperlen glänzten auf seiner narbenbedeckten Stirn. Die wenigen Haaren, die an der linken Seite in Zöpfen über das Ohr hingen, waren dreckverschmiert und klebten an seiner Haut.

„Falle, Shion. Falle!", murmelte er heiser.

Und Talon sah seine Chance. Mehr und mehr verlor der Schemen des Löwen an Kraft. Sein Körper spannte sich durch und umschlang den schattenhaften Leib mit aller Kraft. Shions Kontakt mit der Erde ging endgültig verloren. Das Licht in seinen Augen verlor schnell an Glanz.

Shion fühlte, dass er verlor.

Ein gewaltiger Schrei löste sich aus den Tiefen von Talons Kehle, als er den Löwen nach oben riss und zu Boden schleuderte. Der massige Körper prallte schwer auf den graugrünen Stein und blieb regungslos liegen.

Unter den Menschen auf der Empore breitete sich schlagartig Unruhe aus. Alice war aufgesprungen und jubelte. Sie hatte ihre Hand fest in Janets Unterarm gedrückt. Ihre Chefin hielt sich zurück und schloss nur für einen Augenblick die Augen.

Sofort waren die beiden Frauen von mehreren Wächtern umringt. Nervös richteten sie die Lanzen auf die Gefangenen, die in ihrer Freude sofort verstummten.

„Nein, B'lema!", rief N'kele mit heiserer Stimme, die um Fassung rang. „Wir müssen den Herrn schützen!" Mehrere Männer rannten ohne weitere Anweisung los und stürmten die langen Treppen nach unten. N'kele gelang es nur mit großer Mühe, die verbliebenen Männer wieder zur Ordnung zu rufen.

Unten stand Talon erschöpft auf der Plattform über dem bebenden Leib des Löwenschattens. Langsam schlossen sich die Formen wieder und verdichteten die durchsichtig erscheinenden Gliedmaßen. Es wirkte fast so, als gebe der Stein dem Löwen die Kraft zurück, die er verloren hatte.

Eine schwere Müdigkeit überfiel den Mann, der nun all die Wunden spürte, die seinen Körper zerschnitten. Dennoch suchte er mit festem Blick die Augen des Wesens, erfüllt von einer unausgesprochenen Frage. Shions Augen glommen verloren und schwach in der schwarzen Masse. Doch auch sie wichen nicht zurück.

Dann, nach wenigen Momenten, senkte der Löwe den Kopf vor dem Menschen.

Talon nickte kurz. Er wandte sich zu den Raubtieren um, die alle an ihrem Platz verharrt waren. Seit dem Augenblick, als Shion gefallen war, hatten sie geschwiegen. Tausende von Augenpaaren richteten sich auf den Mann, der unten in der Arena stand und ihren Blick hoch aufgerichtet erwiderte.

Er ballte seine rechte Hand zur Faust.

„Talon!", löste sich der Ruf von seinen Lippen und wurde wieder und wieder als Echo von der Halle reflektiert. Tausende rauer Kehlen stimmten in das Echo ein und antworteten dem Gewinner, den sie bereitwillig akzeptierten.

Andere akzeptierten ihn niedergeschlagen. N'keles Männer hatten das Geschehen verfolgt und standen mit gesenkten Köpfen am Rande der Balustrade. Die Männer, die sich bereits auf dem Weg nach unten befunden hatten, warfen Hilfe suchend einen Blick zu ihrem Anführer. Doch der Hüne mit bronzefarbener Haut schüttelte nur stumm den Kopf und senkte seinen Speer.

Er gab seiner Gruppe mit einer Handbewegung den Befehl, die beiden Frauen freizulassen.

Alice konnte die Gänsehaut nur schwer unterdrücken, die ihre Arme emporkroch.

„Er hat es geschafft! Er hat es wirklich geschafft!" Sie wandte sich um und sah Janet mit leuchtenden Augen an. „Kommen Sie – es wird alles gut!"

Janet Verhooven hielt sich etwas bedeckt und unterdrückte die Gefühle, die sie gerade von einer Stimmung in die andere warfen. Verstohlen wischte sie sich die Tränen aus den Augen, als die Fotografin kurz nach unten sah.

„Wenn ich zu Hause bin", sie hielt inne und räusperte sich, „dann ist es gut, Alice."

Stumm nahm Talon die Reverenz der Versammlung entgegen. Es war lange her, dass er Mitglied eines Rudels war. Doch noch nie hatte er erlebt, was es hieß, von ihnen anerkannt zu werden. Kurz nur hatte er den Gedanken, nach T'cha, seiner Pflegemutter, Ausschau zu halten. In dieser Anzahl von Leibern schien es allerdings unmöglich sie herauszufinden.

Aus den Augenwinkeln sah er zu, wie sich Shion stumm zurückzog, geschlagen und verwundet. Er hielt ihn nicht auf. Zu fremdartig war dieses Wesen, als dass er wusste, wohin sich der Löwe jetzt wenden mochte.

Ohne auf die Menschen zu achten, deren Zahl ständig zunahm, reckte der Hüne die Arme in die Höhe und lachte lauthals auf. Vielen der Anwesenden wurde langsam klar, dass sich hier die Ursache für das befand, was in Kairo geschehen war. Die meisten hielten sich seit Stunden auf den Straßen auf, aus Angst, ihre durch die Erdbeben schwer beschädigten oder eingestürzten Häuser zu betreten.

Wirbel aus gleißend leuchtender Energie lösten sich aus den Fingerspitzen des Mannes und tanzten in weit geschwungenen Kreisen durch die Luft.

„Du bist geschlagen!", schrie er. „Deine Macht über mich ist gebrochen, totes Aas!"

Zum ersten Mal richtete der Schwarze seine unirdisch leuchtenden Augen auf die Umstehenden.

„Ich bin bereit, in den Dschungel zurückzukehren und meinen angestammten Titel anzunehmen."

Eine Lichtsäule schoss empor und explodierte mit einem donnernden Grollen weit über der ägyptischen Stadt, die durch die Wucht erneut erschüttert wurde.

„Ich, Eser Kru!"

5.

Nyeme Kwenzu stemmte voller Muße die Hände in die Hüften und schmunzelte.

Er hatte es ohnehin nicht sonderlich eilig gehabt, die Anlegestelle am Fluss zu erreichen. Die wenigen Jobs, die die Fährleute hatten, waren mehr als schlecht bezahlt und die Luft war erfüllt von einer drückenden Schwüle, die ihn nicht dazu anregte, sich den Tag mit Arbeit zu verderben.

Hier an der vom Fluss abgewandten Seite des Dorfes herrschte ein leichter Wind, der den Schweiß auf seiner Stirn angenehm kühlte. Er hatte sich in den spärlichen Schatten eines knorrigen Baumes zurückgezogen und sah den drei Jungs zu, die heftig miteinander diskutierten.

Vor einer Weile noch waren sie in ihr Spiel vertieft gewesen, doch bei einem Punkt waren sie sich offensichtlich nicht mehr einig.

„Talon hat den schwarzen Löwen besiegt!", bestand der eine auf seiner Version.

„Pah", winkte der zweite nur geringschätzig ab. „Shion ist jedem Menschen überlegen. So spiel' ich nicht mit!"

„Aber er hat verloren", wurde er von seinem kleinen Bruder berichtigt.

„Nein, nein, nein!", beharrte der zweite.

„Doch, doch, doch!", ließ sein Bruder nicht von seiner Meinung ab. Die Jungs schmollten sich gegenseitig an und waren nicht bereit weiterzuspielen, bevor der Punkt nicht geklärt war.

Aus den Augenwinkeln nahm Nyeme Kwenzu einen Schatten wahr, der sich aus dem morgendlichen Dunst der Savanne löste. Einen Moment schrak er zusammen, dann jedoch erkannte er den Ankömmling.

Es war die hagere Gestalt eines alten Mannes, der sich schwerfällig auf seinen langen Wanderstab stützte. Bekleidet war er mit nicht mehr als einem safrangelben langen Gewand, das den knochigen Körper fast vollständig bedeckte. Der ausgeblichene Stoff war an zahlreichen Stellen ausgefranst. Die Haut des Alten war für diese Gegend unnatürlich hell. Dieser Eindruck wurde durch den langen weißen verfilzten Vollbart nur unterstützt. Die Haare waren streng zu einem Knoten am Hinterkopf zusammengebunden.

Der Alte nickte Kwenzu zu und wurde dann auf den Streit der Kinder aufmerksam. Ein leichtes Lächeln umspielte seine Lippen, als er den Inhalt der Auseinandersetzung verstand. Beschwichtigend hob er die Hand und beendete damit den Disput.

„Kinder, bitte! Wenn ihr erlaubt, werde ich euch erzählen, was *wirklich* geschah."

Kwenzu winkte einen Nachbarn zu sich her, der in seiner Töpferarbeit innegehalten hatte, um das Bild auf der Straße zu beobachten.

„Der alte N'sage hat ein paar neue Opfer", flüsterte Kwenzu und grinste breit.

„Lass doch", schmunzelte sein Nachbar. „Den Kleinen macht's Spaß."

Beide gesellten sich zu den Kindern, nachdem sich der Alte am Stamm des Baumes niedergelassen hatte und sich gegen das kühle Holz drückte.

„Also", setzte er an, „wie ihr wisst, wurde Talon von der Tempelgarde Shions, des schwarzen Löwen gefangen genommen. Und das zu der Zeit, als Shion sein uraltes Ritual abhielt … "

Während der Alte mit weit ausholenden Gesten die folgenden Ereignisse um die Gefangenschaft, die Flucht und den Kampf beschrieb, wuchs die Zahl der Zuhörer um ihn herum weiter an. Auch wenn das Dorf schon über zwei Fernseher verfügte, machte es den Menschen nach wie vor Freude, den wenigen Geschichtenerzählern zuzuhören, die das Land noch durchstreiften. Und der alte Mann hoffte natürlich, dass etwas Geld oder zumindest ein wenig Verpflegung für ihn abfiel.

„… dann, am nächsten Morgen, sah Talon dem Auszug der Löwen zu", fuhr der Alte fort.

Eine endlos wirkende Reihe kräftiger, gedrungener Körper zog aus dem Schlund der Tempelfestung davon. Sie folgten einem breiten Pfad, der das grüne Meer des Dschungels durchschnitt. Die Überreste längst zerfallener Säulen säumten den Weg. Vereinzelt ragten die steinernen Spitzen zwischen den Blätterkronen der schlanken Bäume empor.

Talon lehnte sich auf die brüchige Brüstung weit über dem Urwald und sah den Tieren mit einem ausdruckslosen Blick nach. Jede Faser seines Körpers schien von einem Feuer erfüllt zu sein. Die Wunden, die seine Haut bedeckten, waren von den Wächtern Shions versorgt worden. Dennoch brannten sie unaufhörlich und schienen sich in sein Fleisch zu graben.

Er reckte den Kopf in die Höhe. Der Himmel war erfüllt von einem pastellfarbenen, orangeroten Ton, nur gelegentlich unterbrochen von langen Wolkenbändern, die träge dahin zogen. Ab und zu jagte der schlanke Schatten eines Vogels durch die Luft, ein lang gezogenes Krächzen nach sich ziehend.

„Shion will dich sehen", wurde er in seinen Betrachtungen unterbrochen.

Nur langsam wandte sich Talon um. Einige Meter von ihm entfernt stand eine der Wachen Shions. Jeder der Männer überragte Talon mindestens um einen halben Kopf. Ihre bronzefarbene Haut wie auch der Schnitt ihres Gesichts waren für diese Gegend mehr als ungewöhnlich, doch das seltsamste waren die grün leuchtenden Edelsteine, die die Stirn wie ein Diadem bedeckten und mit der Haut verwachsen zu sein schienen.

Talon konnte die offene Abneigung in den Augen des Mannes deutlich erkennen. Nur widerwillig hatten die Wächter seinen Sieg über Shion akzeptiert. Doch keiner von ihnen hatte es gewagt, etwas zu unternehmen, was sein Leben oder das seiner Begleiter gefährdet hätte.

Er wandte sich wieder um und sah den Löwen nach.

„Habt ihr die Frauen nach Hause gebracht?", beendete er seine Gedanken an die Menschen, die ihn begleitet hatten.

„Ja", folgte die kurze Antwort. Talon hatte veranlasst, dass die beiden Frauen in eine der Städte am Oberlauf des Oubangui gebracht wurden, der Zentralafrika von der Republik Kongo trennte. Er hatte sie nach dem Kampf kaum noch gesehen, wie er sich an all das, was seitdem geschehen war, nur undeutlich erinnerte.

„Nun komm", riss ihn der Wächter aus seinen Gedanken. Er wartete, bis sich Talon von der Mauer löste und an ihm vorbeischritt. Er folgte ihm mit einem gewissen Abstand, wobei sich Talon nicht sicher war, ob das aus Respekt oder Wachsamkeit geschah.

Die Männer betraten über eine steinerne Plattform einen schmalen Durchlass, der tief in das schattenhafte Gebäude führte. Durch einen weiten Gang folgte Talon der Garde zu einer kleinen, sakral wirkenden Kammer. Die wuchtige Konstruktion der alten, von der Verwitterung gezeichneten Steine verlor sich im Dämmerlicht, das jeden Raum durchzog.

Aus dem lichtlosen Dunst löste sich ein schwarzer Schatten. Seine wabernden Formen verfestigten sich in verschlungenen Wirbeln, die sich in der Form eines gewaltigen Löwen manifestierten.

Zwei glutrote Schlitze öffneten sich in dem massigen Kopf, dessen Mähne in einem imaginären Wind ständig in Bewegung war. Die Augen richteten sich auf die Ankömmlinge, die im Eingang stehen geblieben waren.

[Ich danke dir, N'yezu], drang eine grollende Stimme in die Gedanken der Menschen vor. Der Farbige verbeugte sich tief und hielt sich im Hintergrund. Shion machte einen Schritt auf den Weißen zu und hob den Kopf an.

[Talon, es gibt Wichtiges zu besprechen.] Ein unausgesprochener Befehl forderte ihn auf, näher auf den schwarzen Löwen zuzutreten. Unbewusst folgte er der Anweisung. Seit seinem Kampf schien das Wesen wieder zu seiner alten Stärke zurückgefunden zu haben.

[Du hast mich besiegt] erfüllten die Worte sein Bewusstsein. *[Dein Schicksal hat dich dazu auserkoren, meinen Platz als Wächter einzunehmen.]*

Talon zuckte überrascht zusammen. Ungläubig starrte er in die glühenden Augen, die ihn eindringlich musterten.

„Wa- ", setzte er an. „Ich soll hier bleiben?" Er schnaufte auf und verzog abfällig die Lippen. Sein Körper spannte sich unwillkürlich und seine Hände ballten sich locker zu Fäusten.

[Du kannst der Bestimmung nicht entfliehen, die dich hier halten wird], beharrte das dunkle Wesen. Auch sein Körper war von einer Anspannung erfüllt, die fast körperlich spürbar war. Es schob den wuchtigen Kopf vor und machte einen Schritt auf den Weißen zu.

[Du verstehst noch nicht die Kraft in diesen Mauern.]

Talon spürte die Dringlichkeit, die in Shions Worten mitschwang. Eine Unruhe schien den dunklen Löwen zu erfüllen, die die Dämmerung in den Mauern vibrieren ließ. Dennoch hob er abweisend die Hand und winkte ab.

„Oh, nein! Nicht mit mir! Ich lasse mich in niemands Interessen einspannen!" Ungewollt beschleunigte sich Talons Herzschlag. Ein Gedanke, eine Erinnerung tropfte schwerfällig in sein Bewusstsein. Doch das Bild dahinter blieb verschwommen. Die Struktur der archaischen Kammern schien sich aufzulösen und einen Moment lang glaubte er, er sei in einem Labor, angefüllt mit Geräten, die er nicht erkannte.

Er drehte sich um und wollte die Kammer verlassen, als ihn die prankenartige Rechte des Farbigen zurückhielt.

„Halt, Ketzer!", kamen die Worte schneidend. „Niemand wendet sich von Shion ab!"

Unwillig blickte Talon auf die Finger, die seinen Oberarm fest umschlossen hielten.

„Verdammt, lasst mich mit eurem Unsinn in Ruhe!", knurrte er den Mann an. „Ich werde mich von euch nicht aufhalten lassen."

In einer fließenden Bewegung spannte er seine Muskeln an, löste sich mit einem Ruck aus dem Griff und schmetterte dem Farbigen die Faust ins Gesicht. Der hünenhafte Körper wurde durch den wuchtigen Schlag zurückgeworfen und prallte heftig gegen den graugrünen Stein. Polternd fiel der lange Speer zu Boden, den er in seiner Linken gehalten hatte.

Talon würdigte den Mann keines Blickes und verließ die Kammer. Doch sobald er den Gang betreten hatte, der nach draußen führte, schleuderte ihn ein mächtiger Hieb in den Rücken zu Boden. Schmerzerfüllt schrie er auf und sackte auf die Knie.

„Elender Frevler!", rauschte es durch Talons Ohren. Als er den Kopf anhob, sah er sich von mehreren Wächtern umringt. Einer von ihnen hielt mit beiden Händen den Speer umfasst, mit dessen stumpfen Ende er den Weißen getroffen hatte.

Die Farbigen schlossen sich um ihn und bildeten einen engen Ring.

„Es ist längst an der Zeit, dir deine Hoffart heimzuzahlen", knurrte ihn einer der Männer an. Die Wächter hoben ihre Speere an.

[Halt!], dröhnte die grollende Stimme Shions.

Der schwarze Körper schob sich mächtig durch den Gang und trat auf den noch immer am Boden kauernden Talon zu. Ehrfürchtig wichen die Männer zurück und lösten den Kreis. Jeder hielt seinen Blick nach unten gerichtet oder hatte die Augen fest geschlossen.

[Lasst ihn gehen], fuhr Shion fort.

Talon wandte den Kopf nach rechts, wo der dunkle Schatten

neben ihm stand. Die Schwingungen, die von seiner Form ausgingen, erfüllten die Luft mit einer unwirklichen Lebendigkeit. Misstrauisch betrachtete er die Männer. Doch keiner von ihnen wagte es, gegen den Befehl aufzubegehren. Sie hinderten ihn nicht daran aufzustehen. Schmerzen wüteten in seinem Körper. Bei jedem Schritt glaubte er, erneut in die Knie gehen zu müssen.

Der kalte Stein unter seinen Füßen klärte sein Bewusstsein ein wenig. Wutentbrannt und mit gesenktem Kopf ging er an der schweigenden Mauer unverhohlener Ablehnung vorbei. Die Männer hatten ein schmales Spalier gebildet und ließen ihn passieren. Ihre Blicke ruhten voller düsterer Gefühle auf seinem von den zurückliegenden Kämpfen gezeichneten Körper. Sie standen absichtlich so eng beieinander, dass er sie zwangsläufig berühren musste.

Talon hatte den Blick nur starr nach vorne gerichtet und drückte die Männer mit seinen Schultern zur Seite. Unbehelligt konnte er den Tempel verlassen. Er schritt über eine breite Steintreppe nach unten, hinab in die von der grünen Üppigkeit des Dschungels erfüllte Ebene.

Die Wächter hatten sich am oberen Ende der Treppe platziert und sahen dem weißen Mann nach. Ihre Augen blitzten voller ungezügelter Gefühle auf. Auch N'kele, der die Männer anführte, musste sich wie schon die letzten Tage über beherrschen und tat sich schwer, nicht einfach seinem Impuls zu folgen.

Er verneigte sich, als Shion an ihm vorbei zum Rand der Plattform weit über der Ebene schritt.

„Herr", richtete er seine Frage an den dunklen Löwen. „Warum habt Ihr ihn ziehen lassen?"

Shion starrte lange nach unten und folgte Talons Schemen, bis dieser zwischen den Bäumen verschwunden war. Dann erst wandte er leicht den Kopf und sah seinen treuen Diener an.

[Er wird zurückkommen, N'kele], erklärte er ihm. *[Ihm wird es ergehen wie mir.]*

Nchezu verzog die Lippen und tippte sich mit dem Zeigefinger gegen die Unterlippe.

„Aber warum ist Talon denn gegangen?", unterbrach er den alten Erzähler. N'sage lächelte verschmitzt und war froh, dass sich wenigstens einer der Zuhörer beteiligte.

„Nun, Talon war nicht bereit für die Verantwortung", erklärte er dem Jungen. „ – noch wusste er um sie."

Er warf einen viel sagenden Blick in die Runde. Inzwischen hatte sich die Zahl der Zuhörer wieder etwas vergrößert. Bedeutungsvoll hob er den Zeigefinger der rechten Hand in die Höhe und fuhr fort.

„Wie sollte er auch wissen, dass Tausende von Meilen entfernt das Schicksal seine Fäden enger um ihn wob ...!"

Amos Vanderbuildt drehte den schwarzen Stein, der einem Obsidian glich, zwischen seinen Fingern und betrachtete das Licht, das in der Oberfläche zu versinken schien.

„Faszinierend ...", sinnierte er. Er hielt in seinen Betrachtungen inne und sah auf. „Woher, sagten Sie, haben Sie den Stein?"

Vanderbuildt wandte seinen Kopf und sah die junge Frau an, die sich lässig gegen die schwere Schreibtischplatte aus Plexiglas lehnte. Janet Verhooven war seit gestern wieder in Kapstadt und hatte sich noch einen Tag von den Strapazen der Reise nach Zentralafrika erholt, bevor sie ihrem Chef Bericht erstatten musste.

Sie trug ein knappes Kleid, das um die Taille von einem breiten Gürtel gerafft wurde und darüber eine dünne Blazerjacke. Seitdem sie aus dem Dschungel zurückgekehrt war, konnte sie ein beständiges Frösteln nicht unterdrücken. Sie war erfüllt von einer inneren Unruhe, dennoch setzte sie ein strahlendes Lächeln auf, um die Unsicherheit zu überspielen.

„Kein Stein; Blut, Mr. Vanderbuildt", erklärte sie ihm und machte eine dramaturgische Pause. „Blut. Ein Splitter des schwarzen Löwen."

Ihre Finger spielten mit der glatten durchsichtigen Oberfläche der Tischplatte. Die Stahlstreben, die die breite Fensterfront des Büros unterbrachen, warfen ein bizarres Schattenspiel in den abgedunkelten, großzügig angelegten Raum, der mehr als spartanisch eingerichtet war.

„Diese Schwärze ..." Der Mann um die Fünfzig warf erneut einen Blick auf das steinartige Gebilde, das die Form einer Glasscherbe hatte. „Als ob alle Legenden Afrikas wahr werden sollten. Blut ..."

Mehrere Augenblicke lang verlor sich sein Blick erneut in der dunklen Oberfläche, dann legte er den Splitter auf den Tisch.

„Dennoch", rief er sich selbst zur Ordnung. „Es gibt andere Dinge, über die wir sprechen müssen." Er ging um den breiten Schreibtisch herum und lehnte sich wie die junge Frau gegen die Kante, um sie abwartend zu beobachten.

„Nun, was haben Sie über den Mann erfahren?", fragte er unvermittelt und musterte die gleichmäßigen Gesichtszüge seiner Angestellten. Trotz ihrer Nervosität hielt sie seinem prüfenden Blick stand.

„Nun gut ..., wussten Sie, dass er ‚Talon' heißt?"

Einen Augenblick lang hatte sie das Gefühl, als würden sich die kristallblauen Augen des Mannes in sie bohren wollen. Die Stille legte sich bedrückend auf ihre Brust.

„Nennt er sich immer noch so?", unterbrach Vanderbuildt das Schweigen und musterte Janet eindringlich. „Interessant ..."

„Oh, Sie kennen ihn unter diesem Namen?", wurde sie hellhörig. Sie setzte sich auf die kühle Platte des Tisches und schlug die schlanken Beine übereinander. Ihr linker Fuß wippte leicht. „Mmmh, sieh' an. Sie hätten mir ruhig mehr erzählen können, damit ich jetzt nicht so albern dastehe!"

Unvermittelt schloss sich Vanderbuildts rechte Hand wie eine Klammer um Janet Verhoovens Hals. Der Mann presste sie mit aller Kraft nach hinten und hielt den Griff fest geschlossen. Seine Worte schnitten kalt durch das weite Büro.

„Was ich Ihnen erzähle, Janet", fuhr er sie kühl an, „ist allein meine Sache!" Seine Augen brannten wie zwei glühende Stücke Eis. Wie um seine Worte zu bestätigen, drückten die Finger noch etwas fester zu, bevor sich der Griff löste. „Ich dachte, Sie wissen, wer fragt – und wer antwortet!"

Die junge Frau hustete unterdrückt auf und holte hastig Luft. Unbewusst legte sie ihre Hand gegen den schmerzenden Hals, wie um sich vor einem weiteren Angriff zu schützen.

„Natürlich, Mr. Vanderbuildt, Sir ...", japste sie erschrocken. Einen Augenblick fragte sie sich, ob sie dieses Spiel wirklich mitspielen konnte. Auch an dem Wilden im Dschungel hatte sie eine Gnadenlosigkeit feststellen müssen, die sie beunruhigte. Sie wusste, wie kompromisslos ihr Chef vorging. Doch bisher hatte sie es noch nie am eigenen Leib verspüren müssen.

Sie bemerkte seinen abwartenden Blick und fuhr ungefragt fort.

„Talon – er scheint sich eher in der Wildnis wohl zu fühlen als unter Menschen", erklärte sie, „er gab sich kaum mit uns ab."

Janet gewann langsam wieder etwas von ihrer gewohnten Ruhe zurück. Sie streckte ihren Körper durch und sah auf den grauen Teppichboden.

„Und er wusste ..., fühlte bestimmte Sachen. Mehr wie ein Tier."

Ein Lächeln stahl sich über ihr Gesicht, das so schnell wieder gefror wie es erschienen war.

„Wirkung auf Frauen hat er", sinnierte sie vor sich hin. „Unsere Fotografin war in ihn als Motiv fast - verschossen."

„Fotos?", hakte Vanderbuildt nach. „Haben sie die?" Er hatte sich von der jungen Frau abgewandt und sah nach draußen, auf den Tafelberg, der weit über der Stadt thronte. Janet fuhr sich durch die kurzen blonden Haare und schüttelte den Kopf.

„Nein, natürlich nicht. Alice hätte sie mir auch kaum gegeben. Ich kann wohl problemlos an Abzüge kommen, aber ..."

„Mmh, schlecht", unterbrach Vanderbuildt sie. „Diese Frau könnte dumm genug sein, mir mit den Bildern Ärger zu bereiten." Er nahm den Hörer der Telefonanlage ab und drückte einen Knopf. Am anderen Ende meldete sich eine weibliche Stimme.

„Kirsten, geben Sie mir den Sicherheitsdienst. Werkspionage." Er strich sich mit den Fingern durch den grau melieren Backenbart und blickte weiter nach draußen.

„Was ist denn so schlimm, wenn die wissen, wo Talon wohnt?", wandte sich einer der Jungen an seinen Vater, der sich inzwischen auch zu den Zuhörern gesellt hatte. Dieser strich seinem Sohn zärtlich über das kurz geschorene Haar und drückte ihn leicht an sich.

„Talon will in Abgeschiedenheit leben, Sohn", erläuterte er ihm.

Der alte Erzähler nickte zustimmend, während er einen Schluck Wasser zu sich nahm, um seiner ausgetrockneten Kehle etwas Linderung zu verschaffen, und hakte nach.

„Nun, und das war ein Problem, denn die Fotografin ... sie hatte mehr als genug Bilder von Talon gemacht!"

Die kleine Kammer war erfüllt vom Rotlicht der Lampe, die von der Decke hing. Quer durch den Raum war eine lange Schnur gespannt, an der mehrere Klammern befestigt waren. Normalerweise hängte Alice Struuten ihre Bilder an den Tafeln an der Wand auf. Doch diesen Platz hatte sie bereits völlig ausgenutzt und so musste sie auf das zurückgreifen, was sie „Wäscheleine" nannte.

Sie schloss die Klammer vorsichtig um einen der feuchten Abzüge und griff dann zur Zange, um das nächste Papier aus der flachen Wanne zu ziehen, die mit Fixierflüssigkeit gefüllt war.

Trotz der röhrenden Lüftung herrschte eine stickige Luft in dem kleinen Raum. Die dünne Kleidung der brünetten Frau hing durchgeschwitzt an ihrem Körper. Bereits seit Stunden entwickelte Alice einen Film nach dem anderen und hatte bislang nur ein, zwei kurze Pausen eingelegt. Sie summte zufrieden vor sich hin und betrachtete die Reihen der bereits fertigen Abzüge, die im Halbschatten nur schwer zu erkennen waren.

„Sieht ganz gut aus", war sie mit sich selbst im Reinen. „Ich hatte schon Angst, die Bilder überleben den Transport nicht." Sie schwenkte den Abzug noch einmal durch die Flüssigkeit, dann zog sie ihn heraus und ließ ihn abtropfen. Die Aufnahme zeigte einen halbnackten Mann, der einen mannslangen Speer begutachtete.

„Ah, gut siehst du aus!", stellte sie begeistert fest. „Das wird eine nette Fotosafari!"

Sie hatte bereits eine befreundete Redakteurin angerufen und ihr einen möglichen Artikel angeboten. Wobei sie viele Details vorerst verschwiegen hatte. Sie wusste genau, dass ihr niemand die Erlebnisse glauben würde, wenn sie nicht zumindest ein paar Bilder als Beweis vorlegen konnte.

„'Tarzan brüllt wieder'?", überlegte sie sich einen Titel für den Bericht und schüttelte sofort den Kopf. Alice hängte das Foto an der Leine auf und wischte sich die Hände an einem Lappen ab.

„Du wirst uns berühmt machen, wilder Mann! Sie werden sich um dich reißen, wenn diese Bilder erschienen sind. Mit deiner Ruhe ist es erst einmal vorbei!"

Noch während sie sich selbst zuhörte, musterte sie die Reihen der Bilder, die an den Wänden hingen. Ihr Blick wanderte von einer Fotografie zur nächsten. Ohne lange darüber nachzudenken, löste sie die Klammern und sammelte die feuchten Bilder ein. Das Gleiche machte sie mit den Aufnahmen an den Tafeln, bis sie alle Bilder in einem dicken Stapel zwischen ihren Händen hielt.

Alice trat auf den Abfalleimer aus Aluminium zu und ließ den gesamten Stapel darin verschwinden. Sobald sie hier aufgeräumt hatte, würde sie mit dem Eimer nach draußen gehen und ein kleines Feuer legen.

Sie hoffte nur, sie wusste, was sie da tat.

„Aber warum hat sie denn die Bilder alle weggeworfen?", wollte Kabisu wissen. Sein älterer Bruder zischte ihm ein „Sssch" zu und mahnte ihn zur Ruhe. Der alte Mann zuckte nur viel sagend mit den Schultern und hob die Hände.

„Die Wege der Frauen sind für uns unergründlich, Kinder!" Ein paar der Männer lachten auf und handelten sich von ihren Angetrauten einen Stoß in die Rippen ein, wenn diese auch zuhörten. N'sage registrierte es mit Freude und erzählte weiter.

„Also, inzwischen war Talon in sein Gebiet zurückgekehrt und wollte heim zu seinem Rudel. Doch es überraschte ihn, erwartet zu werden ..."

Die Reise hatte mehrere Tage gedauert, bis Talon die Savannengebiete erreichte, die die letzten Jahre seine Heimat gewesen waren. Er vermisste die Enge des Dschungels nicht, die keine Sicht erlaubte und alles verhüllte.

Seine Füße glitten durch das trockene, niedrige Gras, das sich wie ein ockergelber Teppich über die Erde gelegt hatte. Das Gelände stieg hier leicht an und wurde immer mehr von Felsen durchbrochen, die sich aus dem Boden schoben. Und auf einem von ihnen konnte Talon bereits einen Löwen erkennen, der sich dort niedergelassen hatte. Als er den Menschen erblickte, kam er schnell in die Höhe und grollte leise auf.

Sofort lösten sich aus dem Schatten des Felsens weitere Tiere, die sich im Gelände verteilten. Zumeist waren es die jungen Löwen oder die Muttertiere, die sich ihm näherten. Doch sie alle hielten den gleichen Abstand zu ihm und warteten, bis er den Hügel erklommen hatte.

[Talon, sei gegrüßt], eröffnete der älteste Löwe das Gespräch. Er zögerte, als wisse er nicht, wie er sich verhalten solle. *[Wir müssen entschuldigen, aber wir bitten dich zu ... gehen.]* Wie um sich selbst zu unterstützen, beendete er die Bitte mit einem heiseren Fauchen.

Talon hielt überrascht inne und sah verblüfft in die Runde.

„Was ...? G'chra", richtete er sich an das Tier, das ihn empfangen hatte. Es war das Leittier, das bereits seit zwei Jahren über das Rudel herrschte. „Was soll das?"

Der Ring der Löwen schloss sich enger um den Menschen. Dennoch wirkten sie zurückhaltend und schienen jede Konfrontation vermeiden zu wollen.

[Du gehörst nicht in unsere Mitte, Talon.] Der Löwe riss den Kopf hoch und sah Talon herausfordernd an.

[Du bist kein Teil des Rudels mehr!]

„Was?", entgegnete Talon. Suchend fuhr sein Blick umher und ging von einem Tier zum nächsten, bis er endlich seine Ziehmutter entdeckte. „T'cha, was soll das bedeuten?", wollte er von ihr wissen. Doch sie senkte nur den Kopf und tat einen Schritt zur Seite. In ihm begann eine animalische Wut zu brodeln.

„Lasst mich durch!", herrschte er das Rudel an. „Ich bin der Bezwinger Shions!" Er nahm G'chra gegenüber eine kampfbereite Haltung ein und spannte seine Muskeln an. Doch der Löwe blieb weiter zurückhaltend.

[Das bist du], bestätigte er ihm. *[Und deswegen geh!]* Das Raubtier wich dem lodernden Blick des Mannes nicht aus. *[Shion – er wurde nach seinem Sieg von der Welt verstoßen. Zu groß. Zu mächtig ... nur noch gefürchtet.]*

Der alte Löwe fletschte seine Zähne und knurrte Talon an.

[Also geh!] löste sich das Brüllen aus seiner Kehle. *[Oder müssen wir dich bekämpfen?]*

Talon breitete die Arme aus und schien die Löwen empfangen zu wollen.

„Wenn ihr wollt", löste es sich kühl von seinen Lippen. „Ich werde ohne Kampf nicht weichen."

T'cha stellte sich dem Menschen in den Weg und fauchte ihn an. Talon konnte ihren heiseren Atem deutlich spüren.

[Sohn, geh! Wir wollen dich nicht mehr unter uns haben!]

Das Feuer in den Augen des Mannes erlosch. Verwundert stolperte er einen Schritt zurück und sah die Löwin erstaunt an.

„T'cha, Mutter ..." Mit einem Mal begann er zu frösteln. Das Raubtier machte einen Schritt auf ihn zu und hob den Kopf an.
[Talon, versteh doch. Es ist besser, wenn du gehst.]
Sie suchte mit ihrem Blick seine Augen.
[Wir fürchten dich.]
Die Worte schnitten tief in seine Seele. Er senkte müde den Kopf. Aus seinem Körper löste sich die Anspannung. Mit geschlossenen Augen nickte er und wandte sich um.
„Gut, wenn du meinst." Er blickte kurz nach Südosten, in die Richtung, aus der er gekommen war. Talon konnte nicht sehen, wie T'cha noch stehen blieb und ihm nachsah, während sich der Ring der Löwen auflöste.
„Leb wohl, Mutter", flüsterte er leise.

Ein Junge stützte sich auf seine Hände. „Das heißt, er ist von den Löwen verstoßen worden?"
„Aber warum denn?", hakte das Mädchen an seiner Seite nach und verschränkte die Arme schützend vor der Brust.
„Wohin ist er denn gegangen?", wollte ein weiteres Kind wissen.
Der Alte stand auf und breitete die Arme aus.
„Nun, von der Savann–"
Ein gleißendes Licht durchschnitt die Luft. Der Brustkorb des Alten explodierte vor den Augen der Zuschauer. Einen Augenblick lang beherrschte ein ungläubiges Schweigen den Platz, dann schrien die Menschen durcheinander. Manche von ihnen flüchteten in ihre Häuser, andere sahen sich ängstlich um und suchten nach der Ursache, während sie den Blick nicht von dem entstellten Körper lassen konnten, der tot zwischen ihnen lag.
Einer von ihnen schrie plötzlich auf und zeigte auf einen Punkt draußen in der Savanne. Zuerst schien es, als sei es ein Sandsturm, der die Luft verwirbelte und den Staub vor sich her trieb. Doch schnell zeichnete sich im Zentrum des Sturms ein hünenhafter Schatten ab, der rasch größer wurde.
Je näher der Schatten kam, desto heftiger peitschten die Winde über die Landschaft. Viele der Häuser knirschten in ihrer Befestigung. Die Stimmen der Tiere, voller Panik, erfüllten die Luft. Lose herumliegende Werkzeuge und Ziegel wurden durch die Luft gewirbelt und verletzten viele der Menschen, die bislang noch keinen Schutz gefunden hatten.

Der Himmel verdunkelte sich zunehmend und wurde von einem dröhnenden Röhren erfüllt, das die Schreie der Anwesenden mit aller Gewalt niederdrückte. Minuten vergingen, in denen die Menschen zwischen den Ritzen in den Fensterläden hindurch die Gestalt beobachteten, die immer näher kam, bis sie den Dorfplatz erreichte.

Immer wieder kreischte jemand auf, wenn sein Haus in sich zusammenstürzte und ihn unter sich begrub. Wirbel aus Staub und Geröll legten einen tosenden Schleier über das Gebiet, der voller Wucht alles hinwegwischte, das sich ihm in den Weg stellte. Dann verstummte das Unwetter von einem Moment auf den anderen.

Eine unwirkliche Ruhe erfüllte die Luft. Aus dem Staub, der sich nur langsam legte, schälte sich der mächtige Körper eines Farbigen, dessen imposantes Auftreten seine schäbige Kleidung Lügen strafte. Sein Kopf war bis auf eine Stelle über dem linken Ohr kahl geschoren. Auf der Stirn prangten mehrere große ovale Narben, die bluterfüllt leuchteten.

Abschätzig warf der Hüne einen Blick auf den Körper des toten Erzählers.

„Alter Narr! Den Kindern solche Flausen in den Kopf zu setzen."

Er sah sich um und betrachtete die Menschen, die zögernd aus ihrem Schutz hervor kamen.

„Geschichten voller Narreteien!", brüllte er ihnen entgegen. Er hob den leblosen Körper mit einer Hand an und schleuderte ihn einer Puppe gleich durch die Luft. Aus seinen Händen löste sich eine Art Feuer, das seine Finger umspielte und wie mit Leben erfüllt zu tanzen schien.

„Es ist Zeit, die Welt an etwas zu erinnern!"

Das Feuer zuckte aus den Fingerspitzen und schlug in den Boden ein. Die Erde explodierte und vibrierte kurz und die Menschen wurden erneut von Panik erfüllt.

„Eser Kru ist zurückgekehrt! Du bist tot, ‚Herr des Dschungels'!"

6.

Talon setzte seinen rechten Fuß auf die breite Steintreppe und starrte unentschlossen nach oben. Weit über ihm erhoben sich aus dem grünen Meer des Dschungels die erdfarbenen Tempelbauten, zu denen die Treppe hinaufführte.

Er zögerte. Nachdem ihn das Rudel zurückgewiesen hatte, war er tagelang allein durch die Savanne gezogen, ohne wirklich zu wissen, wohin er sich wenden sollte. T'cha hatte es ihm lange Zeit angekündigt, dass ihn die Löwen verstoßen würden. Doch nun hatte selbst sie ihn darum gebeten, sie zu verlassen.

Seine Hände waren feucht vor Schweiß. Er atmete mit offenem Mund und versuchte, sich ein wenig zu beruhigen. Die Entscheidung, hierher zurückzukehren, war ihm nicht leicht gefallen. Die Löwen waren die letzten drei Jahre über sein Halt gewesen. Er war nicht gewillt, zu den Menschen zurückzugehen. Jede Erinnerung, die er an die Zeit unter ihnen hatte, brach in Albträumen aus ihm hervor und verlosch dann am nächsten Morgen.

Bevor er die nächste Stufe erklimmen konnte, näherten sich von oben drei Gestalten. Die Treppe reichte so weit empor, dass Talon sie zuerst kaum wahrnahm. Dann aber leuchteten ihre bunten Mähnen, die die kahlen Hinterköpfe schmückten, im Licht der Sonne. Es waren Shions Wachen. Krieger, die nicht minder fremd in dieser Welt zu sein schienen als er selbst. Sie waren altertümlich mit kaum mehr bekleidet als einem knappen Lendenschurz und mehreren bunt verzierten Reifen und Bändern, die Arme und Beine schmückten. Jeder von ihnen trug einen langen Speer mit einer breiten Klinge, wie sie in dieser Gegend von keinem der noch ursprünglich lebenden Stämme benutzt wurden.

Sie waren nur durch Nuancen voneinander zu unterscheiden. Talon erkannte den Mann in der Mitte inzwischen. Es war N'kele, der unter den Wachen eine gehobene Stellung einnehmen musste. Wie die anderen Männer begegnete er Talon mit einer Mischung aus Verachtung und Widerwillen. Keiner von ihnen war bis jetzt bereit zu akzeptieren, dass dieser Weiße ihren Herrn besiegt hatte.

Der Blick war nicht weniger abweisend als zuvor, doch in den Augen des Farbigen erkannte Talon eine unausgesprochene

Frage, gepaart mit einem unauslotbaren Interesse.

„Shion erwartet dich", setzte er unvermittelt an.

Er schien sich nicht zu wundern, dass der Weiße wieder zum Tempel gekommen war. Die drei Männer drehten sich wortlos um und stiegen die Treppen empor. Keiner von ihnen achtete offenbar darauf, ob Talon ihnen tatsächlich folgte. Er tat es, mit mehreren Stufen Abstand zwischen sich und den Wachen.

Der Anstieg dauerte mehrere Minuten. Talon ergriff ein seltsames Gefühl, als er höher in die Baumkronen vordrang. Vogelschwärme und kleine Reptilien erfüllten die Urwaltriesen mit einem vielstimmigen Leben in dem immergrünen Dämmerlicht. Diese kleine Welt fand abrupt ihr Ende, als die Männer die obersten Spitzen der Bäume unter sich zurückließen und die letzten Stufen erklommen. Der Himmel breitete sich über Talon in einem verwaschenen Blau aus. Dünne Wolkenfasern zerschnitten den Horizont in tiefen Pastelltönen.

Am oberen Ende der Treppe hatten sich weitere Wachen versammelt. Talon zählte etwa dreißig Männer, von denen keiner älter wirkte als er selbst. Während die meisten entlang der Balustrade Stellung bezogen hatten und ihren Blick in die Tiefe des Dschungels richteten, bildete gut ein Dutzend von ihnen ein Spalier, das zu einem offenen Tor in einenm der gedrungenen Bauten führte.

Es war kaum eine Woche her, dass Talon auf diesem Weg den Tempel verlassen hatte. Nun geleitete ihn N'kele zusammen mit den anderen beiden Wachen ins Innere. Sie führten ihn in einen lang gezogenen Saal, der von wuchtigen, grob behauenen Säulen gesäumt war. An seinem Ende erhob sich ein massives Podest aus dem Boden und darauf stand Shion. Hoch aufgerichtet wartete er ab, bis sich Talon ihm näherte. Die glutroten Augen beobachteten den Menschen jeden Augenblick.

Er hatte nicht geglaubt, den schwarzen Löwen jemals wieder zu sehen. Talon wusste nicht, wie er dieses Wesen, das aus nicht mehr als Schatten und Nebeln zu bestehen schien, anders nennen sollte. Es hatte die Form eines männlichen Löwen, wenngleich viel größer als jedes Tier, dem er je begegnet war.

[Du bist zurück], lösten sich die Worte grollend aus dem Schlund des Löwen. Sie hallten unausgesprochen in Talons Gedanken wider.

„Du hast es gewusst, ja?", stellte er dem Wesen die Frage, die ihn seit Tagen gefangen hielt. „Du hast gewusst, dass sie mich verstoßen würden."

[Ich habe es geahnt], bestätigte ihm Shion. *[Mir ist es nicht anders ergangen, damals, vor so langer Zeit.]* Der Löwe stieg von dem Podest herab und verließ den Saal durch einen breiten Ausgang. Talon folgte ihm unaufgefordert. Die Wachen blieben am anderen Ende des Raums stehen und machten keine Anstalten einzugreifen.

[Ich hatte dich aufgefordert, meinen Platz einzunehmen], fuhr Shion fort, während sie durch die Gänge tiefer in das Innere des Gebäudes vordrangen. *[Du hast mich besiegt. Nicht nur die Löwen werden mich nun nicht mehr fürchten. Das, was ich seit Äonen bewache, droht damit, ohne Schutz zu sein.]*

Talon sah ihn fragend an.

[Es gibt so vieles, das ich dir erzählen muss], erklärte ihm das schwarze Wesen. *[Dieses Land ist anders als jenes, aus dem du stammst, weit im Norden]*, überging es Talons Überraschung. *[Es ist älter, mächtiger und fremdartiger als ihr Menschen es je verstanden habt. Im Herzen dieser Erde liegt eine Macht, die alles zu verschlingen vermag. So wie sie einst mich verzehrt hat. Sie durchdringt den Boden, das Wasser und die Luft. Sie fließt in jedem Lebewesen, das dieses Land bewohnt. Und alles Leben drängt danach, die Macht über diese Kraft zu erlangen.]*

Der Weg führte sie tief nach unten, über verschlungene Pfade, die an monolithischen, schweren Steinmauern vorbeiführten. Je tiefer sie kamen, desto mehr strömte das Bauwerk eine Fremdartigkeit aus, die jede Verzierung, jedes Relief erfüllte. Gleichzeitig verschwanden die groben künstlerischen Bearbeitungen. Mehr und mehr spiegelten die Steine eine fein strukturierte Kunst wieder. Edelsteine waren in das marmorartige Material eingelassen, teils mit Gold, teils mit anderen Metallen verziert.

Der Boden begann zunehmend zu vibrieren. Schwingungen erfüllten das Bauwerk, das nun von einer ungreifbaren Art von Leben erfüllt zu sein schien.

[Siehe, allein meiner Neugier habe ich es zu verdanken, dass ich der bin, der ich bin. Ein vorwitziger junger Löwe, gekränkt durch einen verloren Kampf um die Vorherrschaft im Rudel, versuchte ich mein Glück im ungeliebten Dschungel.] Shion blickte Talon von der

Seite an und spürte, dass er seine Abneigung gegen die erdrückende Vielfalt der grünen Wälder teilte.

[Damals lebten die Vorfahren der Männer hier, die mir bis heute treu dienen. Keiner von ihnen wagte es, mich aufzuhalten. Keiner von ihnen konnte verhindern, dass ich hinabstieg in die Tiefe und mich ungewollt der Macht auslieferte, die dort herrschte.]

„Dort, wohin wir nun gehen, richtig?"

[Ja], folgte die knappe Antwort. *[Du musst wissen, was in diesen Mauern lebt. Du wirst meine Nachfolge antreten.]*

Talon blieb stehen. Sein Instinkt drängte ihn dazu, umzukehren und den Tempel so schnell wie möglich zu verlassen.

„Du willst, dass ich so werde wie du?", schrie er Shion an. Die Antwort erfolgte in etwas, das wie das Lachen eines Löwen klang, falls es so etwas geben sollte. Doch es war ein Lachen voller Leere und Kälte.

[Nein. Das ... das ist das, was ich für meine Unvorsichtigkeit empfangen habe. Ein junger Löwe, stolz, ungebändigt, übermütig. Ich verstand nicht, was mich erwartete. Wie hätte ich auch -] Shion hielt inne. *[Nein. Das schwarze Licht, das alles verzehrt, wird dich nicht beherrschen können. Vertraue mir.]*

Talon lachte kehlig auf. Für ihn klangen diese Worte wie ‚Wirf dein Leben fort'. Dennoch folgte er dem schattenhaften Wesen weiter den Gang entlang, der nun in einem hellroten Licht aus sich selbst heraus leuchtete. Vor ihnen öffnete sich ein gewaltiges Tor. Seine beiden Flügel schwangen voller Leichtigkeit zur Seite und verschwanden fugenlos in den Steinen der Mauern. Shion schritt unbeeindruckt durch den Torbogen hindurch und verschwand in der schwarzen Leere, die unendlich tief dahinter lauerte. Talon zögerte. Was er tun sollte, erschien ihm wie Selbstmord.

[Komm], erfüllte die Stimme des schwarzen Löwen voller Ruhe seine Gedanken.

Er atmete tief durch und schritt vorwärts. Lautlos schloss sich das Tor hinter ihm.

Major Devereux beschlich ein ungutes Gefühl.

Er hielt sich mit beiden Händen am Geländer des wuchtigen Panzerwagens fest, der sich mit ruckartigen Bewegungen seinen Weg den Oubangui-Fluss entlang bahnte. Ein kurzes Tippen auf die Schulter deutete dem Fahrer an anzuhalten. Mit dem rechten Ärmel wischte er sich den dreckigen Schweiß aus der Stirn. Der Motor des schweren Fahrzeugs röhrte kurz auf. Die Panzerketten gruben sich in den trockenen lehmigen Boden, dann stand der Wagen still. Durch den aufgewirbelten Staub versuchte der französische Offizier etwas zu erkennen. Doch das Gelände lag genauso verlassen vor ihm wie das gesamte Gebiet, das sie in den letzten zwei Tagen passiert hatten. Frankreich unterhielt in Zentralafrika zwei Militärbasen – zum Schutz des einheimischen Präsidenten, wie es offiziell hieß. Inoffiziell wahrte man Frankreichs Interessen und hatte alle Hände voll zu tun, illegalen Geschäften und Schmuggelaktionen auf den Grund zu gehen. Doch dieser Auftrag war anders.

Es war etwa eine Woche her, dass das Militär über Unruhen im Osten des Landes unterrichtet worden war. Anscheinend war es zu Stammesfehden gekommen, die sich auszuweiten begannen. Die Kommentare berichteten von einem Anführer, der die ethnischen Unruhen ausnutzte und damit begann, ein eigenes Machtgebiet aufzubauen. Danach waren die Kontakte abgerissen und seitdem hatten sie aus der Region keine Informationen mehr erhalten.

Das französische Militär hatte sich entschieden, eine Einheit Fallschirmjäger zu den Koordinaten zu schicken. Der Kontakt war jedoch wenige Stunden nach der Landung abgerissen. Auch die Luftaufklärung hatten keine Hinweise geliefert. Es schien, als sei die ganze Einheit spurlos verschwunden. Deshalb waren nun Bodentruppen hinterhergeschickt worden. Der befehlshabende Brigadier in Bangui war sich sehr wohl bewusst, was dieser militärische Aufmarsch für die innere Stabilität des afrikanischen Landes bedeutete. Doch das Wohl seiner Männer hatte für ihn Priorität.

Devereux war inzwischen seit fünf Jahren in diesem Land. Er hatte in dieser Zeit die meisten Regionen bereist und glaubte von sich, langsam ein Gespür für die Menschen hier zu bekommen. Damit hatten sich auch seine Vorgesetzten überzeugen lassen. Sie wollten das Risiko von Spannungen so gering wie möglich halten. Frankreich konnte sich einen Bürgerkrieg in dieser unwegsamen Ecke Afrikas nicht leisten.

Er warf einen Blick über die Schulter. Hinter ihm war das gesamte Regiment zur Ruhe gekommen. Eine Kolonne von gut einem Dutzend Transportlastwagen zog sich wie eine dunkelgrüne Perlenschnur durch das ockerfarbene Gelände, flankiert von mehreren Panzerwagen, deren Waffenstände mit einem schweren Maschinengewehr besetzt waren.

Der Major wollte sich auf kein Abenteuer einlassen. Unruhen dieser Art waren für dieses Land ungewohnt. Das machte ihn misstrauisch. Er glaubte nicht an islamistische Übergriffe, auch wenn sie sich im Grenzgebiet zum Sudan befanden.

Er konnte sich nur keinen Reim auf die verlassenen Dörfer machen, die sie seit Tagen passierten. Die Häuser sahen aus, als ob die Menschen mitten in der Bewegung ihre Häuser fluchtartig verlassen hätten und im Dschungel verschwunden wären. Das gleiche Bild bot sich ihm nun hier.

Ujeme war ein kleines Fischerdorf, dessen Häuser sich entlang der Flussbiegung aneinander reihten. Doch weder an den flachen Booten noch vor den einfachen Häusern waren zu dieser frühen Morgenstunde Menschen auszumachen. Alles lag verlassen vor ihm wie die vergessene Kulisse eines längst fertig gestellten Kinofilms.

Devereux griff zum Mikrofon seines Funkgeräts und befahl einem seiner Leutnants in den Lastern, einen Erkundungstrupp vorzuschicken. Unweit des Dorfes waren die Fallschirmjäger abgesprungen. Wenn es ein Lebenszeichen von ihnen geben musste, dann hier. Er drehte sich um und sah, wie sich vier bewaffnete Soldaten von einer der hinteren Ladeflächen lösten. Eine innere Unruhe erfüllte ihn.

Die Luft schien zu knistern und war trotz der anhaltenden Stille erfüllt von einer Vielzahl undeutbarer Geräusche. Der Offizier griff zu seinem Fernglas und verfolgte die Männer, die sich aufgeteilt hatten und im Schatten der ersten Häuser verschwanden. Unbewusst kaute er auf seiner Unterlippe. Sein Herz schlug spürbar in seiner Brust.

Die Druckwelle erwischte ihn vollkommen unvorbereitet. Das Metall des Panzerwagens kreischte unter den massiven Stößen unbarmherzig auf. Devereux fluchte heftig und hielt sich nur mit Mühe am Geländer fest. Sein Fernglas schlug hart auf einer Kante des Fahrzeugs auf und verschwand dann im Staub des Bodens.

Aus den Augenwinkeln musste er mit ansehen, wie mehrere

Lastwagen einfach zur Seite gedrückt und umgeworfen wurden. Die schweren Fahrzeuge rutschten das flache Ufer entlang und blieben im Fluss liegen. Schreie erfüllten die Luft. Er wusste, dass er schnellstens Ordnung in die Reihen bringen musste. Dabei wusste er selbst nicht, was geschehen war.

Er hatte keine Explosion gehört, die solch eine Druckwelle auszulösen vermochte. Devereux griff nach dem Funkgerät, doch aus dem Lautsprecher drang nur Rauschen. Wütend warf er das Mikrofon zur Seite. Sein Fahrer sah ihn mit einem unsicheren Blick an. Was sollte er dem Mann sagen?

Im nächsten Augenblick schleuderte eine zweite Welle den Major nach vorne. Er prallte hart gegen eine Kante und schrie schmerzerfüllt auf. Rote Schlieren tanzten vor seinen Augen, als er den Kopf anhob. Ungläubig sah er, wie mehrere der Fahrzeuge von unsichtbaren Kräften emporgehoben und durch die Luft geschleudert wurden. Menschen purzelten wie Puppen aus den Lastwagen. Nur die wenigsten hatten Glück und landeten im Fluss.

Noch immer hielt er sich an dem Gedanken fest, einen Gegenangriff zu befehlen. Er blickte auf die Lehmhütten, die durch die Druckwellen völlig zerstört waren. Strohfasern hoben sich wie ein verworrenes Gespinst gegen die wabernden Staubwolken ab, die den Himmel erfüllten. Devereux hustete auf, als die Schwaden sein Fahrzeug einhüllten. Er schützte seine Augen so gut er konnte und versuchte, noch etwas zu erkennen.

Zuerst glaubte er an eine Täuschung, doch dann nahmen die Schatten, die sich aus dem staubigen Nebel lösten, eine konkrete Gestalt an. Männer und Frauen, gekleidet in knappe Trachten, die der Franzose gelegentlich bei Folklorevorführungen gesehen hatte. Doch bei diesen Anlässen hatten die Farbigen keine Waffen getragen.

Schwere, antik anmutende Lanzenspitzen leuchteten dunkel im fahlen Licht der Sonne. Die Schatten säumten nun das gesamte Blickfeld des Majors. Er wusste nicht, wie er reagieren sollte. Er war es gewohnt gegen moderne Waffen vorzugehen. Doch diese Gegner wirkten, als stammten sie aus einer anderen Zeit …

Nun zeichnete sich ein weiterer Schatten hinter den Menschen ab. Der Hüne, der sich aus dem Staub löste, mochte alle anderen um nahezu zwei Kopflängen überragen. Ein unheimliches

Leuchten umgab seinen halb nackten Körper, dessen schwere Muskelpakete beinahe unwirklich wirkten.

Der Mann hob nur stumm eine Hand. Dann lösten sich die Farbigen mit einem vielstimmigen Schrei aus dem Nebel und begannen ihren Angriff ...

Mit einem Tuch tupfte sich Amos Vanderbuildt den letzten Rasierschaum aus dem Gesicht. Er knipste das Licht im Badezimmer aus und schritt durch das in dunklen Tönen gehaltene Schlafzimmer. Achtlos warf er das Tuch auf das breite Bett und öffnete dann eine der verspiegelten Türen des Schranks, der in die gesamte Länge der Wand eingelassen worden war.

Es war noch früh am Morgen, dennoch war der Mann um die Fünfzig nach knapp vier Stunden Schlaf wieder auf den Beinen und hatte vor dem Duschen bereits mehrere Unterlagen für eine anstehende Konferenz heute Vormittag durchgelesen. Vanderbuildt trieb sich selbst noch härter an als die Mitarbeiter, die er überdurchschnittlich gut bezahlte, dafür aber auch die entsprechende Leistung sehen wollte.

Nachdem er sich angekleidet hatte, ließ er sich von seinem schwarzen Hausdiener ein knappes Frühstück servieren. Während er einen Kaffee trank, schalteten sich automatisch mehrere Fernsehgeräte ein, die die wichtigsten internationalen Programme gleichzeitig ablaufen ließen.

Er strich sich durch seinen grau melieren Backenbart und achtete nur beiläufig auf das Stimmengewirr der Nachrichtensprecher. Die kleine Essdiele ging direkt in das Büro über, das er sich in seinem Stadthaus eingerichtet hatte. Mit seinen Gedanken war er bereits halb bei einem neuen Projekt, während er vor den Monitoren auf und ab schritt. Der ganze Raum war in ein Dämmerlicht gehüllt, das fast ausschließlich durch die Fernsehbilder erhellt wurde.

Der Firmenmagnat stellte sich vor den Fernsehgeräten auf und verschränkte die Hände hinter dem Rücken. Gedankenversunken folgte er den neuesten Börsennotierungen und las die Newsticker, die über das Bild wanderten.

Ein glutrotes Leuchten ließ ihn herumwirbeln. Es kam von seinem schweren Schreibtisch, der am hinteren Ende des Raumes stand. Das rote Licht pulsierte von einem kleinen Punkt aus und rollte in wogenden Wellenbewegungen durch das abgedunkelte Zimmer. Amos Vanderbuildt hastete auf das Möbelstück zu.

Das Leuchten ging von dem schwarzen Splitter aus, den ihm Janet Verhooven aus Zentralafrika mitgebracht hatte. „Das Blut des schwarzen Löwen" hatte sie ihn genannt und ihm eine Geschichte erzählt, die er kaum glauben mochte.

Doch nun ... - Schreie lösten sich aus dem Stein. Sie fegten durch den Raum und wuchsen zu einem ohrenbetäubenden Dröhnen an.

Alles in ihm drängte darauf, sich die Ohren zuzuhalten, doch Vanderbuildt griff nach dem Stein und umschloss ihn mit seinen Fingern. Das Licht durchdrang seine Hand und ließ deutlich jede Faser, jede Äderung erkennen. Flüssige Energie schien seine Haut zu durchströmen. Aber sie strahlte keine Hitze aus. Sie erfüllte nur seine Gliedmaßen und wanderte den Arm entlang.

Das rote Licht leuchtete nun aus seinem Körper heraus. Vanderbuildt wollte die Finger öffnen, um den Kristall fallen zu lassen. Seine Hand gehorchte ihm jedoch nicht mehr. Fassungslos sah er zu, wie die Strahlen begannen seinen Körper einzuhüllen.

Furcht wuchs in ihm. Furcht vor etwas, das er nicht kontrollieren konnte. Dennoch fühlte er die Wogen von belebender Energie, die seinen gesamten Körper durchflossen. Unbewusst lachte er auf.

Dann, so schnell wie das Leuchten gekommen war, verschwand es wieder. Zurück blieb der obsidianfarbene kleine Splitter, der kalt in seiner Hand lag. Vanderbuildt zitterte. Er musste sich am Schreibtisch abstützen, da seine Beine nachzugeben begannen. Schweiß perlte auf seiner Stirn. Er drehte sich um und sah mehrere Schatten, die sich im Raum versammelt hatten. Einer von ihnen betätigte einen Schalter an der Wand.

Kühles Neonlicht flammte auf.

„Mr. Vanderbuildt, Sir", setzte sein Hausdiener an. Er wies ihn mit einer schroffen Handbewegung an, zu schweigen. Sein Blick wanderte von dem älteren Farbigen zu seiner Köchin und zwei Sicherheitskräften, die ebenso in den Raum gestürzt waren.

„Sie alle haben nichts gesehen, ist das klar?", fuhr er sie kalt an.

Er zitterte noch immer. Der Atem brannte wie flüssiges Magma in seiner Lunge.

Alice Struuten nippte vorsichtig an ihrem Tee und blies dann leicht über den Tassenrand hinweg.

Sie schlüpfte aus den knallgelben Pantoffeln und legte ihre nackten Füße hoch. Das breite Panoramafenster ihres Apartments erlaubte ihr selbst im Sitzen einen Blick auf den Leuchtturm von Kapstadt, der die Landzunge begrenzte und im Licht der frühen Sonne deutlich zu erkennen war.

Eigentlich hatte sie vorgehabt, sich heute zum Frühstück und zu einem Stadtbummel mit einer befreundeten Fotografin zu treffen. Doch im Augenblick bereitete es ihr große Mühen, sich mit anderen Menschen zu treffen. Sie war froh um die Abgeschiedenheit, die sie in ihrer kleinen Wohnung genießen konnte. Ihre linke Hand legte sich auf ihren rechten Oberarm und strich leicht auf und ab, wie um sich selbst zu trösten.

Alice stellte die kleine Tasse auf den gläsernen Couchtisch vor sich. Ihr Blick wanderte zur Seite. Nachdenklich betrachteten ihre braunen Augen die Fotos, die ausgebreitet vor ihr auf dem Tisch lagen. Vor wenigen Tagen noch hatte sie alle Abzüge der Reise nach Zentralafrika vernichtet. Doch letzte Nacht war sie nach einem unruhigen Schlaf aufgestanden und hatte alle Filmrollen erneut durchgesehen.

Die junge Frau atmete tief durch und nippte erneut an der Tasse. Es waren acht Bilder, die sie entwickelt und stark vergrößert hatte. Sie hatte sich die ungewöhnlichsten Bilder herausgesucht; die, die mehr zeigten als Landschaftseindrücke der Reise, auf die sie Vanderbuildt Inc. geschickt hatte.

Ihre schlanken Finger strichen über die glänzende Oberfläche des Papiers. Fast alle Motive zeigten einen hochgewachsenen Mann mit rotbraunen Haaren, der nicht minder unwirklich schien wie der Hintergrund, den die Fotografien abbildeten.

Talon ... seitdem die Fotografin wieder nach Südafrika zurückgekehrt war, hatten sich die Eindrücke der Reise immer mehr verändert. Zuerst war es ihr einziger Gedanke gewesen den Geschehnissen lebend zu entkommen. Zu wild, zu unglaublich war das, was sie dort im Dschungel erlebt hatte, als dass sie es so einfach hätte verarbeiten können.

Sie hatte die ersten Nächte nicht mehr schlafen können. Jeder Schatten, jedes kleine Geräusch ließ sie aufschrecken. Doch langsam wich die unauslotbare Furcht einer Faszination, dem Gefühl, dort in der Wildnis eine Story finden zu können, wie sie die Welt schon lange nicht mehr gehört hatte.

In ihrem Kopf formte sich ein Entschluss, den sie sich selbst noch nicht eingestehen wollte. Alice Struuten lächelte.

Ein Knacken an der Haustür ließ sie zusammenzucken.

Sie kannte das Geräusch eines Dietrichs. Sie hatte sich selbst im Lauf ihrer Jahre als Fotografin zu verschiedenen Wohnungen einen unkonventionellen Zugang verschafft, um an Informationen zu gelangen.

Eilig schwang sie sich aus dem Sessel und hastete zum Flur. Sie hatte vergessen, die Ketten an der Haustür vorzulegen, als sie heute Morgen vom Zeitung holen zurückgekommen war. Doch dazu bekam sie keine Gelegenheit mehr. Leise schwang die massive Holztür auf. Im Schatten des Treppenhauses konnte sie die Silhouetten zweier Männer ausmachen. Sie waren unauffällig gekleidet und wirkten auf den ersten Blick wie Versicherungsvertreter.

Ihre Augen trafen sich mit denen des Mannes, der die Tür aufgebrochen hatte. Für eine Sekunde flackerte Überraschung in seinem Blick, doch genauso schnell verschwand seine rechte Hand im Sakko.

Alices Augen weiteten sich vor Entsetzen, als sie die Waffe mit aufgeschraubtem Schalldämpfer sah. Ihr Mund öffnete sich zu einem lautlosen Schrei. Wie in Zeitlupe schien der Arm nach oben zu fahren. Reflexartig warf sie sich zur Seite. Ein unterdrücktes Geräusch folgte. Neben ihrem Kopf schlug das Projektil sirrend in den Putz der Wand. Die junge Frau schlug hart mit dem rechten Knie auf, ohne es weiter zu beachten. Sie hastete durch ihr verwinkeltes Apartment, das durch viele kleine Mauern und Durchgänge unterteilt war.

Hinter sich hörte sie leise Befehle, die sich die beiden Männer gegenseitig gaben, und dann das Schließen der Tür.

Ihr Herz schlug bis zum Hals. Wer waren diese Männer? Es waren keine gewöhnlichen Einbrecher. Kurz überlegte sie, ob sie den Zorn irgendwelcher offizieller Kreise auf sich gezogen haben konnte. Es blieb jedoch keine Zeit, weiter darüber nachzudenken. Hastig blickte sie sich um und griff dann nach einem wuchtigen Fetisch aus massivem Ebenholz, der einen kleinen Beistelltisch zierte. Im Schlafzimmer hatte sie einen Revolver versteckt. Doch der Weg dorthin führte mitten durch den Wohnraum.

Sie konnte nur hoffen, dass sich die beiden Männer getrennt hatten, um sie schneller zu finden. Alice presste sich eng gegen den Türrahmen. Sie versuchte, so flach wie möglich zu atmen.

In der Tür zeichnete sich die Hand mit einer Waffe ab. Alice wartete keinen Augenblick mehr, sondern schwang die unterarmlange Holzstatue in Kopfhöhe durch die Luft. Sie fühlte, wie der Fetisch hart gegen etwas stieß. Ein überraschter Aufschrei folgte, dann das Poltern eines Körpers, der zu Boden sackte.

Die junge Frau warf einen Blick um die Ecke und sah einen Farbigen in einem graublauen Anzug, der sich am Boden krümmte und sich den blutenden Kopf hielt. Sie verpasste ihm einen kräftigen Tritt zwischen die Beine, Tränen der Angst unterdrückend. Der Schwarze schrie laut auf.

Ohne weiter darüber nachzudenken, rannte Alice los. Sie hoffte, dass der Mann am Boden lange genug brauchte, um wieder zur Besinnung zu kommen. Vor ihr löste sich der Mann, der die Tür aufgebrochen hatte, aus dem Schatten des Hausflurs. Alice warf sich ihm mit ihrem ganzen Gewicht entgegen. Obwohl der Mann sie um einiges überragte, wurde er durch den Schwung nach hinten geworfen und verlor dabei seine Pistole.

Die Fotografin stolperte vorwärts. Sie hatte nur die Haustür im Blick, die die Männer wieder geschlossen hatten. In dem Moment, in dem sie den Knauf drehte und die Tür öffnete, schlugen zwei Projektile nahezu zeitgleich in das Holz ein. Alice schrie auf. Ein dritter Schuss zog eine heiße, brennende Spur über ihren Rücken und riss eine Furche in das dünne T-Shirt.

Gott, lass mich leben!, jagte ihr ein einziger Gedanke durch den Kopf.

Sie hetzte die schmale Treppe hinunter in den Innenhof der Apartmentsiedlung. Sobald sie im Freien stand, schrie sie aus Leibeskräften um Hilfe und hoffte, dass jemand dadurch den Sicherheitsdienst alarmierte. Mehrere Menschen rannten auf die junge Frau zu, die schluchzend am unteren Ende der Treppe zusammensackte.

Das erste, was Talon wahrnahm, war das kühle Wasser auf seinen Lippen.

Nur schwerfällig öffnete er die Augen und sah N'kele, der sich über ihn beugte. Mit dem linken Arm hielt ihn der Mann am Rücken gestützt. Ein anderer hielt ihm eine tönerne Schale mit Wasser an den Mund.

Talon trank ein, zwei Schluck und bedankte sich.

Langsam drangen die Erinnerungen an das zurück, was geschehen war. Fragend sah er den Wächter an.

„Wo ist Shion?"

Der Farbige senkte den Kopf und schien Mühe zu haben, seine Gefühle unter Kontrolle zu halten. Es dauerte mehrere Augenblicke, bis er den Weißen ansehen konnte.

„Der ewige Wächter ist verschwunden. Wir wissen nicht, wohin er ist. Wir wurden von einer Stimme gerufen, die uns in die Tiefe führte. Dort fanden wir dich besinnungslos, vor dem verschlossenen Tor", erklärte er stockend.

Eine Flut von Bildern stürmte auf Talon ein. Zu deutlich waren die Eindrücke, nachdem sich das Tor hinter ihm geschlossen hatte. Zu deutlich das, was er erleben musste. Etwas, das es nicht geben konnte.

Er blickte auf seine Handflächen. Kleine, rote Irrlichter zogen über die Haut hinweg und verschwanden dann in den Schatten der Mauern. Unbeholfen versuchte er sich zu erheben. Sofort waren zwei Männer an seiner Seite, die ihn stützten. Auch sie wirkten, als wüssten sie nicht, wie sie mit der Situation umgehen sollten.

„Was soll nun geschehen ... Herr?" N'kele fiel es schwer, sich an diesen Gedanken zu gewöhnen, der unausgesprochen jeden der Männer hier erfüllte.

Einen Augenblick lang war Talon überrascht, so angesprochen zu werden. Dann legte er dem Farbigen die Hand auf die Schulter und sah ihn mit unsicherem Blick an.

„Ich weiß es nicht, N'kele. Ich weiß es nicht."

7.

Schatten zogen in einem irrwitzigen Tanz über die mächtigen Tempelmauern hinweg, eingehüllt in einen glutroten Schein, der ihr Spiel begleitete. Die Luft war erfüllt von dem dumpfen, monotonen Klang großer Trommeln, deren Echo tief im Inneren des Tempelbaus widerhallte.

Talon stand hoch aufgerichtet am Ende eines lang gezogenen Saals, dessen Decke im Zwielicht des flackernden Scheins der Ölpfannen verschwand. Seine Haut war verziert mit zahlreichen Ornamenten, die mit weißer Kalkfarbe ein kompliziertes Muster von Linien und Kreisen auf seinen schlanken, durchtrainierten Körper zeichneten. Wie in Trance folgte sein Blick der Prozession, deren Leben den Saal erfüllte.

Es war drei Tage her, dass Shion verschwunden war.

Noch brach sich das geheime Wissen, das ihm der schwarze Löwe hinterlassen hatte, nur selten einen Weg in sein Bewusstsein, einem Traum gleich, der nach dem Aufwachen langsam in die Erinnerung zurückkehrt. Doch je mehr er sich an das erinnerte, was tief im Inneren der Tempelanlagen geschehen war, desto mehr erfüllte ihn Panik. Eine unauslotbare Furcht, dem, was sich ihm offenbarte, nicht gewachsen zu sein.

Viel fremdartiger und ungreifbarer allerdings schien ihm das Bild, das sich ihm nun bot. Talon kannte die Dörfer und Stämme der Region. Nur wenige folgten noch dem Pfad der Traditionen. Fast alle hatten nur ein Ziel – so westlich wie möglich zu leben und alles gierig in sich aufzusaugen, was die erste Welt ihnen gnadenvoll überließ.

Nun präsentierte sich ihm eine andere Welt. Die Wächter, die zuvor Shion gedient hatten, hatten die Nachricht von seinem Sieg an die Stämme übermittelt, und die Stammesältesten folgten. Talon zählte gut dreißig von ihnen, die an den Feierlichkeiten teilnahmen. Viele von ihnen waren in traditionelle Gewänder gekleidet, die sie oftmals seit Jahrzehnten nicht mehr getragen hatten. Er kannte kaum eines der Gesichter, weder die der Anführer noch die der Männer und Frauen, die sie begleiteten. Dennoch fühlte er sich in dem Kreis der Menschen aufgehoben wie seit Jahren an keinem Ort mehr.

Sein Blick senkte sich. Vor ihm, am Fuße des grob behauenen

Podests, auf dem er stand, kauerten sich vier junge Frauen auf Teppichen und Decken, die man auf dem kühlen steinernen Boden ausgebreitet hatte. Sein Harem ... - Talon schüttelte innerlich den Kopf. N'kele, der Anführer seiner Garde, hatte ihn lange in die rituellen Verpflichtungen eingewiesen, die mit seiner Position verbunden waren. Langsam fühlte er sich dem hünenhaften Farbigen mit bronzefarbener Haut verbunden. Noch immer spürte er dessen Schwierigkeiten, mit der neuen Situation zurecht zu kommen. Doch seine Aufrichtigkeit schenkte Talon Vertrauen in den Mann.

Als er jedoch erklärte, dass ihm als Ewiger Wächter des Tempels eine Auswahl von Frauen aus den umliegenden Stämmen zustand, hatte Talon laut aufgelacht. Er hatte es für einen Scherz gehalten, der antiquierten Vorstellungen entsprang. Als ihm jedoch die Ältesten ihre Aufwartung machten und ihm ihre Töchter vorführten, wurde ihm bewusst, wie ernst es N'kele – und den Anwesenden - damit war.

Zum Glück war er nicht gezwungen worden, unter den teilweise noch sehr jungen Frauen eine Auswahl zu treffen. Die Dorfältesten hatten sich untereinander abgesprochen und sich auf die vier Frauen geeinigt, die nun zu seinen Füßen Platz nahmen. Keine von ihnen wagte es, den Blick zu heben oder etwas zu sagen. Sie saßen nur teilnahmslos vor ihm, den Blick abwesend in die Ferne gerichtet.

Talon hatte bisher nicht einmal die Zeit gefunden sie näher zu betrachten. Seine Aufmerksamkeit wurde von den Aufführungen der Männer beansprucht, die in rituellen Tänzen uralte Geschichten nacherzählten. Geschichten, deren Sinn der Mann mit den rotbraunen Haaren nur erahnen konnte. Sie handelten von der Zeit, als der Tempel von einem längst vergangenen Volk errichtet worden war, von den Mächten, die diese Gegend beherrscht und über das Land gewütet hatten. Und von der Zeit Shions, der die Mächte band und dem Land den lang ersehnten Frieden schenkte.

Ein helles Kreischen schreckte ihn aus seinen Gedanken auf.

Die Flammen in den breiten Ölbecken wurden von einem heftigen Windstoß mitgerissen und fauchten durch die Luft. Dann erschütterte eine heftige Explosion das Gebäude. Staubwolken wirbelten auf und verschleierten die Sicht. Zahlreiche kleine Brocken fielen von der Decke und lösten unter den Anwesenden eine Panik aus. Die mächtigen Säulen, die die Konstruktion stützten, vibrierten unter den schweren Stößen.

Durch die wenigen Schlitze in den Mauern, die einen Blick auf die neumondschwarze Nacht freigaben, zuckten helle Blitze, deren Widerschein von einem bedrohlichen Glutrot erfüllt war.

Befehle hallten durch den Saal. N'kele rief seine Männer zusammen und versuchte Ordnung in die Unruhe zu bringen, die die Menschen erfüllte. Die Wache des Tempels umfasste gut dreißig Männer, von denen die meisten im Inneren des Tempels postiert worden waren. Nur wenige von ihnen verrichteten im Freien ihren Dienst.

Plötzlich erklangen von draußen Schüsse durch die Nacht. Kurz darauf verhallten die überraschten Schreie, die ihnen folgten. Talon war längst von dem Podest heruntergesprungen und eilte auf N'kele zu. Seine Augen verengten sich zu schmalen Schlitzen. Umgehend befahl er den Männern, sich zurückzuziehen. Eine weitere Explosion erschütterte die Mauern. Mehrere der Anwesenden, die nahe beim Portal gestanden hatten, wurden von der Druckwelle durch die Luft gewirbelt. Durch den Eingang wehte eine meterhohe Wolke aus Staub und Geröll, die sich nur langsam senkte und den weiten Raum in ein kaum zu durchdringendes Dämmerlicht hüllte.

Mehrere Schemen schoben sich im Schutz der Wolke durch die hohe Pforte und verteilten sich links und rechts der weiten Türflügel. Sie flankierten eine weitere Gestalt, die sich nun im Eingang abzeichnete. Ihre breite, wuchtige Silhouette überragte die anderen um mehr als einen Kopf.

Talon hörte mehrere überraschte Ausrufe von Menschen, die nahe an der Tür gelegen hatten und hilflos versuchten zu entkommen. Neben ihm zerstieß N'kele einen Fluch auf den Lippen. Der Farbige packte Talon an den Schultern und schob ihn kommentarlos zurück.

„Wa-?", entfuhr es dem Weißen unwillkürlich.

„Er ist zurück", erwiderte der Wächter nur knapp. Sein ganzer Körper bebte, von einer inneren Unruhe erfüllt.

Gut zwanzig Meter trennten sie noch von dem Hünen, der sich mehr und mehr aus dem Dunstschleier schob. Er war mit kaum mehr bekleidet als einer zerschlissenen, fleckigen

Jeanshose. Wuchtige Muskeln tanzten bei jeder Bewegung unter der dunklen Haut. Sein Kopf war völlig kahl geschoren, bis auf einen kleinen Schopf über dem linken Ohr, der in dünnen geflochtenen Zöpfen bis zur Schulter ging. Mit jedem weiteren Schritt wichen die Menschen vor dem Mann tiefer zurück, als ob er den Raum zerteilte wie der Kiel eines Schiffes das Wasser. Sein Blick ging manchmal von links nach rechts. Dunkle Augen, die von einem verborgenen Feuer erfüllt glühten, brannten sich in den Gesichtern der Menschen fest. In manchen Augen konnte der Eindringling etwas wie Erkenntnis aufleuchten sehen und er verzog die Lippen zu einem kalten Lächeln. Während er in maßvollen Schritten den Raum durchquerte, drangen von draußen weitere Schemen nach. Binnen weniger Minuten mochten es weit über hundert Männer und Frauen sein, die den Tempel besetzten, alle bewaffnet mit automatischen Waffen.

Talon ließ zu, dass sich seine Garde schützend um ihn versammelte und ihn gleichzeitig nach hinten zurückdrängte, in den Schutz des Gebäudes. Doch der Hüne schien nun durch die Männer, die ihm an Körpergröße kaum nachstanden, einfach hindurchzusehen. Seine Augen richteten sich auf den Mann mit den rotbraunen Haaren. Er wartete einige Augenblicke, bis sich die Unruhe etwas gelegt hatte und die letzten panischen Schreie verstummten.

„N'kele, ich bin froh, dass du mich noch erkennst", richtete er seine Worte an den Wächter ohne ihn wirklich zu beachten. Die tiefe Stimme erfüllte den Raum wie ein dumpfer Donner, der von den Wänden gebrochen wurde.

„Doch du dienst dem falschen Herrn", fuhr er fort.

Talons Herzschlag beschleunigte sich. Er kannte diese Stimme, auch wenn er den Mann noch nie gesehen hatte. Schweiß bedeckte seinen Rücken und legte sich kühl auf die erhitzte Haut.

In einer archaisch anmutenden Pose schlug sich der Hüne mit der rechten Faust auf die Brust und sah sich um, ein wütendes Feuer in den Augen.

„Nicht dieser Weiße da hat Shion besiegt! Ich war es, der ihm die Kraft gab, gegen die schwarze Bestie bestehen zu können. Mein Arm führte die Schläge, mit denen er den Schatten aus der

Tiefe der Hölle niederringen konnte. Mein Atem war es, der dem Mann Leben einhauchte, als er dabei war zu verlieren. Ich – Eser Kru!"

Die Schreie der anwesenden Gäste, teils vor Angst, teils von einer unheilvollen Erinnerung an uralte Geschichten erfüllt, mischten sich mit dem Chor der Menschen, die den Hünen begleitet hatten und nun ihre Waffen emporhoben.

Talons Wachen wurden unruhig. Doch keiner von ihnen wagte etwas zu sagen. In den Augen der Männer konnte er nur eine grimmige Entschlossenheit erkennen, die ihn beunruhigte. Diese Menschen waren bereit, für ihn zu sterben. Das konnte er niemals zulassen.

„Ich bin der wahre Bezwinger Shions", dröhnte Eser Krus Stimme erneut durch den Saal. „Mir allein steht dieser Platz zu!" Er zeigte mit dem rechten Zeigerfinger auf den grob behauenen breiten Stuhl am Ende der Festtafel.

„Ich allein bin der Herr des Dschungels!"

„Ein Ausgestoßener bist du", unterbrach N'keles Stimme heiser den Hünen. „Shion hat dich für alle Zeiten aus diesem Gebiet verbannt, weil du die Grenzen überschritten hast."

Eser Kru lächelte, während seine Augen finster blickten.

„Nicht für alle Zeiten, wie es aussieht, nicht wahr?" Er musterte den Wächter gründlich. „Du nimmst dir viel heraus, seitdem du meinen Platz eingenommen hast, N'kele. Ich habe nicht vergessen, wer mich damals verraten hat". Sein Blick wanderte über die Gesichter der Männer, die ihre langen Speere abwehrend angehoben hatten. „Doch außer dir scheint keiner von ihnen mehr zu leben."

Die Wachen hoben ihre Speere an. Sofort hallten von hinten Befehle durch den Raum. Talon konnte das Klicken entsicherter Waffen hören und unterdrückte einen Fluch auf seinen Lippen. Doch eine barsche Handbewegung des dunklen Hünen hielt seine Truppe zurück.

„Ich will keinen unnötigen Kampf." Lange wanderten seine Augen über die Wachen in ihrer altertümlichen Bekleidung. „Ich will nur, was mir zusteht."

„Dann stirb, Geächteter!"

Eine der Wachen zu Talons Linken riss ihren Speer hoch und stieß auf Eser Kru zu. N'keles warnendes Rufen verhallte im

Raum. Ungerührt wartete der Eindringling den Angriff ab. Noch bevor ihn die Lanzenspitze erreichen konnte, vollführte er eine Handbewegung, als wische er eine Fliege beiseite. Mitten im Lauf wurde der Mann emporgerissen und meterweit durch die Luft geschleudert. Ein hässliches Knacksen klang wie ein Echo durch den Saal, als der Körper gegen eine Säule prallte und langsam an ihr zu Boden sackte.

„Es ist vorbei, kleiner Mann", richtete sich Eser Kru an Talon. „Sag ihnen, sie sollen sich ergeben. Oder ich werde diese Feier in eurem Blut ertränken!"

Talons Brust hob und senkte sich hastig. Der Atem brannte schmerzhaft in seinen Lungen.

Er hing gefesselt von der Decke ohne den Boden zu berühren. Die Arme waren weit nach oben gerissen und mit einem groben Seil an den Handgelenken zusammengeschnürt, das um einen breiten Ring an der Decke geschlungen war.

Er erkannte mehrere der groben Eisenringe, die in regelmäßigen Abständen in den Stein eingelassen worden waren. Offensichtlich wurde der Raum seiner alten Bestimmung zugeführt. Talon hatte kein Zeitgefühl mehr. Er konnte nicht sagen, wie viele Stunden vergangen waren, seit er N'kele befohlen hatte, sich zu ergeben. Sofort waren sie voneinander getrennt worden. Er hatte keine Ahnung, was mit seinen Männern geschehen war.

‚Seinen' Männern ...

Die Worte des schwarzen Hünen ließen ihn nicht los. Er musste ihm insgeheim Recht geben. Ohne seine Hilfe hätte er Shion niemals besiegen können. Er hatte auf den letzten, tödlichen Hieb gewartet, als Eser Kru ihm neue Kraft geschenkt hatte.

Ein heftiger Schmerz durchzuckte seinen Körper. Talon fluchte laut auf und wand sich in dem Seil, ohne jedoch wirklich eine Erleichterung zu erreichen. Die Handgelenke brannten, dort wo das Seil auf der wund gescheuerten Haut rieb. Er versuchte, die Umgebung etwas besser erkennen zu können. Auch dieser Raum leuchtete in einem schwachen Licht aus sich selbst heraus. Er maß gut fünf Meter in jeder Richtung und war vollkommen leer. Die klobigen Steine der Mauern gingen fugenlos ineinander über. Und selbst die steinerne Tür hob sich nur durch einen schmalen Schatten von ihrer Umgebung ab.

Doch in diesem Moment zeichnete sich ein Schnitt in dem Schatten ab und die Tür schob sich mit einem leisen Rumpeln zur Seite.

Eser Kru betrat den Raum, begleitet von zwei Männern, die in ihrer schmutzigen, einfachen Kleidung einen deutlichen Kontrast zu der Erscheinung des Hünen bildeten. Er trug nun die Kleidung, die auch Shions Wachen trugen; einen knappen Lendenschurz, der mit ledernen Schnüren an Ringen um seine Hüfte befestigt war, sowie zahlreiche Fuß- und Armreifen, viele von ihnen mit kleinen bunten Vogelfedern verziert. Den Haarschopf an seiner linken Seite hatte er abrasiert, welche Bedeutung das für ihn auch immer haben mochte. Er musste sich etwas vorbeugen, um durch die Tür zu kommen.

Mit einem Fingerzeig wies er die Wachen an, den Raum zu verlassen. Die beiden Männer warfen Talon einen abschätzigen Blick zu und hoben ihre Sturmgewehre in martialischer Pose hoch. Nahezu lautlos schloss sich die Tür hinter dem Hünen und versank wieder in der Wand.

„Ich weiß nicht, was ich mit dir machen soll", setzte Eser Kru übergangslos an. Nachdenklich strich er sich über das markante Kinn und betrachtete den Gefesselten.

„Shions Garde zeigt dir gegenüber eine Loyalität, die mich überrascht – und verärgert. Sie sind nicht, noch nicht ...", unterbrach er sich selbst, „... bereit, mir zu folgen. Du wirst sie überzeugen, mir zu dienen. Ich bin nicht gewillt, diese Männer zu opfern."

„Du kannst ohne sie den Tempel nicht beherrschen", brachte Talon krächzend zwischen seinen ausgetrockneten Lippen hervor. Krus Pranke erwischte ihn ohne Vorwarnung. Die flache Hand klatschte in sein Gesicht und ließ seinen Körper im Seil tanzen. Talon schrie auf, als die Bewegungen heftige Schmerzen in seine Armen verursachten.

„Noch habe ich nicht die Macht, um allein zu herrschen. Aber ich werde sie mir holen. Und dann werde ich es genießen, jeden Tropfen Leben aus deinem Körper zu pressen!", knurrte der Schwarze ihn an. „Du hast etwas in dir, das fremd ist. Etwas, das auch Shion gesehen hat. Doch egal, was es ist – ich brauche es nicht. Ich habe nicht Jahrtausende darauf gewartet zurückzukehren, nur um mich vor dem zu fürchten, was dich mit dieser schwarzen Bestie verbindet!"

Eser Kru schien zu merken, wie sehr dieser Ausbruch seine Schwäche offenbarte und straffte seinen wuchtigen Körper.

„In wenigen Stunden werde ich die Stämme erneut zusammenrufen. Dann werden sie mir gegenüber ihren Eid ablegen und mir folgen. Und ich werde mir das zurückholen, was Shion mir entrissen hat. Dieses Land wird wieder zu dem werden, was es einmal war. Mein Land!"

Er drehte sich um und öffnete die Tür durch eine schwache Handbewegung.

„Denke daran, während du hier auf dein Ende wartest, kleiner Mann", rief er Talon nach, während er in dem lang gezogenen Korridor verschwand.

Talon erwachte aus einem leichten Schlaf. Mattigkeit hatte seinen Körper ergriffen. Seine Hände hingen taub und gefühllos zur Seite, während eine schleichende Kälte seine Beine emporkroch. Das Bild vor seinen Augen flimmerte. Schlieren tanzten durch sein Blickfeld und vernebelten die Konturen des Raumes.

Seine Augen starrten auf die Tür, als erwarte er jeden Augenblick, dass Eser Kru zurückkam. Ihm blieb nicht viel Zeit um zu handeln. Er musste sich aus seinen Fesseln befreien und fliehen. Über das, was dann geschehen sollte, konnte er sich jetzt noch keine Gedanken machen.

Talon legte den Kopf zurück und blickte nach oben. Das Seil hing gut einen Meter von der Decke. Er bewegte seine Finger und versuchte, wieder etwas Leben in die Gliedmaßen zu bringen. Das Blut kehrte nur langsam und schmerzhaft zurück. Mit beiden Händen umfasste er den Strang und atmete kräftig durch. Langsam schwangen seine Beine vor und zurück, bis sein ganzer Körper in eine Pendelbewegung kam.

Er konzentrierte sich auf den Schwung und holte tief Luft. Seine Schultern spannten sich und im gleichen Augenblick riss er die Beine nach oben. Ein gequälter Schrei löste sich unterdrückt aus seiner Kehle. Die Arme schienen der Länge nach aufzureißen. Dennoch zog er den Schwung voll durch.

Seine Füße drückten sich gegen den kalten Stein der Decke, während er kopfüber nach unten hing, die Muskeln weiterhin angespannt. Minuten lang kam der Atem gepresst. Schweiß lief in Strömen über seine nackte Haut.

Talon zog sich an dem Seil noch weiter nach oben und schlang sich das lockere Ende um seine Handgelenke. Er begann mit aller Kraft an dem Seil zu ziehen und stemmte seine Beine fest gegen den Stein. Das Blut stieg ihm in den Kopf. Er keuchte hastig und verzog das Gesicht zu einer schmerzerfüllten Grimasse.

Quietschend drehte sich der metallene Ring in seiner Verankerung. Doch er löste sich kein bisschen. Talon hielt kurz inne und atmete tief durch. Dann legte er erneut sein ganzes Gewicht in das Seil und riss in heftigen Rucken an der Fessel, die ihn mit der Decke verband.

Plötzlich löste sich der Ring aus dem Stein. Talon spürte überrascht, wie der Widerstand nachließ, und ließ die Beine nach unten fallen. Dennoch konnte er den Sturz kaum abfangen. Sein rechtes Bein knickte weg. Ein heftiger Schlag ging durch seine rechte Schulter, als sie auf den Boden prallte. Schmerzerfüllt schrie er auf. Sein Knie schrammte über den grob behauenen Stein und hinterließ eine blutige Spur.

Keuchend bliebe er mehrere Minuten liegen und wartete.

Wartete, dass seine Kräfte zurückkehrten und darauf, ob jemand seine Befreiung bemerkt hatte. Doch die Tür blieb geschlossen.

Talon stützte sich mit beiden Händen auf den Boden und ließ den Kopf hängen. Seine rechte Schulter schmerzte bei jeder Belastung. Das Knie blutete heftig. Er fluchte auf und legte kurz seine rechte Hand auf die verletzte Stelle.

Zuerst musste er das Seil lösen. Es war aus einem groben fasrigen Material, das sich leicht aufscheuern ließ. Dennoch brauchte er eine geraume Zeit um den Strang aufzutrennen. Immer wieder half er mit den Zähnen nach und riss die Arme auseinander, um Druck auf die brüchige Stelle auszuüben.

Dann endlich zerriss das Seil mit einem peitschenartigen Geräusch. Talon sackte auf dem Boden zusammen und nestelte an seinem rechten Handgelenk, um den Strick auch dort zu lösen. Niemand hatte bisher gemerkt, was hier geschehen war, also gönnte er sich die Augenblicke, um etwas Kraft zu gewinnen.

Taumelnd kam er auf die Füße und stellte sich vor der Tür auf. Sie würde sich durch einen leichten Druck mit der Hand auf eine bestimmte Stelle öffnen. Dieses Wissen hatte er von Shion erhalten, als er in der Tiefe des Tempels mit ihm allein war. Selbst der schwarze Löwe konnte wenig über die Erbauer der gesamten Anlage berichten, und vieles von dem, was er ihm mitteilen konnte, beruhte auf Erfahrungen, die er und die Wächter im Lauf der Äonen gewonnen hatten.

Talon spannte seine schmerzenden Muskeln an. Sollten vor der Tür Wachen postiert sein, musste er schnell handeln. Er drückte auf eine der Vertiefungen im Stein. Der Türflügel zog sich mit einem kaum wahrnehmbaren Rauschen in die Wand zurück. Dennoch erklang auf der anderen Seite der Mauer sofort ein überraschter Aufruf.

Talon schnellte vor. Zu seiner Rechten nahm er einen Schatten wahr. Instinktiv schoss seine rechte Handkante in Höhe des Halses vor und traf auf einen harten Widerstand. Ein Gurgeln erfolgte, dann kippte der Schatten zur Seite.

Links von sich hörte Talon einen heftigen Fluch.

Der junge Schwarze hatte sein Gewehr bereits im Anschlag und legt auf den Weißen an. Talon sprang zur Seite. Die Garbe jagte scharf an ihm vorbei, doch eine der Kugeln riss eine Fleischwunde in seinen linken Oberarm. Er beachtete den Schmerz nicht weiter. Mit zwei Sätzen hatte er seinen Gegner erreicht und streckte ihn mit einem Fausthieb nieder. Der junge Mann versuchte sich zwar noch einmal aufzurappeln, sackte aber unter dem zweiten Hieb in sich zusammen.

Ein Seitenblick zeigte Talon, dass sich der zweite Gegner nicht mehr rührte. Er griff nach einer der Waffen, die am Boden lagen. Eine G3. Das war keine Waffe, die üblicherweise in Afrika zu finden war. Die NATO achtete viel zu sehr darauf, dass es keinen Export in gefährdete Gebiete gab.

Obwohl er sich nicht daran erinnern konnte, solch eine Waffe jemals in den Händen gehalten zu haben, überprüfte er ihre Funktionen mit routinierten Handgriffen. Er hielt inne und betrachtete das ölige Metall. Was tat er da? Woher wusste er, wie diese Waffen funktionierten? Sein Herzschlag beschleunigte sich. Tief in seinem Inneren brodelten Bilder empor. Bilder an etwas, das er nicht an die Oberfläche lassen wollte. Talon atmete tief durch und wischte sich den kalten Schweiß von der Stirn. Die Bilder lösten sich auf wie die Erinnerungen an einen schlechten Traum.

Kurz nur sah er sich um und hastete dann den schmalen Korridor entlang, der wie eine schmale Röhre durch das unterirdische Labyrinth der Tempelanlage führte. Er wusste bis jetzt nicht, wie er vorgehen sollte. Er musste feststellen, was mit den Wächtern geschehen war. Eser Kru hatte sie nicht getötet, so viel war klar. Doch selbst wenn er sie befreite, brauchten sie einen Plan.

Er durfte dem Schwarzen nicht die Chance geben, die inneren Geheimnisse des Tempels freizusetzen. Allein das bedeutete eine Gefahr mit unabsehbaren Folgen. Doch Kru schien Pläne zu haben, die weiter reichten. Er musste Stämme und Dörfer um sich geschart haben, die ihm bereitwillig folgten – doch mit welchem Ziel?

Die Überlegungen überschlugen sich in seinem Bewusstsein, während er weiter die Gänge entlang eilte. Sein geplagter Körper schrie vor Schmerzen auf und weigerte sich mit jedem Schritt mehr, seinem Träger noch zu gehorchen. Doch Talon trieb sich weiter vorwärts, die Augen auf einen imaginären Punkt geheftet, der in unerreichbarer Ferne zu liegen schien.

Er erreichte eine der offenen Galerien, die die ineinander verschachtelten Gebäude durchzogen wie Straßen. Über ihm erklang ein Ruf. Nur einen Augenblick später schlugen Kugeln vor ihm in den Boden ein und zogen eine geschwungene Linie über den marmorierten Stein. Talon sah gut zehn Meter über sich eine Gruppe Bewaffneter, die offensichtlich auf Patrouille war.

Die Männer und Frauen gingen in Stellung. Die meisten der Schüsse peitschten weit vom ihm entfernt durch die Luft. Es schien, als habe Eser Kru jedem, der ihm folgte, eine Waffe in die Hand gedrückt, ohne darauf zu achten, ob die Leute damit umgehen konnten.

Talon riss das Sturmgewehr hoch und jagte eine Salve in die Richtung der Angreifer. Er wollte sich auf kein langes Gefecht einlassen. Ihm ging es darum, die Menschen in die Deckung zu zwingen, um Zeit für eine Flucht zu gewinnen.

Etwas durchschlug heiß sein rechtes Schienbein. Talon biss die Zähne zusammen und unterdrückte einen Schrei. Ein weiterer Schuss zog eine Spur über seine Haare hinweg. Er sprang vor, rollte sich mehrmals über den Boden und suchte hinter einer Verstrebung Deckung. Kurz untersuchte er den Durchschuss an seinem Bein. Das Blut lief in dünnen Bahnen hinab und tropfte auf den hellen Boden.

Humpelnd sprang er auf. Die Gruppe konnte ihm von dort oben nicht gefährlich werden. Bis sie die Stockwerke überbrückt hatten, würden mehrere Minuten vergehen. Er zog sich in einen Seitentrakt zurück und hastete weiter. Im Augenblick würden alle Leute auf seiner Spur sein, also musste er den Tempel so schnell wie möglich verlassen!

Vor ihm öffnete sich der Durchgang in einen offenen Saal. Talon hörte mehrere Stimmen, die miteinander sprachen. Er verzog die Lippen zu einem schmalen Grinsen und stürmte vor, den Finger am Abzug. Die Waffe spuckte eine Salve in die Richtung, aus der die Stimmen gekommen waren. Talon sah mehrere Körper, die getroffen nach hinten geschleudert wurden und regungslos liegen blieben.

Doch die vier Männer, die den ersten Angriff überstanden haben, handelten nahezu zeitgleich. Talon schickte eine zweite Garbe hinterher, die zwei von ihnen traf. Dann jedoch schossen die Männer zurück. Er spürte, wie etwas seinen Körper traf. Sein linker Arm wurde plötzlich taub. Ein weiterer Einschlag raubte ihm kurz den Atem.

Talon zog den Abzug durch, bis das Magazin mehrmals leer klickte. Durch einen rot gefärbten Schleier sah er, dass sich keiner der Männer mehr rührte. Rau hustete er auf und stützte sich auf den Gewehrkolben. Er schenkte den Wunden an seinem Körper keine Beachtung. Ein leichtes Schwindelgefühl ließ ihn für Momente in die Knie gehen.

Er atmete kurz durch und schob sich dann weiter, das Gewehr wie eine Stütze benutzend. Seine Hoffnung war, dass sich die Truppen noch nicht in die abgelegeneren Bereiche des Tempels vorgearbeitet hatten. Und er sollte nicht enttäuscht werden. Offenbar ließ Eser Kru nur die Bereiche überwachen, die dem Dschungel zugewandt waren. Dieser Abschnitt, durch den er sich jetzt schleppte, ging direkt in die Ausläufer des kargen Hochlands über. Hier verschmolzen die Mauern direkt mit den schroffen Klippen.

Talon wusste nicht, wie lange er sich vorwärts gezogen hatte. Mehrere Male hatte sein Körper nachgegeben und war ohnmächtig zu Boden gesunken. Irgendwann fiel durch eines der Oberlichter das fahle Dämmerlicht des anbrechenden Abends herein. Er lachte auf und musste husten. Verärgert spuckte er etwas Blut aus.

Eine schmale Treppe führte steil nach oben. Talon warf die nutzlos gewordene Waffe weg und kämpfte sich auf allen vieren die Stufen hinauf. Nach einer endlos erscheinenden Zeit erreichte er einen kleinen Vorraum, der durch einen offenen Durchgang direkt ins Freie führte. Der kühle Abendwind klärte seine schwindenden Sinne.

Talon sah zum sternenübersäten Himmel, vor dem sich die Klippe des Hangs als dunkle Kante abhob. Dann grub er seine Hände in den Felsen und zog sich nach oben.

Eser Kru nahm die Nachricht von Talons Flucht ungerührt entgegen.

Im Augenblick war der weiße Mann nichts, womit er sich beschäftigen wollte. Sobald die Prozessionen vorbei waren, würde er ihn in den Eingeweiden des Tempels aufstöbern und jagen lassen. Das Fremdartige, das diesen Mann umgab, ließ ihn in der Dunkelheit der Menschen leuchten wie ein heller Stern.

Kru packte eine der jungen Frauen beim Nacken, die am Fuß seines Throns kauerten, und zwang sie ihn anzusehen. Warum hatte dieser Trottel nur vier Frauen ausgewählt? Ihm stand das Zehnfache zu und Eser Kru würde auf diesen Tribut, die kleinste seiner Forderungen, nicht verzichten.

Sein Blick wanderte über das dünne T-Shirt, unter dem sich die schlanken Formen der Frau deutlich abzeichneten. Diese wagte es nicht, die Augen von dem Hünen zu lassen. Mit einer kräftigen Bewegung riss er ihr den Stoff vom Körper und betrachtete die kleinen spitzen Brüste. Geringschätzig warf er den Fetzen weg. Es würde sich vieles ändern. Es war an der Zeit, dass die Vergangenheit wieder zur Gegenwart wurde.

Ein älterer Mann, der zu seiner namenlosen Gefolgschaft gehörte, riss Eser Kru aus seinen Gedanken und wies darauf hin, dass die Anwesenden vollständig versammelt waren. Er nickte kurz und beachtete den Mann nicht weiter. Mit kraftvollen Schritten stieg er vom Podest herab und blieb vor der Gruppe stehen, die den Saal ausfüllte.

Es waren gut zweihundert Menschen anwesend, zumeist

Männer, die sich in einem Halbkreis um das Podest versammelt hatten. In regelmäßigen Abständen wurden sie flankiert von einer Gruppe Bewaffneter, die genau darauf achteten, dass keiner von ihnen eine falsche Bewegung riskierte.

Kru lächelte die Menschen kalt an. Zumeist waren es die Dorfältesten, die er neben denen, die schon zu Talons Feier anwesend waren, hatte zusammentreiben lassen. Doch er hatte auch dafür gesorgt, dass verschiedene Lokalpolitiker und Führer der örtlichen Milizen sich hier versammelten. Auf seinem Weg von Kairo nach Süden in den Dschungel hatte er begonnen, Menschen um sich zu scharen. Viele von ihnen standen unter einem Einfluss, der sie willenlos machte und seinen Anweisungen bedenkenlos folgen ließ. Doch je tiefer er in den Sudan vorgestoßen war, desto mehr Menschen erinnerten sich an längst vergessene und verdrängte Geschichten und Legenden.

Viele folgten ihm aus Furcht vor dem, was die Sagen prophezeiten. Manche jedoch folgten ihm, weil sie an ihn glaubten und sich von ihm eine Befreiung von all dem Joch erhofften, das jahrhundertelange Unterdrückung mit sich gebracht hatte, durch Religion oder Kolonisation.

Eser Kru verkörperte für sie das Afrika, das die Menschheit längst vergessen hatte.

Es scherte ihn nicht, ob sie ihn als eine Art Messias betrachteten. Er war aus seinem Exil befreit, in das Shion ihn vor Jahrtausenden verbannt hatte. Und nun gab es niemanden mehr, der ihn daran hindern würde, die Macht zu entfesseln, die in den schlafenden Steinen des Tempels verborgen lag ...

8.

Besorgt kniete sich Akheem neben dem Bewusstlosen nieder und fühlte dessen Puls. Er erahnte nur ein schwaches Schlagen unter der hellen Haut. Der Blick des alten Mannes wanderte über den Körper, der am Rande der Klippe lag.

Tief unter ihnen erstreckte sich das endlos scheinende Meer des Dschungels in einen Spiel aus Tausenden von Grüntönen, die im hellen Licht des zunehmenden Monds matt leuchteten. Der kräftige Wind zerrte an dem knöchellangen Umhang aus einfachem längst ausgeblichenen Stoff. Immer wieder musste sich der Alte eine Strähne seines langen schlohweißen Haars aus dem Gesicht streichen. Nachdenklich fuhr er sich durch seinen kurz geschorenen Vollbart.

Er untersuchte die Wunden, die den Körper des Weißen bedeckten. Nicht die vielen kleinen Schnitte und Schürfwunden waren es, die ihm Sorgen machten. Er zählte auf den ersten Blick drei Schusswunden an dem von getrocknetem Schweiß und Erde verdreckten Körper. Sie hatten aufgehört zu bluten, doch der dünne Schorf konnte jederzeit erneut aufreißen.

Der Atem des Mannes ging flach. Sein rotbraunes Haar klebte verschwitzt auf dem ockerfarbenen Sandstein.

„B'tha, komm her", rief er einen knappen Befehl in die Nacht. Aus dem Dämmerlicht eines großen Felsens löste sich ein gewaltiger Schatten. Er stützte sich auf seine beiden kräftigen Arme und schob sich rasch vorwärts. Das silberfarbene Fell des alten Gorillas schimmerte leicht. Die dunklen Augen waren ständig in Bewegung und registrierten neugierig alles, was der alte Mann tat.

Aus dem breiten Maul löste sich ein leiser, vorsichtiger Laut.

„Ja, er ist schwer verletzt", antwortete ihm Akheem. „Wir müssen ihm helfen, sonst stirbt er."

Ein unwilliges Grunzen folgte. Der Alte lächelte schwach.

„Ich weiß, es ist lange her. Wir haben uns lange nicht mehr in die Angelegenheiten der Menschen eingemischt, alter Freund. Doch er", seine Augen betrachteten den schlanken Körper, der mit nicht mehr bekleidet war als einem ledernen Lendentuch, „erinnert mich an etwas. An früher ..."

Akheems Augen wanderten über die Wipfel der höchsten

Bäume hinweg, die vereinzelt aus den Wogen des Dschungels ragten. Einen Moment nur gab er sich seinen Erinnerungen hin, dann erhob er sich kraftvoll und straffte seinen dünnen Körper.

„Bitte heb' ihn auf. Sei aber vorsichtig!", wandte er sich an den alten Gorilla. Der Menschenaffe folgte der Bitte ohne Zögern. Mühelos hob er den Körper des Bewusstlosen auf und legte ihn über beide Unterarme. In einer pendelartigen Bewegung wankte seine Statur über den Felsen. Er war es offensichtlich nicht gewohnt, nur auf seinen Hinterbeinen zu laufen.

Ohne weitere Befehle stapfte er davon. Auf der dem Dschungel abgewandten Seite fiel die Klippe flacher ab und lief in weit geschwungene Hügel aus, die sich karg bewachsen bis zum Horizont erstreckten.

Akheem sah dem Gorilla nach und untersuchte dann den blut-verschmierten Stein. Die rote Spur zog sich bis zum Rand der Felsen, die steil in die Tiefe abfielen.

„Was ist da unten nur geschehen?", murmelte er mit rauer Stimme leise vor sich hin. Seine Augen suchten den klobigen Schatten des Tempels, der fast vollständig unter den weit ausla-denden Baumkronen versteckt lag. Er wusste um die Bedeutung dieses Gebäudes. Doch er hatte sich nie in seine Nähe gewagt.

Seine Augen brannten sich an der Stelle fest, an der steinerne Streben aus dem grünen Pflanzenteppich ragten und sich einem Skelett gleich vom nächtlichen Himmel abhoben. Plötzlich begann die Erde zu vibrieren. Ganz leicht zuerst, dann jedoch wurde das Beben stärker. Akheem hatte Mühe, sich einen siche-ren Halt zu verschaffen.

Mehrere kleine Steine polterten über den hellen Untergrund und verschwanden in der Tiefe. Der alte Mann biss die Zähne zusammen. Sein Herz pochte wild in der Brust. Der Lärm des Bebens war ohrenbetäubend, dennoch wurde alles von einem Laut übertönt, der sich unter das Grollen und Rumpeln mischte. Es war, als schrie die Erde selbst auf.

Schwarze Blitze zuckten durch die Nacht. Doch sie kamen nicht vom Himmel. Sie lösten sich aus der Tempelanlage tief unter ihm. Bizarre dunkle Muster, die an ihrer Kante unheilvoll leuchteten, verwoben sich ineinander und zuckten unbeherrscht durch die Luft. Ihre Enden fauchten in die Höhe und verloren sich im Schwarz der Nacht.

Dann, so schnell wie das Beben begonnen hatten, ebbte es ab. Und mit ihm das Blitzgewitter. Ein unwirklich scheinender Moment der Ruhe folgte. Akheem hatte sich auf den Boden gepresst und atmete heftig. Sekundenlang war sein Atem das einzige, was er hörte. Doch dann drang leise das Schreien von Menschen zu ihm empor. Stimmen, erfüllt von Angst und Panik, gellten schrill durch den Dschungel.

Die Augen des alten Mannes flackerten wild. Nur langsam erhob er sich. Sein ganzer Körper zitterte. Er spürte ein Brennen an seiner rechten Wange. Als er mit dem Finger darüber strich, sah er das Blut, das an ihm kleben blieb. Offenbar hatten ihn einige der Steine während des Bebens getroffen. Er hatte es nicht einmal gespürt.

Akheem ließ die Klippe mit weiten Schritten hinter sich. Doch so sehr er es versuchte, das Schreien der Menschen löste sich nicht aus seinem Bewusstsein.

Eser Kru überragte die meisten der Anwesenden um mehr als einen halben Kopf.

Selbst jetzt, da er ihnen auf dem grob behauenen Thron gegenübersaß, mussten sie zu ihm aufsehen. Er hob den rechten Arm an und verlangte damit, dass das Gemurmel und Stimmengewirr unter den Menschen verstummte. Gleichzeitig bezog rechts und links von ihm jeweils ein halbes Dutzend Männer und Frauen mit automatischen Waffen Stellung.

Sein Blick wanderte über die gut zweihundert Versammelten hinweg.

„Bewohner des Kongos, Bewohner des Sudan und der Zentralafrikanischen Republik – hört mich an! Ich bin Eser Kru. Ich bin der rechtmäßige Herrscher über diesen Tempel und somit auch über das Reich, dessen Erbe ich nun antrete. Alle Länder, die seinerzeit unter der Herrschaft meiner Familie standen, werden von heute an wieder zu meinem Territorium gerechnet werden."

Unter den Anwesenden brach Unruhe aus. Unverhohlene Abneigung mischte sich mit Spott über den Auftritt des Hünen, der diese Reaktion erwartet hatte. Ungerührt fuhr er fort.

„Vor über 5.000 Jahren wurde die Regentschaft meiner Familie von einem Wesen beendet, das dieses Gebiet seitdem für sich beanspruchte. Dessen Kräfte dafür sorgten, dass eure Stämme, eure Kultur immer hinter ihren Möglichkeiten zurückblieben. Das euch den fremden Truppen aus anderen Kontinenten schutzlos auslieferte. Das mich verbannte und mich meiner Macht beraubte, um den einzigen Gegner, der ihm gefährlich werden könnte, außer Gefecht zu setzen."

„Willst du damit sagen, du bist 5.000 Jahre alt?", rief ein Milizkommandant aus den östlichen Provinzen Zentralafrikas aus. „Wenn du mit deiner lächerlichen Armee versuchst, hier in diesem Gebiet deinen Anspruch durchzusetzen, sag es! Aber erzähl uns nicht so einen Schwachsinn!"

Nur wenige wagten es, dem Mann offen zuzustimmen. Doch die deutliche Ablehnung gegen Krus Ansinnen war nicht zu übersehen. Ein Gewehrkolben traf den Kommandanten in den Magen. Stöhnend ging der Mann in die Knie und übergab sich.

„Was ihr glaubt und was nicht, das überlasse ich euch", überging Eser Kru den Vorfall ungerührt. „Ob ihr mir folgt oder nicht, überlasse ich euch. Folgt mir, und ihr lebt. Seid gegen mich, und ihr sterbt. Alle."

Mehrere der Anwesenden, die alle unter Zwang in den Tempel gebracht worden waren, begehrten nun offen auf. Die bewaffneten Männer und Frauen, die sie bewachten, stießen jeden, der es wagte aus dem geschlossenen Kreis auszubrechen, mit der Waffe unsanft zurück. Es war nur eine Frage der Zeit, bis die Situation eskalieren würde.

Der Hüne erhob sich von dem steinernen Thron und trat einen Schritt zurück. Er betrachtete das Bild erstaunt. Niemand hätte es damals gewagt, offen Widerstand gegen ihn zu zeigen. Was für eigenwillige Gedanken hatten die Menschen in der Zwischenzeit ereilt? Er hob seine rechte Hand an und fuhr damit durch die Luft, als wische er eine Fliege zur Seite.

„Genug!", brüllte er. Der Ruf grollte wie ein Donner durch den weitläufigen Saal. Er brach sich an den steinernen Wänden und schwoll zu einem ohrenbetäubenden Lärm an. Die Menschen hielten sich die Ohren zu und fielen schreiend auf die Knie. Ihre Worte wurden von der Woge hinfortgespült, mit der Eser Krus Stimme die Luft erfüllte.

„Ihr alle", fuhr er mit normaler Stimme fort, „Ihr Stammesführer und Beamte, geht in eure Dörfer und Städte und sagt ihnen, dass alle Menschen nun unter meiner Herrschaft stehen.

Ihr Militärs, sagt euren Untergebenen, sie sollen in meine Dienste treten. Es ist eure letzte Chance, den sicheren Untergang zu vermeiden."

Sein gewaltiger Körper stand hoch aufgerichtet vor den Menschen, die am Boden lagen, und nahm eine drohende Haltung ein.

„Mir fehlt die Geduld, mich mit euch auseinander zu setzen. Ich werde -"

Schüsse peitschten durch die Nacht. Eser Kru hielt inne. Durch eines der Seitentore kamen mehrere Männer hereingestürmt.

„Herr!", rief einer von ihnen. „Vor dem Tempel haben sich Menschen versammelt, Soldaten und Bauern. Sie sind bewaffnet und wollen die Gebäude stürmen!"

„Meinst du, meine Einheiten hätten es einfach zugelassen, dass wir hier alle entführt werden?", schrie ihm der Kommandant zu, der als erster seine Stimme erhoben hatte. „Ich habe loyale Einheiten, die dafür sorgen werden, dass mit diesem Unsinn aufgeräu- "

Dunkle Schatten tanzten wie ein Nebel um Eser Krus Augen. Seine Faust zuckte vor, und obwohl der Offizier mehr als zwanzig Schritt von ihm entfernt stand, zerschmetterte der Hieb sein Gesicht. Blutüberströmt sackte der leblose Körper zu Boden. Viele der Menschen um ihn herum schrien entsetzt auf, als sie miterlebt hatten, was gerade geschehen war.

„Herr", hakte der Mann nach, der die Botschaft gebracht hatte, „sollen wir sie angreifen? Wir sind hier gut verschanzt und können ..."

„Nein!", unterbrach ihn Eser Kru. „Nein ...", wiederholte er nachdenklich. „Sie müssen verstehen, wer ich bin. Sie werden erleben, was es heißt, sich gegen mich aufzulehnen."

Der schwarze Hüne breitete die Arme aus. Unwillkürlich wichen seine Männer zurück und schufen so einen weiten Kreis. Ein unwirklicher Wind fuhr durch die hohen Räume. Staub wurde vom Boden aufgewirbelt und sammelte sich in der Form einer zehn Meter durchmessenden Halbkugel um den altertümlich gekleideten Mann, dessen Arme wilde, verschlungene Symbole in die Luft zeichneten. Seine Stimme drang grollend durch den Raum. Die Worte, die in einer unbekannten Sprache erfolgten, erklangen im gleichen Rhythmus, mit dem die Fingerspitzen unerkennbare Figuren beschrieben.

Der Staub sirrte in einer irrwitzigen Geschwindigkeit um die massige Gestalt und erzeugte dabei einen pfeifenden Ton, dessen schrilles Geräusch sich quälend in die Menschen bohrte, die noch immer im Saal gefangen gehalten wurden.

Dann brach die Halbkugel aus Staub augenblicklich in sich zusammen. Eser Kru stand wie versteinert auf seinem Platz, die Arme in einer verwinkelten Pose erhoben. Doch nur einen Augenblick später begann der Boden zu beben. Schwere Erdstöße erschütterten die gewaltige Struktur der Gebäude. Überall lösten sich kleinere Steine, die polternd herabstürzten. In Panik stoben die Menschen auseinander und eilten dem nächsten Ausgang zu. Die offenen Tore, die allesamt keine Türflügel besaßen, ließen sie jedoch nicht passieren. Es schien, als sei die Luft selbst zu Stein erstarrt und versperre ihnen den Ausweg.

Mit Fäusten klopften und hämmerten die Menschen vergeblich gegen die unsichtbare Barriere. Viele von ihnen wandten sich um und rannten wild durcheinander durch den Saal, auf der Suche nach einem anderen Ausgang.

In diesem Augenblick endete das Beben so abrupt wie es begonnen hatte.

Entsetzt sahen die Menschen, wie um Eser Krus Gestalt herum Schwärze aus dem Boden sickerte. Sie tropfte aus den dünnen Ritzen zwischen den Bodenplatten wie eine zähe Flüssigkeit, die entgegen der Schwerkraft zum Himmel fiel. Die Tropfen verbanden sich übergangslos zu schlanken Gebilden, die explosionsartig auseinander stoben. Blitzen gleich zuckten sie durch die Luft, durchbrachen mühelos den Stein und verloren sich in der Tiefe der Nacht.

Noch immer bewegte sich Eser Kru nicht. Er blieb im Zentrum des Geschehens und schien ungerührt all dessen zu sein, was sich ereignete. Dann klangen von draußen die ersten Schreie zu den Menschen empor.

Zuerst erklangen sie voller Entsetzen und Angst, doch sehr schnell gingen sie in gellende, schmerzerfüllte Schreie über. Die unsichtbaren Sperren vor den Toren lösten sich auf. Zahlreiche Menschen, die noch einen Moment zuvor dagegengeklopft hatten, fielen nach vorne und wurden von denen, die nun eine

Chance sahen zu entkommen, überrannt. Ungeachtet dessen, was dort draußen geschehen mochte, eilten sie die breite Treppe hinunter. Erst viel zu spät nahmen sie die Schatten wahr, die sich ihnen von unten entgegenstellten.

Das Mondlicht fiel nur spärlich durch das Blätterwerk der Bäume, das über weite Teile der Treppe einen dunklen Vorhang legte, und verhüllte so die Form der Wesen, die Eser Kru aus der Tiefe der Nacht gerufen hatte.

Sie ähnelten von der Gestalt her großen, hageren Menschenaffen mit überdimensional langen Armen. Sie besaßen jedoch weder Haut noch Fell. Ihr Äußeres wirkte wie die Überreste schwarzen, verkohlten Fleisches, das verwest in Fetzen von ihrem Körper hing. Ihre Bewegungen erfolgten schwerfällig, doch sobald sie einen der Menschen zu wittern schienen, setzten sie ihrem Opfer mit einer explosionsartigen Flinkheit nach. Verkrüppelte Hände, deren Finger in langen gebogenen Klauen endeten, schlugen in die Kleidung der Menschen ein und zerrten sie unbarmherzig mit sich, in das Dunkel der Nacht.

Als die Menschen auf der Treppe entsetzt erlebten, was unter ihnen geschah, wandten sie sich um und rannten die Stufen wieder empor. Doch nun schwangen sich die Kreaturen gewandt über das Treppengeländer und kesselten die wenigen Überlebenden ein, die sich noch im Freien befanden.

Sie machten dabei keinen Unterschied, ob es sich um Männer von Eser Kru handelte oder solche, die hierher verschleppt worden waren. Gewehrsalven jagten durch die abendliche Luft und hackten in alles ein, das sich bewegte. Die Wesen wurden von den Kugeln zurückgeschleudert, doch sie erhoben sich sofort wieder und setzten ihren Weg fort.

Eser Kru war aus seiner Trance erwacht und verfolgte das grausige Schauspiel von der oberen Plattform aus. Schweiß lief in breiten Bächen über seinen halb nackten Körper. Er atmete schwer und stützte sich müde auf der Balustrade ab. Eine Gruppe seiner Männer kam zu ihm geeilt. Allen stand das blanke Entsetzen ins Gesicht geschrieben. Der Anführer hatte Mühe, seinen zitternden Körper unter Kontrolle zu halten.

„Herr ...", stammelte er. „Ihr – ihr ... müsst etwas tun!", entfuhr es ihm. „Diese Wesen – sie töten alles, auch unsere eigenen Männer!"

Eser Kru sah ihn unbeeindruckt an.

„Ja, das sehe ich. Also, besorge mir neue, wenn diese Schlacht vorüber ist."

Talon schwebte hoch über dem Dschungel. In dem hellen Licht leuchtete das Grün in all seinen Facetten auf und schillerte wie die Oberfläche eines Sees, auf dem sich das Sonnenlicht bricht.

Ein leichter Wind fuhr durch sein Haar. Er sah auf einen Punkt in der Ferne, wo der Dschungel leicht in die trockene Savanne überging. Nur einen Herzschlag später war er dort, konnte von seinem Standort hoch über dem Boden alles beobachten, was unter ihm passierte. Um eine kleine Wasserstelle hatten sich Antilopen und wilde Büffel geschart. Ein Schwarm Kraniche zog nur wenig unter ihm dahin.

Eine Hand legte sich leicht auf seine Schulter.

Talon drehte sich um und blickte in die dunklen Augen einer Frau. Ihre Gestalt war völlig in Schwarz eingehüllt. Doch der Stoff schien ihren Körper gleichermaßen zu durchdringen wie er ihre schlanken Formen umhüllte.

„Obsidian", flüsterte er. „Du bist tot." In das friedvolle Gefühl des Augenblicks stach der Gedanke mit unvermittelter Härte. „Nemesis hat dich getötet."

Die dunkelhäutige Frau lächelte ihn nur stumm an. In ihren Augen leuchtete ein Feuer, dessen Lebendigkeit auf ihren ganzen Körper überzugreifen schien. Aus dem schwarzen Nichts ihres Körpers löste sich ein schlanker Arm.

Ein Finger legte sich auf eine Stelle an Talons rechter Seite. Schmerzen durchzuckten seinen Körper wie Wellen glühenden Feuers. Er wollte die Hand abwehren, die erneut über seinen Körper tanzte, doch er schien wie gelähmt. Wieder und wieder traf der Finger seine Haut und öffnete jedes Mal eine blutende Wunde.

Talons Schreie verhallten im unendlichen Blau des Himmels. Unter seinen Füßen erstarb das Leben. Die Landschaft trocknete binnen weniger Momente aus. Das Grün der Blätter an den Bäumen wurde matter und verging dann, während das tote Laub raschelnd zu Boden taumelte. Er glaubte, in der peinigenden Umarmung der Frau zu sterben, deren Finger ein tödliches Muster auf seinen Körper zeichnete.

„Nicht jetzt", lösten sich die Worte von ihren Lippen. „Nicht heute."

Sie lächelte ihn mit einem wehmütigen Blick an und wurde dann von dem Wind verweht, der sich kalt auf seine Haut legte.

Er fror, als er erwachte.

Sein ganzer Körper wurde von einem heftigen Zittern durchlaufen. Talon fühlte seine Gliedmaßen nicht mehr. Sein Blick nahm zuerst kaum etwas von der Umgebung wahr. Ein leises, überraschtes Fluchen drang zu ihm durch. Kurz darauf spürte er eine Hand an seiner rechten Schulter, die seinen Körper behutsam nach unten drückte. Die Wärme der Berührung löste in ihm ein Gefühl der Geborgenheit aus. Dann drückte sich etwas Hartes an seine Lippen.

„Trink", hörte er wie durch einen Schleier die raue Stimme. Instinktiv öffnete er den Mund. Eine heiße Flüssigkeit drang in seinen Rachen. Er verschluckte sich und musste prompt husten. Das Gefäß mit der Flüssigkeit verschwand, dann wurde er erneut aufgefordert zu trinken. Dieses Mal nahm er mehrere lange Schlucke und spürte, wie sich die Wärme langsam in seinem Bauch ausbreitete.

„So kalt", krächzte er kaum verständlich.

„Das ist natürlich", klang die Stimme aus dem diffusen Nichts, das seinen Blick umgab. „Du kannst froh sein, wenn du überlebst. Du hast mehrere Schusswunden abbekommen. Die meisten Kugeln sind glatt hindurchgegangen. Ich musste wenig machen, aber du hast eine Menge Blut verloren."

„Wer bist du?", fragte Talon heiser und versuchte, den Schemen, der sich über ihn beugte, deutlicher zu erkennen, doch mehr als einen hellen Kranz konnte er nicht ausmachen.

„Ich bin Akheem."

Talons Kopf sackte müde zurück. Er spürte, wie sich etwas schwer auf seinen Körper legte.

„Das ist eine weitere Decke", erklärte die Stimme. „Ruh' dich aus und versuche zu schlafen. Ich passe auf dich auf, mein Junge."

Talon verspürte bei diesen Worten einen gewissen Trost und fiel in einen leichten Schlummer.

Die nächsten Tage über verfolgte der alte Mann den Kampf, den Talon ausfocht, mit sorgenvollem Blick. Immer wieder wurde er von Fieberkrämpfen geschüttelt und erlebte Albträume von solcher Heftigkeit, dass Akheem B'tha, den Gorilla, rufen musste, um den jungen Mann festzuhalten, damit die Wunden durch die heftigen Bewegungen nicht wieder aufrissen.

Er hatte selbst in seinem Leben mehr als eine Wunde im

Kampf erhalten und von den umliegenden Stämmen vieles an Wissen erhalten, wie sie sich versorgen ließen, welche Kräuter und Gräser eine heilende Wirkung hatten. B'tha kannte Moose und Flechten, die seine Artgenossen nutzten, um Wunden zu versorgen.

Mit einem Gleichmut, den Akheem bei Menschen kaum kennen gelernt hatte, wachte der Gorilla am Lager des Mannes und passte auf in auf, während er die Salben und Pasten anrührte, die er auf die Verletzungen auftrug. Drei von ihnen hatten sich entzündet.

Der alte Mann hatte kaum die Zeit, an das zurückzudenken, was er auf der Klippe erlebt hatte. Doch in jeder ruhigen Minute überschlugen sich seine Gedanken, wenn er versuchte zu verstehen, was geschehen sein mochte. Er kannte die Geschichten, aber noch viel mehr die uralten Legenden, die man sich über den Tempel erzählte.

Das Territorium der Löwen war für ihn immer tabu gewesen. Er hatte lange Jahre seines Lebens unter Gorillas verbracht. Sie hatten ihn in ihrer Mitte aufgenommen, als er sich mit den Menschen endgültig entzweit hatte.

Es dauerte weit mehr als eine Woche, bis das Fieber so stark gesunken war, dass Akheem anfing, guter Hoffnung zu sein. Über den Wunden hatte sich eine feste Kruste gebildet, die sich nicht mehr öffnete. Der alte Mann war dennoch überrascht, wie schnell sich sein Schützling erholte.

„Gute Kondition" hatte ihm der junge Mann lakonisch erklärt, der sich als „Talon" vorstellte.

Akheem hatte den Namen schon gehört, doch hatte er die Berichte über ihn in das Reich der Legenden abgetan. Innerlich lächelte er. Wie viele der umliegenden Stämme ihn selbst für ein Gespinst einsamer Wanderer und alter Narren halten dürften.

Nach ein paar Tagen kam Talon so weit zu Kräften, das ihm Akheem erlaubte, das Lager zu verlassen und etwas in der Höhle herumzulaufen, die seine Wohnung darstellte. Sie war spartanisch eingerichtet und verfügte über nichts, was daran erinnern konnte, dass sie sich im 21. Jahrhundert befanden.

Eines Abends saßen sie vor dem Höhleneingang und ließen ihre Augen über die Hügel der Trockensavanne schweifen, die sich weit bis nach Osten erstreckte.

„Warum warst du an jenem Abend auf der Klippe?", fragte Talon den alten Mann und sah ihn von der Seite an. Akheem lächelte.

„Nenn es Nostalgie ..., der Dschungel war lange Jahre mein Zuhause. Und ich komme von seinem Anblick nicht los." Er beugte sich etwas vor und zeichnete mit dem Finger verspielte Muster in den staubigen Boden. Ein paar Schritte von ihnen entfernt saß B'tha auf einem Stein, der noch etwas Wärme gespeichert hatte. Nur manchmal ging sein Kopf von einer Seite zur anderen. Ansonsten wirkte der Gorilla wie eine Statue, die fest mit ihrer Umgebung verwachsen zu sein schien.

„Aber irgendwann – nein, entschuldige, aber ich möchte nicht darüber reden", winkte der alte Mann mit einem schwachen, entschuldigenden Lächeln ab. Talon nickte nur stumm. Nach ein paar Minuten fasste Akheem den Mut, Talon die gleiche Frage zu stellen. Dieser erzählte ihm von dem Ruf Shions, der ihn dorthin getrieben hatte, und von den Menschen, die ihn unterwegs gefunden hatten.

Vor allem dem Kampf mit dem schwarzen Löwen hörte der alte Mann gebannt zu. Es schien ihm so unwirklich, was ihm der Mann mit den rotbraunen Haaren erzählte, doch er stellte es nicht in Frage. Er selbst hatte die Blitze und das Beben miterlebt. Und voller Besorgnis konzentrierte sich Akheem auf das, was Talon über Eser Kru erzählte, den Mann, der nun den Tempel beherrschte und die Kräfte freisetzen wollte, die tief im Inneren des Gebäudes verborgen lagen.

„Ich befürchte, er hat bereits einen Weg gefunden sie zu nutzen", kommentierte der Alte müde. „Was willst du tun?"

Talon lachte trocken auf.

„Was soll ich denn tun? Was glaubst du?" Er stand auf und machte einige unruhige Schritte über den harten, steinigen Boden. „Kru sagt, er sei Jahrtausende alt. Er hat Kräfte, die jeder normale Mensch für unmöglich halten würde. Und er hat Dutzende von Männern und Frauen, die schwer bewaffnet sind."

Er baute sich vor Akheem auf.

„Was also, denkst du, soll ich tun?"

„Du kannst ihn nicht gewähren lassen", setzte der alte Mann

an. „Du musst ihn aufhalten!"

„Nichts muss ich!", schrie Talon in die Nacht. „Seitdem ich in dieses Ritual reingezogen wurde, haben andere darüber entschieden, wer ich bin und was ich muss! Mein Rudel hat mich verstoßen, Shion verlangt von mir, dass ich seinen Platz einnehme, während mich seine Garde verachtet. Was soll ich dort, alter Mann? Was soll ich dort?"

„Eser Kru aufhalten, bevor es zu spät ist", erwiderte ihm Akheem. „Ich habe die Schreie der Menschen in dieser Nacht gehört. Ich weiß nicht, was dort geschehen ist. Aber jemand muss diesen Menschen helfen."

„Wozu gibt es das Militär, die Polizei? Wir sind nicht mehr in der Steinzeit, wo ein Mann alles an sich reißen kann, nur weil er will."

Der alte Mann sah Talon ernst an. „Offenbar kann er das doch, nach all dem, was du mir erzählt hast. Der Tempel birgt eine unfassbare Macht in sich, die man diesem Mann nicht überlassen darf! Der schwarze Löwe hat dir so weit vertraut, dass er dich zu seinem Nachfolger erklärt hat. Willst du ihn so enttäuschen?"

Talon sah den Alten mit einem Lächeln an, das seine Augen nicht erreichte. „Du stammst wirklich aus einer anderen Zeit, Akheem."

„Willst du die Menschen enttäuschen, die unter Eser Kru leiden?", bohrte der alte Mann nach. „Ich wusste nicht, dass Menschlichkeit aus der Mode gekommen ist."

Mehrere Momente vergingen, in denen sich die beiden Männer fest in die Augen blickten und keiner von ihnen nachgab. Dann wandte sich Talon um und zerdrückte einen Fluch auf den Lippen. Er verschwand im Schatten der hoch aufragenden Felsen.

B'thas Grollen unterbrach die gespannte Stille. Akheem neigte den Kopf zur Seite und hörte dem Gorilla zu.

„Doch, ich glaube, er war es wert, gerettet zu werden."

Eser Kru stand in der Mitte des weiten Saals und trank einen Becher vergorener Ziegenmilch. Hinter ihm hatten sich sechs Männer versammelt. Es waren die letzten, die aus der Gruppe all derer, die er zu seiner Proklamation zum Herrscher zusammengetrieben hatte, noch lebten. Er winkte einen von ihnen, einen

Offizier, zu sich nach vorne.

Der Mann wagte nicht zu widersprechen. In den letzten zwei Wochen war so viel geschehen, das Mneche Kyemes Widerstand gebrochen hatte. Als ihm der Hüne anbot, seinem Rat beizutreten oder sich den Kreaturen zu stellen, war ihm die Entscheidung leicht gefallen. Wie auch den anderen fünf. Jeder von ihnen hatte einen anderen beruflichen Hintergrund. Es schien, als sehe er in ihnen eine Art von „Kabinett".

Kyeme schauderte, als sich in dem breiten Türrahmen eine Gruppe dieser Kreaturen abzeichnete, die schwerfällig in den Raum wankten. Jede von ihnen trug ein lebloses Bündel über der Schulter. Achtlos warfen sie die toten Körper vor Eser Kru auf den Boden und verschwanden dann wieder im Freien.

Ein Seitenblick des Hünen genügte, damit der Offizier vorwärts trat.

„Französisches Spezialkommando", kommentierte er den Anblick der übel zugerichteten Körper nach einer kurzen Begutachtung der Uniform, die die Leichen trugen. „Sie sollen normalerweise Eingeschlossene befreien oder Anschläge durchführen."

Eser Kru lächelte. „Also versuchen sie es noch immer. Wann werden sie es lernen?"

„Was erwarten Sie?", entgegnete Kyeme mit einem Mut, über den er sich selbst wunderte. „Sie halten das Gebiet besetzt und lassen diese, diese ... Wesen jeden angreifen, der diese Region betritt."

„Nur so lange, bis die Stämme mir den nötigen Gehorsam erweisen. Ich nehme mir das, was mir zusteht. Wie ich dieses Ziel erreiche, ist dabei nebensächlich."

„Auch wenn Sie alle Menschen töten müssten?"

Der Hüne sah den Offizier einen Augenblick lang prüfend an. „Dazu wird es nie kommen. Menschen sind Schafe. Das solltet ihr Soldaten am besten wissen."

Ohne eine Erwiderung des Mannes abzuwarten, verließ Eser Kru den Raum und zog sich in einen hinteren Teil des Gebäudes zurück. Die letzten zwei Wochen hatten ihn viel Kraft gekostet. Seine alte Macht war noch lange nicht zurückgekehrt. Noch immer hing über dem Tempel der Schatten Shions, dessen Präsenz seine Magie eindämmte.

Er hatte viel zu viel an Energie freisetzen müssen, um den

Ungehorsam der Menschen zu brechen, ohne einen wirklichen Fortschritt erzielt zu haben. Die Kreaturen aus der Erde zehrten fortwährend an seinen Kräften, entzogen ihm Substanz, die er hier, in der Tiefe des Tempels, eher benötigte.

Eser Kru passierte einen schmalen Korridor. Vier Wachen nahmen Haltung an, als er an ihnen vorbeischritt und seine Gemächer betrat. Sofort umschwärmten ihn zwei der Frauen, die er zu seiner Unterhaltung behalten hatte. Er verscheuchte eine von ihnen mit einer unwirschen Handbewegung und ließ sich von der anderen etwas zu trinken einschenken. Der Raum war spartanisch eingerichtet. Nur mehrere Vorhänge trennten den Vorraum von seinem eigenen Schlafgemach sowie dem Bereich für die Frauen.

Der Hüne nahm auf einer steinernen Liege Platz, die mit zahlreichen schweren Kissen bedeckt war. Seine Gedanken wanderten zu Talon, während die Frau, die ihn begleitete, mit einem warmen Tuch den Schweiß von seinem Körper rieb.

Er hatte Talons Flucht nicht weiter verfolgt. Offensichtlich war er in einige Kämpfe mit seinen Leuten verwickelt worden. Doch ihm war nicht klar, ob er sich tiefer in den Tempel zurückgezogen hatte oder nach draußen geflohen war.

Es war einerlei. Eser Kru war nicht gewillt, sich mit dem Problem mehr als nötig zu beschäftigen. Sollte der Weiße wieder auftauchen, würden ihn seine Kreaturen erwarten ...

Die Sonne stand bereits tief im Westen, als sich Talon aus seinem Versteck am Berghang löste. Seit mehreren Stunden harrte er im Schatten eines hervorstehenden Felsen aus und wartete auf den anbrechenden Abend, um sich im Schutz der Dunkelheit zurück zum Tempel zu schleichen.

Er wusste selbst nicht, was ihn hierher zurückbrachte.

Waren es die Worte des alten Mannes gewesen? Er fühlte sich niemandem gegenüber verpflichtet. Weder Shions Wachen, die ihm ablehnend gegenüberstanden, noch den Menschen in der Umgebung, deren Nähe er seit über drei Jahren mied. Oder war es das Gefühl, an den einzigen Ort zurückzukehren, der ihm noch blieb? Er hatte das Gefühl, etwas verteidigen zu müssen, das ihm gehörte. Das begann, zu einem Teil von ihm zu werden, ob er wollte oder nicht.

Talon schlich in gebückter Haltung vorwärts. Die Wunden an seinem Körper schmerzten noch immer bei jeder Bewegung, doch sie behinderten ihn nicht mehr. In wenigen Augenblicken hatte er die freie Geröllfläche überwunden und tauchte in den Schatten der Blätterkronen der Bäume ein, deren herabhängende Äste bis nahe an den Steinhang wuchsen.

Er wollte nicht den Zugang zum Tempel benutzen, durch den er geflohen war. Die Gefahr, dass Eser Krus Männer den Weg entdeckt hatten und dort warteten, war zu groß. Shion hatte ihm viel über den Aufbau des Tempels erzählt. Es gab Dutzende von Möglichkeiten, in das Gebäude einzudringen, und eine von ihnen lag beinahe zugewachsen unter einem schmalen Vorsprung, den Talon nun vor sich entdeckte.

Er hatte von Akheem ein einfaches Steinmesser sowie einen hölzernen Stab mit auf den Weg bekommen. Der Stab hatte ihm den beschwerlichen Abstieg als Stütze deutlich erleichtert, doch Talon unterschätzte die Möglichkeit nicht, ihn auch als Waffe einzusetzen.

Ein längst abgestorbener breiter Ast lag über dem Eingang. Efeuranken, die das tote Holz noch immer umschlangen, hatten den grob behauenen Stein überwuchert und bildeten einen dunkelgrünen Vorhang aus dünnen Schlingen. Talon setzte das steinerne Messer an und riss die Ranken von der Öffnung weg. Abgestandene Luft schlug ihm entgegen. Die schmalen Stufen waren bedeckt von feinem Geröll, das im Lauf der Zeit in den steilen Abstieg eingedrungen war.

Auch hier schien der Stein schwach aus sich selbst heraus zu leuchten und zeigte dem Weißen in der einsetzenden Dämmerung einen Weg nach unten. Ohne weiter zu zögern, stieg Talon die Stufen hinab, wobei er sich mit einer Hand ständig an der glatten Mauer abstützte. Nach scheinbar endlosen Minuten erreichte er den unteren Absatz der Treppe. Er folgte dem schmalen Durchgang und trat nach zwei Biegungen auf einen breiten Korridor, der direkt in eine der weiten Galerien mündete, die den weitläufigen Gebäudekomplex in regelmäßigen Abständen durchzogen.

In diesem entfernten Bereich des Tempels herrschte vollkommene Stille. Eser Kru schien noch immer keine Zeit darauf zu verwenden, jede Ecke kontrollieren zu lassen, und so kam Talon rasch vorwärts. Dennoch hielt er sich ständig im Schatten der quer stehenden Streben auf, die die hohe Deckenkonstruktion stützten.

Er wollte sich aus einem weiteren Versteck lösen, als ein schabendes Geräusch schwach zu ihm drang. Talon hielt inne. Sein Kopf fuhr herum und seine Augen sondierten die im Dämmerlicht verschwimmende Umgebung. Manchmal meinte er, einen Schatten zu sehen. Doch er schrieb es seinen überreizten Sinnen zu und setzte seinen Weg fort.

Ein gewaltiger Schlag in den Rücken warf ihn zu Boden und presste ihm die Luft aus der Lunge. Keuchend fing er den Sturz ab und warf sich instinktiv zur Seite. Neben ihm schlug etwas in den Boden ein.

Talon glaubte, seinen Augen nicht zu trauen, als er den Angreifer erkennen konnte. Angewidert verzog er den Mund, als er die grausam entstellte Kreatur betrachtete, deren gewandte Bewegungen den verkrüppelten Körper Lügen straften. Das nackte Fleisch war über und über mit eitrigen Wunden und schwärenden Brandnarben übersät. Leere Augenhöhlen blickten ihn aus einem zerfressenen Schädel an, an dessen Kinn längst verweste Hautfetzen hingen.

Erneut schlug das Wesen mit seinen überlangen Armen zu. Die Krallen an den knorrigen Fingern leuchteten wie scharf geschliffene Messer im schwachen Licht. Talon rollte sich wieder zur Seite und entging dem Hieb. Er kam auf die Füße und benutzte den langen Holzstab. Mehrere Angriffe der Kreatur konnte er damit zur Seite schlagen, doch er wich dabei immer weiter zurück. Das Wesen ließ sich von seinem Trieb, ihn töten zu wollen, nicht abbringen.

Er machte aus der Not eine Tugend und beschloss, vor dem Wesen zu flüchten. In der Hoffnung, dass die Kreatur nicht genauso beweglich war wie er, schwang er sich über die Balustrade der Galerie, die gut zehn Meter über dem Boden verlief und sprang auf eine der Streben zu, die unter ihm quer über den offenen Platz ragte. Einen Moment taumelte er, als er seine Füße auf das glatte Material setzte, doch dann nutzte er den Schwung aus und hastete den steinernen Pfeiler entlang.

Talon sah nach oben. Das Wesen war ihm bis jetzt nicht gefolgt, doch nun sprang es hinterher und schien keine Mühe zu haben, ihm nachzusetzen. Er fluchte und rannte los. Aus dem fahlen Licht tauchten zwei weitere Schatten auf. Natürlich hatte die Kreatur keine Eile gehabt, ihm zu folgen, wenn sie wusste, dass hier unten weitere ihrer Art auf ihn warten würden!

Auch wenn sich die beiden neuen Angreifer noch schwerfällig bewegten, zweifelte er keine Sekunde daran, dass auch ihre Reaktionen blitzschnell folgen würden. Er blickte sich um. Zu seiner Rechten ragte ein Vorsprung die ganze Länge des Weges in die Höhe. Doch er lag gut drei Meter über ihm. Zu hoch, um sich auf ihn zu retten.

Die Kreaturen schlossen ihren Kreis näher um ihr Opfer. Der Mann aus dem Dschungel umfasste den Holzstab abwehrbereit mit beiden Händen und erwartete den ersten Angriff. Doch noch bevor das erste Wesen zuschlagen konnte, löste sich ein mächtiger schwarzer Schatten aus der Dämmerung und riss zwei der Kreaturen zu Boden.

Der massige Körper wütete unter den zerrissen wirkenden Gestalten. Unwirklich schrille Töne lösten sich von den zerfetzten Lippen, als schwere Pranken durch das untote Fleisch fuhren und es auseinander rissen.

„Shion!", lachte Talon kehlig auf. Er wehrte die dritte Kreatur mit einem Hieb ab, die sich trotz der überraschenden Wendung nicht von ihrem Ziel löste. Es dauerte nur Augenblicke, bis der schwarze Löwe die beiden Wesen besiegt hatte. Dunkle Fetzen lagen über den hellen steinernen Boden verstreut.

Die glutrote Öffnung seines gewaltigen Mauls grub sich der Breite nach in den dritten Leib und schmetterte ihn zu Boden. Kurz noch zuckten die Gliedmaßen in einer abwehrenden Haltung auf, dann brach der Körper unter dem Druck der Kiefer knirschend auseinander.

„Ich bin froh, dass du zurück gekommen bist", gestand Talon dem nachtschwarzen Wesen ein, als der Kampf vorbei war.

[Es ist mein Versäumnis. Ich habe dich viel zu früh allein gelassen. Du hast noch viel zu lernen.], folgte die kurze Erwiderung. *[Lass uns dem Tempel zurückerobern.]*

Talon lächelte und folgte dem schattenhaften Löwen.

Eser Kru blickte den jungen Mann lange und schweigend an. Seine braunen Augen bohrten sich förmlich in die Gestalt, die vor ihm auf dem steinernen Boden kniete und den Kopf gesenkt hielt.

„Es ist gut", sagte er schließlich und entließ den Boten mit einer beiläufigen Handbewegung. Der Mann nickte kurz und beeilte sich, den weitläufigen Saal so schnell wie möglich durch eine der Seitentüren zu verlassen. Zurück blieb der schwarze Hüne, der den Raum mit weiten Schritten durchquerte. Wie in einem inneren Dialog gefangen beschrieben seine Hände Gesten, die eine Diskussion zu unterstreichen schienen.

Die Stämme der Umgebung lehnten sich noch immer gegen ihn auf. Und aus den kleineren Städten, die am Rande seines Territoriums lagen, schienen sich die Milizen unter hohen Verlusten mehr und mehr gegen seine Kreaturen durchzusetzen. Grollende Laute lösten sich von den Lippen des Hünen. Mitten in der Bewegung blieb er stehen. Seine Augen fixierten einen Punkt, der weit jenseits des Raumes lag. Nichts lief so, wie er es erwartet hatte. Viele der Menschen, die ihn auf seinem Weg zurück in den Dschungel begleitet hatten – teils freiwillig, teils durch seine Macht ihrer Gedanken beraubt -, waren in den Kämpfen der letzten Wochen gefallen. Er besaß kaum noch genügend Männer und Frauen, um den Tempel zu sichern.

Er wollte nicht mehr als die Vergangenheit zurückzuholen. An jenem Punkt anzuknüpfen, als ihn Shion seine Kräfte entzogen und ihn aus diesem Gebiet verbannt hatte – und damit der Quelle der Macht entzogen, die seiner Familie für Generationen die Herrschaft über dieses Gebiet gesichert hatte.

Die Vergangenheit ...

In Eser Kru kroch ein Gedanke empor. Zuerst nicht mehr als der Schatten eines Bildes, das in ihm aufflammte wie ein Licht. Er besah seine Handflächen. Sie schienen aus einem inneren Feuer heraus zu glühen, das in den Kerben unter der Haut dunkel aufleuchtete. Kurz schlossen sich die Finger zur Faust, dann streckten sie sich wieder. Die Gedanken des Hünen verloren sich mehr und mehr in den Betrachtungen seiner Hände, tauchten hinab in das feine Gespinst aus Falten und Narben.

Dünne schwarze Fäden lösten sich von den Fingerspitzen und tanzten durch den Raum wie Spinnenweben, die von einem Windhauch davongetragen wurden. Immer weiter verwoben sich die Fäden, sammelten sich zu dicken Strängen nachtschwarzen Glanzes, die sich ihrerseits auffächerten und sich

Tüchern gleich über alles legten, das den Saal ausfüllte.

Eser Kru stand regungslos inmitten des unwirklichen Bildes. Die Narbe in Form eines Ovals auf seiner Stirn leuchtete dunkel auf. Schwarze Tropfen sammelten sich am unteren Rand der Mulde über seinen Augen und perlten über die nackte Haut nach unten, bevor sie von seinem Kinn zäh zu Boden tropften. Seine gewaltige Brust hob und senkte sich unter den schweren Atemstößen, die seinem Mund entwichen.

Die Schwärze durchwob den Raum in einem fein gesponnenen, gleichmäßigen Muster, das sich aus komplexen geometrischen Formen zusammensetzte und wie die Oberfläche eines Ozeans wogte.

Ein leises Knistern zog sich an den dünnen Fäden entlang und erfüllte die Luft mit einem betäubenden Rauschen. Schweiß sammelte sich auf der Stirn des Hünen, der leicht auf der Stelle wankte. Seine Lippen zitterten, während er unaufhörlich kaum verständliche Beschwörungsformeln murmelte. Der Boden unter seinen Füßen begann schwach zu vibrieren. Mehrere der alten Steinplatten krachten leise auseinander und verschoben sich ineinander. Unter ihrem Fundament quoll weitere Schwärze hinzu, die auf die groß gewachsene Gestalt zu flog und sich mit seiner Form vermengte.

Das Licht, das in breiten Bahnen durch die hohen Fensteröffnungen in den Saal fiel, wurde blasser und verlor schnell an Intensität. Ein farbloses Zwielicht erfüllte die Luft und warf harte Schatten.

Dann war es, als ob ein Damm barst und sich die schwarzen Wirbel wie lange aufgestautes Wasser einen Weg bahnten. Sie rauschten durch den Saal, brachen sich an den ehernen Wänden, um dann jeden Ausgang zu suchen, den sie fanden. Binnen Sekunden ließen sie die Mauern der Tempelanlage hinter sich und brachen sich wie eine Welle einen Weg durch das weit geschwungene Grün des Dschungels.

Ein entsetztes Schreien und Rufen drang an die Ohren des Hünen, der noch immer in seinem eigenen Bann gefangen war. Doch so schnell die Schreie erklungen waren, so schnell verstummten sie und ließen eine Stille zurück, in die nicht einmal das Rauschen des Windes einzubrechen vermochte.

Unvermittelt öffnete Eser Kru die Augen. Das elfenbeinfarbene

Weiß war blutunterlaufen und durchzogen mit zahlreichen rotgeränderten Adern, die sich in den glutvoll leuchtenden Pupillen sammelten. Er *sah*, wie die schwarze Flut aus ungreifbarem Nichts durch das Land jagte, in jede Faser der Existenz schlug und das mit sich riss, das er zerstören wollte. Jahr um Jahr löste sich von den Schichten allen Lebens und verschwand in einem Wirbel der Realitäten. Nichts starb wirklich, nichts verging. Doch mit jeder Welle wurde allem Lebenden etwas an Zeit entrissen und schleuderte es zurück, weiter zurück in eine Vergangenheit, die schon längst zu Staub zerfallen war.

Um ihn herum schlossen sich Risse in den schweren Steinblöcken der Wände. Längst verblichene Wandmalereien leuchteten in kräftigeren Farben auf und gewannen mit jedem verstreichenden Augenblick mehr an Form.

Ein heftiger Schmerz bohrte sich in Eser Krus Kopf. Die Narbe brannte aus einem inneren Feuer heraus. Nur mühevoll unterdrückte er den Schmerz und stöhnte gequält auf. Die dunkle Flüssigkeit, die sich in der Mulde gefangen hatte, glomm zuerst nur leicht auf, dann verfestigte sich ihre Form, sie wuchs an der schwarzen Haut empor und legte sich schützend über das längst abgestorbene Gewebe, bis sie die obere Kante erreicht hatte.

Der Hüne atmete schwer. Er fühlte, wie etwas in ihn zurückkehrte, das er lange nicht mehr erlebt hatte. Das Leben schien sich in einer fast schon vergessen geglaubten Intensität in seinen Gedanken zu verfangen und konzentrierte sich auf diesen einen Punkt oberhalb seiner Augen.

Blutrot leuchtete der Kristall auf, der die Form der Narbe nun gänzlich ausfüllte. Er schien erfüllt von Tausenden von Gedanken und Emotionen, die in seinem Inneren tanzten wie helle Lichter.

Eser Kru lachte auf. Sein Körper zitterte vor Erschöpfung. Nur mit Mühe konnte sich der Schwarze auf den Beinen halten, während er mit schweren Schritten an eines der Fenster taumelte. Müde legte er seine prankenhaften Hände auf den glatt geschliffenen Stein. Die Natur lag vor ihm, als sei sie in der Zeit erstarrt. Nur langsam löste sie sich aus der Umklammerung der schwarzen Welle. Ruckartig erst schwankten die Äste der Bäume, jede ihrer Bewegungen war verzögert, gefolgt von einem weiteren Moment der Erstarrung. Doch mit jeder verstreichenden Sekunde wurde das Bild fließender, gleichmäßiger und gewann mehr und mehr an Leben zurück.

Das raue Krächzen eines Reihers mischte sich mit dem überraschten Kreischen einer kleinen Gruppe von Affen, die sich unverwandt wieder ins Leben zurückgesetzt fühlten.

Der Hüne verließ den weiten Raum und betrat eine der offenen Plattformen des Tempels im Freien. Keiner seiner Männer begegnete ihm. Sie würden eine Weile brauchen, bis sie aus ihrer Bewusstlosigkeit erwachten. Und selbst dann würden sie nicht verstehen, was geschehen war.

Doch das kümmerte ihn wenig. Seine Gedanken galten allein der schroffen Felswand, die sich zu seiner Rechten aus dem Dschungel erhob und die Tiefebene vom Hochland abtrennte. Ein zufriedenes Lächeln umspielte seine breiten Lippen.

In regelmäßigen Abständen waren in dem Stein wieder überlebensgroße Reliefs von Menschen zu erkennen. Erinnerungen an die Zeit, als seine Familie das Land beherrscht und sich in dem Felsen verewigt hatte.

Jeder von ihnen hatte es verstanden, die Macht zu benutzen, die in den Mauern des Tempels ruhte. Doch keiner von ihnen hatte das geschafft, was er nun vollbracht hatte. Eser Kru atmete tief durch und ließ seinen Blick schweifen.

Das war wieder seine Welt. Das Reich, das Shion in den Untergang gerissen hatte. Die Jahrtausende waren erloschen. Er hatte die Vergangenheit in die Gegenwart geholt ...

Erika Janssen schloss den Klettverschluss des weißen Overalls. Die Frau, die von sich selbst gerne behauptete, die Vierzig gerade erst überschritten zu haben, strich das ohnehin schon kurze Haar nach hinten und streifte die Stoffhaube über, um den Kopf zu bedecken. Als Letztes folgten die hauchdünnen Handschuhe, die ein Arbeiten mit den Fingern zuließen, gleichzeitig aber davor schützten, dass Keime freigesetzt wurden.

Ihre Keime.

Der Schutz galt dem Objekt, das als einziges inmitten des von zahlreichen Trennwänden unterteilten Laborraums aufgebaut worden war. Erika Janssen arbeitete seit gut fünf Jahren für Vanderbuildt Inc. und war als Ingenieurin für experimentelle Energie zuständig. Ihr unterstand ein kleines Team von acht Leuten, die sich alle mit der Gewinnung neuer Energiequellen beschäftigten.

Sie nickte ihrem Kollegen Terence Cully zu, der auf der anderen Seite des Laborraums bereits wartete und nun die Sicherheitsschleuse aktivierte. Nur langsam öffnete sich die schwere Tür und schwang nach innen, während sich am oberen Ende des Rahmens ein kleines rotes Licht warnend drehte.

Die Frau mit den herben Gesichtszügen betrachtete durch das Sicherheitsglas den schwarzen Kristall und dachte an die Anweisungen zurück, die sie von Amos Vanderbuildt vor gut drei Wochen erhalten hatte. Er wollte wissen, was es mit dem Stein auf sich hatte. Seiner Aussage nach war das kristalline Objekt bei Ausgrabungen gefunden worden und er persönlich habe, wie er es nannte, ein „ungewöhnliches Erlebnis" mit dem Stein gehabt. Auf ihr Nachfragen hatte sie nicht mehr Informationen erhalten, als dass „unbekannte Energien" aus dem Kristall freigesetzt worden waren.

Mit diesen Hinweisen hatte er sie allein gelassen und Resultate verlangt. Amos Vanderbuildt war kein Mann, der um etwas bat. Selbst wenn diese wenigen Schilderungen überhaupt keinen Rückschluss auf das zuließen, womit sie es tatsächlich zu tun hatten.

Erika Janssen trat durch die erste Tür und wartete, bis sich diese geschlossen hatte. Die kleine Schleuse würde sie mit desinfizierendem UV-Licht beschießen, bis die Keime auf der Oberfläche der Kleidung auf ein Minimum reduziert waren.

Als sie die zweite Tür passiert hatte, reichte sie zuerst Cully, dann Avindi Tashmar, ihrem indischen Mitarbeiter, die Hand.

„Nun, Gentlemen", setzte die gebürtige Holländerin in akzentfreiem Englisch an, „lassen Sie uns heute das Geheimnis des Steins lösen."

„Sie klingen wie ein Alchemist, der das Rätsel um den Stein der Weisen lösen will", erwiderte Cully mit einem leichten Lächeln.

„Wer weiß", folgte ihre Antwort. Dabei löste sich ihr Blick nicht von dem Kristall. Sie hatte die letzten Wochen über verschiedene Experimente mit dem Stein durchgeführt, ohne dass sich eine Reaktion hervorrufen ließ, wie sie Vanderbuildt beschrieben hatte. Weder der Beschuss mit Laser oder Photonen noch verschiedene radioaktive Komponenten hatten etwas bewirkt. Normalerweise hätte sie die Tests abgebrochen und ihrem Boss Bericht erstattet. Doch gleichzeitig hatte sie den Stein selbst analysiert.

Und diese Ergebnisse waren es, die sie immer noch gebannt an dem Objekt festhalten ließen. Während der Stein über so gut wie keine Masse verfügte, war seine molekulare Struktur von solch einer Dichte und Komplexität, dass er selbst in seiner Größe eines menschlichen Fingers mehrere Kilo wiegen müsste.

Zusätzlich entzog er sich jeder weiteren Analyse. Seine Zusammensetzung entsprach keinem Element und keiner Bausteingruppe, die sie bisher gesehen hatte.

„Haben Sie die Apparaturen aufgebaut?", richtete sie ihre Frage an den Inder, der gerade ein Messkabel anschloss. Er nickte.

„Sind einsatzbereit."

Erika Janssen betrachtete die Retorte, in der eine Schwefelverbindung leise brodelte. Das Stichwort vom „Alchemisten" schoss ihr für einen Augenblick durch den Kopf. Sie wollten nun versuchen, dem Kristall mit chemischen Reaktionen auf die Spur zu kommen.

„Gut", entgegnete sie ihm, nachdem sie sich aus ihren Gedanken gerissen hatte, „Dann lassen sie uns ..."

Ein heller Lichtblitz löste sich aus dem Kristall und sirrte wie ein Querschläger durch den Raum.

„Tashmar!", brüllte die Ingenieurin. „Was haben Sie gemacht?"

„Verdammt", fluchte der kleine Inder zurück. „Überhaupt nichts! Wir hatten doch noch gar nicht begonnen!"

Die drei Wissenschaftler verfolgten den Irrflug des Lichtscheins, der das Glas durchdrang, ohne sich darin zu brechen. Ein dumpfes Brummen ließ die Menschen aufschrecken. Erika Janssen wandte den Kopf und sah, wie der Kristall in seiner Fassung zu vibrieren begann. Die Schwingungen hatten sofort die Aufbauten ergriffen und versetzten sie in hektische Bewegungen, die das Material nicht lange aushalten konnte.

Die Augen der Frau weiteten sich vor Überraschung, als sich dünne schwarze Fäden aus dem Kristall lösten und ihn einzuhüllen schienen wie einen Kokon aus Schatten. Schnell pflanzte sich das Muster fort und stieß an die Glasscheiben, die den Stein als Würfel mit einem halben Meter Durchmesser umgaben. Leise knirschte das Sicherheitsglas auf, als sich die Schwärze mit immer größerem Druck dagegen schob.

Einer Ahnung folgend schrie Erika Janssen ihren Kollegen eine Warnung zu und warf sich dann zu Boden. Das Glas stob explosionsartig auseinander. Schmerzerfüllt schrie die Frau auf, als sie spürte, wie mehrere Scherben ihre Kleidung durchdrangen und in das Fleisch schnitten. Neben sich hörte sie Cully überrascht aufgurgeln, dann folgte der dumpfe Aufschlag seines Körpers auf den Boden, begleitet vom Klirren mehrerer Werkzeuge, die er beim Sturz mit sich gerissen hatte.

Sie wagte nicht aufzusehen. Erst als sie ein regelmäßiges Knirschen hörte, öffnete sie die Augen. Tashmar stolperte auf den regungslosen Cully zu. Bei jedem seiner Schritte zerbrachen die kleinen Scherben unter den kräftigen Sohlen seiner Schuhe. Der Inder war selbst von mehreren Schnittwunden gezeichnet, die den weißen Stoff seiner Schutzkleidung in breiten Bahnen rot färbten. Er ging neben dem Farbigen in die Knie und drehte den regungslosen Körper auf den Rücken.

„Mein Gott", entfuhr es Erika Janssen. Entsetzt verzog sie beim Anblick des unterarmlangen Glassplitters den Mund, der aus der Brust ihres toten Kollegen ragte. Das Blut hatte sich bereits in einer dunklen Lache um seinen Körper gesammelt.

Jetzt erst kehrte die Erinnerung an das zurück, was geschehen war.

„Diese schwarzen Fäden!", entfuhr es der Frau. Vorsichtig erhob sie sich und vermied es, sich an dem am Boden liegenden Glas zu verletzen. Ungläubig suchte ihr Blick das zerstörte Labor ab. Nichts erinnerte mehr an das, was aus dem Kristall gedrungen war. Die Alarmsirene, die beständig in einem wimmernden Laut aufheulte, nahm sie nicht zur Kenntnis. In wenigen Minuten würde das Sicherheitspersonal ankommen, um den Bereich abzusperren. Und dann würde Vanderbuildt wissen wollen, was geschehen war.

Sie strich sich eine Strähne ihres blassblonden Haares aus der Stirn, das sich unter der Haube durchgeschoben hatte. Ihr Blick wanderte zu dem Kristallsplitter, der in seiner Fassung ruhte. Ruhig und dunkel.

Übergangslos war Talon bei Bewusstsein.

Er öffnete die Augen und blickte in das dunkle, Licht verzehrende Antlitz des schwarzen Löwen, dessen glutrote Pupillen ihn aufmerksam betrachteten. Ohne ein Gefühl von Schwindel oder Schwäche kam er auf die Beine und sah sich um.

„Was ist geschehen?", richtete er schließlich seine Frage an Shion. „Ich weiß, dass wir unterwegs zu den Zellen waren, um die Garde zu befreien. Wir sind auf weitere der Kreaturen gestoßen und es gab einen Kampf. Doch dann - ich kann mich an nichts erinnern", musste er feststellen.

Der wuchtige Kopf des schwarzen Löwen deutete auf zwei dunkle Flecken auf dem Stein, die den Eindruck erweckten, als wäre dort etwas verbrannt oder zu einer unförmigen Masse geschmolzen.

[Das sind die Überreste der Wesen. Geschöpfe von Eser Kru, der die Seelen derer gerufen hat, die in all der Zeit einen gewaltsamen Tod im Dschungel gestorben sind.] Er stieß mit der Schnauze gegen einen der zusammengefallenen Haufen und zuckte offensichtlich angewidert mit dem Kopf zurück. *[Doch es ist mehr geschehen. Viel mehr, als dass diese Kreaturen vernichtet wurden.]* Shion zögerte in seiner Bewegung, als sei er sich nicht sicher, ob er fortfahren sollte. *[Ich hätte ihn nicht gehen lassen dürfen. Ich hätte ihn töten müssen.]*

Talon war bewusst, dass der Löwe zu sich selbst sprach. Er betrachtete den massigen Körper des dunklen Wesens und es schien ihm, als habe er an Gewicht gewonnen. Die Konturen seiner oftmals fließenden Gestalt wirkten klarer, schärfer umrissen, als er es je gesehen hatte.

[Dir ist es auch aufgefallen, nicht wahr?], richtete Shion den Satz an den Weißen, als könne er seine Gedanken offen lesen. *[Ich fühle mich lebendiger, als ich mich in ...]*, der Löwe stockte. Er senkte den Kopf und trat einige wenige Schritte nach vorne. *[... als ich mich in Jahrtausenden gefühlt habe]*, beendete er den Gedanken.

Augenblicke lang herrschte Stille zwischen ihnen, dann fuhr der schwarze Löwe mit einer Vehemenz herum, die Talon überraschte. *[Eser Kru hat die Vergangenheit zu neuem Leben erweckt, Talon! Er hat Kräfte in diesen Mauern freigesetzt, die ich immer unter Verschluss gehalten habe.]*

Der Mann schüttelte den Kopf mit den rotbraunen Haaren. „Soll das heißen, er hat uns in die Vergangenheit versetzt?", fragte er Shion ungläubig. Unwillig knurrte das Wesen auf.

[Nein, das ist es nicht! Wir sind noch immer in der Gegenwart. Doch irgendwie hat er die - Seele der Vergangenheit zu sich geholt. Er verändert die Welt, um sie dem Bild anzupassen, das er von ihr hat.

Manches wird davon beeinflusst, manches nicht.]
Dem Mann schien das zu unglaublich, als dass er wirklich bereit war, die Worte Shions so einfach zu akzeptieren. Dennoch konnte er nicht leugnen, dass sich auch das Gebäude um ihn herum verändert hatte. An vielen Stellen war der anhaltende Zerfall nicht mehr zu sehen. Feingearbeitete Reliefs, die schon längst von der Witterung zersetzt worden waren, stachen wieder in klaren Formen aus dem behauenen Stein. Unwillkürlich tastete er sich selbst ab.

„Wieso bin ich dann unbeeinflusst?", fragte er.

[Eser Kru hat eine einfache Sicht der Welt. Er teilt sie auf: in das, das für ihn relevant ist. Und das, das es nicht ist], erwiderte Shion. *[Er will seine Macht zurück. Seine Erinnerungen. Dazu gehöre auch ich. Dein Schicksal interessiert ihn nicht. Deshalb konnte er dich „übergehen" und die Kräfte auf andere Ziele richten, die für ihn lohnenswerter waren. Er will in eine Welt zurückkehren, die nach den Regeln funktioniert, die er kennt. Eine Welt, in der die Kräfte, die er im Tempel freisetzen kann, die stärkste Macht verkörpern. Eine Macht, über die allein er die Kontrolle hat.]*

Talon setzte ein dünnes Lächeln auf und betrachtete den Löwen mit einem düsteren Gesichtsausdruck.

„Es wird Zeit, ihm zu zeigen, dass er mich unterschätzt. Lass uns die Wachen befreien. Wir haben schon zu viel Zeit verloren."-

Die Ebenen, in denen die Verliese lagen, befanden sich tief verborgen im Inneren der Tempelanlage. Talon war bereits zwei Mal in ihnen eingeschlossen gewesen, doch beide Male hatte er sich in weit voneinander entfernt gelegenen Bereichen des Gebäudes aufgehalten. Der schwarze Löwe dagegen lenkte seine Schritte sicher durch das verwirrende Labyrinth aus schmalen Gängen und engen Brücken, die abgrundtiefe Galerien überspannten.

Shion beschleunigte seinen Schritt. Mit weit ausholenden Sprüngen ließ er die verwinkelten Gänge hinter sich. Noch konnte Talon ihm mühelos folgen, doch mehr und mehr erwachte in ihm der Gedanke, dass er in einen Kampf eingriff, der nicht sein eigener war. Beide, Shion und Eser Kru, waren Relikte einer Vergangenheit, die nicht mehr existieren durfte.

Erfüllt von Kräften, die jenseits alles Vorstellbaren lagen. Mehr als einmal ertappte er sich dabei, einfach stehen bleiben, sich umdrehen und gehen zu wollen.

Sie passierten eine weitere Ecke und sahen sich einem halben Dutzend Wachen gegenüber, die den Durchgang versperrten. Die Männer und Frauen wirkten völlig überrascht und wussten offensichtlich nicht, wie sie reagieren sollten. Noch bevor sie handeln konnte, war der schwarze Löwe mit einem kraftvollen Satz unter ihnen.

Talon hatte ihn bereits im Kampf erlebt. Doch dieser Anblick war etwas völlig anderes. Die Menschen waren zu keiner Gegenwehr fähig und wurden einer nach dem anderen durch die tödlichen Prankenhiebe niedergestreckt. Es verging nicht einmal eine Minute, dann herrschte eine ungreifbare Stille in dem Durchgang. Die regungslosen Körper der Männer und Frauen lagen von ihren Wunden entstellt auf dem steinernen Boden.

Shion stand blutbesudelt zwischen ihnen und sah sich lauernd um. Talon konnte sehen, wie das Blut, das seine Haut bedeckte, von der Schwärze aufgesogen wurde und in dem Dunkel verschwand wie in einem Nichts.

[Sie hatten mehr Angst vor dem, was Eser Kru mit ihnen tun würde, wenn sie ihren Posten verließen, als vor dem, was geschehen war. Sieh!] Seine wuchtige Schnauze deutete auf mehrere geschmolzene Metallklumpen, die achtlos auf dem Boden lagen.

„Gewehre. Automatische Schnellfeuerwaffen", stellte Talon überrascht fest. „Oder das, was von ihnen übrig ist. Du meinst ...", er sah den Löwen aus zusammengekniffenen Augen an.

[Du weißt, wie die Kreaturen aussahen, gegen die wir kämpften. Er konnte nicht alles in seine Zeit reißen. Dazu reicht seine Macht noch immer nicht aus. Die Kreaturen nicht und auch nicht eure modernen Waffen], bestätigte ihm das schattenhafte Wesen. *[Er riskiert alles, um seinem Ziel näher zu kommen. Einem Ziel, das er vielleicht selbst nicht versteht.]*

„Was ist damals zwischen euch geschehen?", wollte Talon wissen. Er blieb abwartend einige Schritte entfernt von dem Löwen stehen.

[Ich habe ihn besiegt], folgte die knappe Antwort. Shion beachtete den Weißen nicht weiter und richtete seinen Blick auf eine steinerne Tür, die ohne einen erkennbaren Spalt in die Wand

eingelassen worden war. Sekunden später verschwand die schwere Platte mit einem leisen Knirschen in der Wand, ohne dass das Wesen einen Schalter betätigt hätte.

„Herr!", klang der überraschte Ruf aus dem Inneren der Zelle. Talon konnte das Gewirr mehrerer Stimmen von Menschen hören, die ihre Gefühle zu kontrollieren versuchten. Dennoch war die Freude deutlich zu spüren. Nur wenige Sekunden danach trat N'kele mit einem forschen Schritt aus dem Schatten des Verlieses und stellte sich im Gang auf.

Der Anführer der Garde würdigte die Toten am Boden keines Blickes, doch beim Anblick Talons zuckte er merklich zusammen. Forschend suchten seine Augen in denen des weißen Mannes nach einer Antwort auf die ungestellten Fragen, die in seinem Kopf arbeiteten. Dann jedoch nickte er kurz und senkte den Blick.

„Es ist gut, euch zusammen zu sehen", presste er leise hervor. „Wir brauchen alle Hilfe, derer wir habhaft werden können, um den Tempel zurückzuerobern."

[Wir werden den Tempel verlassen], erklärte Shion.

Talon war genauso überrascht wie N'kele und die restlichen Männer, die nach und nach in den schwach erleuchteten Gang traten. „Das kann nicht dein Ernst sein!", rief er aus. „Wir wissen, was dieser Besessene anrichten kann. Wir haben uns bis hierher durchgekämpft –"

[Ja], unterbrach ihn der schwarze Löwe. *[Und wenn wir jetzt weiterziehen, werden wir verlieren. Wir sind viel zu geschwächt. Wir wissen nicht, wie wir handeln sollen. Deshalb ziehen wir uns zurück.]*

Die glühenden Augen legten sich mit einem beruhigenden Glanz auf Talons aufgebrachte Miene. *[Eser Kru ist viel zu geschwächt, um uns jetzt aufspüren zu können. Doch stark genug, uns zu besiegen. Wir werden einen anderen Zeitpunkt wählen, wenn er uns nicht erwartet ...]*

N'kele verbeugte sich tief und die weiteren Männer der Garde taten es ihm nach.

„Wenn du es befiehlst, werden wir es so tun."

[Wenn ich es befehle, werdet ihr Talon folgen. Denn er ist mein Nachfolger, N'kele. Nicht vor mir solltest du Loyalität zeigen], wies Shion die Männer zurecht. Talon konnte förmlich spüren, wie der hünenhafte Mann mit der bronzefarbenen Haut unter

diesen Worten zusammenzuckte. Doch er brachte keine Erwiderung hervor. Er verbeugte sich ein Stück weiter und erhob sich dann. Sein Blick ging an Talon vorbei und verlor sich in der Tiefe des Ganges.

Wutentbrannt schleuderte Eser Kru den toten Körper gegen eine der Wände. Sie waren entkommen! Und Shion war zurück. Der Anblick der Wunden schloss jeden Zweifel aus.

Die Toten waren entdeckt worden, als die Ablösung ihren Platz einnehmen wollte. Es gab keine Spuren, die darauf hinwiesen, wohin die Männer verschwunden waren. Eser Kru standen noch knapp achtzig Männer und Frauen zur Verfügung. Mit ihnen konnte er den Tempel kaum noch unter Kontrolle halten, geschweige denn die Umgebung.

Er musste die Truppen jetzt zusammenhalten. Die Leute waren durch die Verschiebung der Realitäten verwirrt und verunsichert. Die Verliese zu diesem Zeitpunkt noch bewachen zu lassen, war sinnlos. Er konnte es sich nicht leisten, dass die Männer einer nach dem anderen in der Tiefe der Gebäude aufgerieben wurden.

Noch war der Prozess nicht abgeschlossen. Noch war es ihm unmöglich, die Stämme der Umgebung allein durch einen einzigen Gedanken zu beherrschen und zu lenken wie damals.

Mit weiten Schritten kehrte Eser Kru in die oberen Stockwerke zurück. Die Unruhe der noch verbliebenen Männer und Frauen war fast greifbar. Sie alle hatten nicht verstehen können, was überhaupt geschehen war. Alle modernen Waffen waren unbrauchbar geworden und die wenigsten von ihnen waren mit einfachen Waffen wie Messern und Äxten oder altertümlichen Waffen wie Speeren ausgestattet, die die zeitliche Veränderung überstanden hätten.

Eser Kru wusste, dass er in den folgenden Tagen wieder Ruhe in die Menschen bringen musste, wollte er ihre Unterstützung nicht völlig verlieren. Er ärgerte sich über sich selbst, so viele Kräfte dafür verschlissen zu haben, seine Ziele zu schnell erreichen zu wollen. Sowohl die seiner Truppen wie seine eigenen. Er hatte den Widerstand gegen seine Herrschaft offenbar selbst erst entfacht, anstatt bedächtig vorzugehen. Über 5.000 Jahre ... was machten da ein paar Tage? Nein, wies er sich zurecht. Jeder weitere Tag war ein Tag zu viel.

Als er sein Quartier erreichte, entließ er die Männer und Frauen, die ihn begleiteten. Vor der Tür bezogen zwei Wachen mit stoischem Gesichtsausdruck ihren Posten.

Eine Mattigkeit überfiel ihn, die ihn beinahe taumeln ließ. Er löste die Zierreifen, die seine muskulösen Oberarme umschlossen, und warf sie achtlos auf den Boden. Sofort eilten zwei der Mädchen, die sich ständig in seinen Räumen aufhielten, herbei, um den Schmuck aufzuräumen. Ohne eines von ihnen wirklich anzusehen, streckte Eser Kru seinen rechten Arm aus und öffnete verlangend die Hand. Ein hölzerner Becher, gefüllt mit einem heißen Kräutersud, wurde ihm von einer jungen Frau gereicht, die ihm knapp bis zur Brust reichte.

Er machte sich keine Illusionen darüber, dass eine der Frauen freiwillig bei ihm war. Sie waren der uralte Tribut der Stämme an den Herrn des Tempels. Während er das heiße Gebräu trank, betrachtete er die Mädchen über den Rand des Bechers hinweg. Sie bedeuteten zumindest eine gewisse Ablenkung, auch wenn er heute Abend keinen Gebrauch davon machen würde.

Die heiße Flüssigkeit breitete sich wohlig in seinem Inneren aus und er fühlte, wie er begann sich zu entspannen. Seine derzeitige Favoritin, Aya, trat auf ihn und ging vor ihm in die Knie, während sie ihre Hände in die Höhe streckte, in denen sie einen Umhang für Eser Kru hielt.

Der Hüne nahm den dünnen Stoff entgegen und bedeutete dem Mädchen aufzustehen. Sie öffnete die Augen und lächelte ihn müde an, doch plötzlich weiteten sich ihre Augen. Entsetzt schrie sie auf und wies mit dem Finger auf eine Stelle hinter ihrem Herrn.

Eser Kru wirbelte herum und blickte in ein festes, in sich verwobenes Gespinst aus schweren dunklen Fäden, die schwarz aus sich heraus schimmerten. Das Gebilde reichte bis zur hohen Decke und bewegte sich mit einem leichten Wabern vorwärts. Er fluchte und schleuderte dem Schemen den noch halb gefüllten Becher entgegen.

Dieser durchdrang die Schwärze wie einen Schatten und landete polternd auf dem Boden dahinter, während sich die restliche Flüssigkeit über den Stein verteilte. Durch den Schrei aufgeschreckt waren die beiden Wachen in Eser Krus Räume geeilt, doch auch sie blieben erstarrt vor dem Gebilde stehen, das sich weiter langsam auf sie zu bewegte.

Plötzlich löste sich ein dünner Finger aus der Schwärze und zuckte auf den Hünen nieder. Eser Kru konnte nicht mehr ausweichen und schrie gepeinigt auf, als der Schatten seine Haut verbrannte. Wieder und wieder lösten sich weitere Fäden, die sich Blitzen gleich um den Hünen legten und ihn in die Knie gehen ließen.

Abwehrend hob er seine ausladenden Arme und beschrieb mehrere Bannformeln. Doch für jeden Faden, den er lösen konnte, schienen zwei neue seinen Platz einzunehmen. Ein penetranter Geruch nach verbranntem Fleisch erfüllte den Raum. Eine der Wachen versuchte unvorsichtigerweise, ihrem Herrn zu helfen. Das Gespinst aus schwarzen Fäden hüllte den untersetzten Mann sofort ein und verbrannte seine Formen binnen Sekunden zu einem Haufen geschmolzener Schlacke. Der qualvolle Todesschrei des Mannes verhallte an den hohen Wänden der Gemächer.

Eser Kru wusste, dass er mehr Kraft benötigte, um dieses Gebilde zurückdrängen zu können, das sich aus der Tiefe des Tempels gelöst hatte. Seine Gedanken tasteten umher und suchten die Präsenz der anwesenden Menschen. Wie in einem Bann scharten sich die verbliebenen Frauen und die Wache um ihn. Drei der Mädchen wehrten sich verzweifelt und versuchten sich aus der geistigen Umklammerung zu lösen, mit dem der Hüne Macht über ihren Körper ausübte.

Doch Eser Kru fühlte das Leben, das ihn umringte, viel zu deutlich, als dass er bereit war es freizugeben. Seine Sinne tasteten nach der Lebensenergie der Menschen, die sie umgab wie eine leuchtende Aura. Er schlug seine Pranken in den leuchtenden Schein und zerrte ihn zu sich her, sog ihn in sich auf und ließ ihn in den Kristall auf seiner Stirn fließen, der glutrot pulsierte.

Verzweifelt fühlte die Menschen, wie der Hüne das Leben aus ihrem Körper saugte. Die Haut der jungen Frauen wurde faltig und fiel in sich zusammen, während sich die Muskeln ihres Körpers aufzulösen schienen. Mumien gleich stolperten die ausgezehrten Körper zurück und waren bereits tot, noch bevor sie kraftlos zu Boden sackten und mit einem Knirschen wie trockenes Laub zu Staub zerfielen.

Der Mann, der seit Jahrtausenden darauf gewartet hatte,

seinen angestammten Platz wieder einzunehmen, war nicht bereit, sich mit diesem Fetzen Schwärze auf eine Machtprobe einzulassen. Der Tempel war sein Besitz. Alles darin hatte seiner Macht zu unterstehen. Mit der neu gewonnenen Kraft, die er den Menschen entrissen hatte, schuf er einen hell leuchtenden Schein um sich, der ihn wie ein Schild schützte und Formen der ungreifbaren Masse verzehrte, sobald sie sich berührten. Ein grollender Schrei löste sich aus der Brust des Schwarzen, als er vordrang, die Schatten mit jedem Schritt weiter zurückpeitschte, in ihre Substanz schlug, bis sie sich auflösten wie ein Nebelschleier.

Das fahle Licht, das den Raum mit düsteren Schatten erfüllt hatte, wich zurück und machte dem lebendigen Schein mehrerer tief liegender Holzbecken Platz, deren flackerndes Licht den Raum erhellte.

Eser Kru ging schwer in die Knie und atmete hastig. Seine Gedanken überschlugen sich. Die Schwärze fühlte seine Schwäche. Sie hatte ihn dieses Mal herausgefordert. Sie würde es wieder tun, wenn es ihm nicht gelang, sie in seinen Bann zu schlagen. Wankend erhob er sich und schob sich zum Fenster. Der Atem brannte heiß in seiner Brust, als er die Frische der abendlichen Luft tief in sich aufsog, die durch die schmalen Fensterschlitze in das Gebäude drang.

Am sternenklaren Himmel zeichnete sich der fast völlig geschlossene Kreis des Mondes ab, der in einem rötlichen Schimmer unheildrohend leuchtete.

„Bald.", flüsterte Eser Kru rau. „Bald ..."

9

Abwartend stand Talon am Rand der Lichtung und hielt sich mit einer Hand an einer lose herabhängenden Liane fest. Die tief stehende Sonne fiel in schmalen Bahnen durch das dicht zusammengewachsene Blätterdach und erhellte nur wenige Stellen des offenen Platzes, der sich in einer geschwungenen Linie durch die Baumreihen zog.

Es war erst gestern, dass er zusammen mit Shions Garde aus dem Tempel geflohen war und sich hierher zurückgezogen hatte. Der Platz lag mehrere Kilometer von dem wuchtigen Gebäudekomplex entfernt tief im Dschungel versteckt und so war die Gefahr äußerst gering, dass eine Patrouille von Eser Kru auf sie aufmerksam werden würde. Selbst bei ihrer Flucht aus dem verwirrenden Labyrinth von Gängen waren sie keiner Wache mehr begegnet. Der Hüne, der den Tempel besetzt hielt, hatte bei seinen Machtkämpfen inzwischen offensichtlich so viele Leute verloren, dass er nicht einmal mehr die Tiefen des Gebäudes sichern konnte.

Talon sah zu, wie sich N'keles Männer an einer Stelle am Rand der Lichtung zu schaffen machten, die mit einem kaum zu durchdringenden Gewirr aus Schlingpflanzen und Efeu überwuchert war. Sie hatten auf ihrer Flucht nichts mitnehmen können und so waren sie gezwungen, das Gestrüpp mit ihren bloßen Händen auseinander zu reißen. N'keles bunter Kopfschmuck, der sein kahl geschorenes Haupt einer Mähne gleich zierte, wippte bei den ruckartigen Bewegungen aufgeregt hin und her.

Erleichtert schrien die Männer auf, als der Widerstand der Pflanzenstränge nachgab und einen Blick auf die gähnende Öffnung freigab, die sich dahinter verbarg. Talon hatte bis jetzt nicht verstanden, warum sie an diesem unscheinbaren Punkt mitten in der Wildnis des Dschungels Halt gemacht hatten, und das geheimnisvolle Lächeln des Anführers von Shions Garde trug nicht viel zur Klärung bei.

N'kele verteilte die knapp zwanzig Mann, die mit ihnen zusammen geflohen waren, durch kurze Befehle. Die meisten von ihnen verschmolzen binnen weniger Augenblicke mit dem schattenhaften Farbenspiel des Dschungels und sicherten die

Lichtung ab, während sich eine kleine Gruppe von drei Mann mit ihm zusammen vor der dunklen Öffnung versammelte. Er winkte Talon zu sich herüber.

„Das ist der Eingang in eine versteckte Kammer", erklärte er dem Weißen und deutete mit dem Finger in dem schmalen Gang, der sich nun im abendlichen Licht abzeichnete. „Es gibt mehrere von ihnen, alle angelegt von Eser Kru selbst und seiner Familie."

„Und was finden wir dort unten?", wollte Talon wissen.

„Das, was wir brauchen", erwiderte der Hüne mit der bronzefarbenen Haut. Ohne weiter abzuwarten, zwängte er sich an den starren Lianen vorbei und betrat die Öffnung, die direkt in eine steile, in die Tiefe führende Treppe überging. Talon folgte ihm kommentarlos. Er spürte, wie sehr es die Männer genossen, ihm an Wissen und Erfahrung überlegen zu sein. Sie waren nicht bereit, ihn als ihren neuen Herrn anzuerkennen, und ließen es ihn immer noch spüren.

Und er wusste nicht, ob er bereit war, um diese Anerkennung zu streiten.

Hinter ihm folgten schweigsam die drei anderen Männer. Obwohl draußen die Sonne bereits unterging, war der Treppengang von einem gleichmäßigen Lichtschein erhellt, der jenem glich, der die Tiefen des Tempels erfüllte. Bereits nach gut zehn Metern mündeten die Stufen in eine gedrungene Kammer aus riesigen grob behauenen Steinplatten. Die Luft war abgestanden und roch nach längst verwesten Pflanzenresten. Zahlreiche Insekten huschten vor den Eindringlingen über den Boden davon und verkrochen sich in den Steinritzen.

Talon sah sich um. Jetzt verstand er, warum die Männer darauf aus waren, eine dieser Kammern zu finden. An den Wänden waren lange Holzbalken befestigt, in deren Halterungen aus brüchigen Lederschlaufen mannslange Speere mit langen breiten Klingen steckten. Die Witterung hatte den Waffen offensichtlich zugesetzt, dennoch waren sie in einem weitaus besseren Zustand, als Talon es erwartet hätte.

Es mochten gut hundert Speere sein, die hier zusammengetragen worden waren. Mit einem Seitenblick entdeckte er eine flache Kommode, in der mehrere Messer mit einer unterarmlangen wuchtigen Klinge aufgeschichtet lagen, die eher Kurzschwertern glichen.

Talon nahm eine der archaisch wirkenden Waffen in die Hand und schwang sie leicht durch die Luft, um ihre Stabilität zu testen. Zufrieden steckte er das Messer in den breiten Lendengurt, der das Tuch aus Antilopenleder um seine Hüften hielt. Währenddessen hatte N'kele die anderen Männer angewiesen, so viele Speere wie nötig aus den Schlaufen zu ziehen und nach oben zu tragen. Er selbst nahm eine der Lanzen in die Hand und betrachtete sie lange.

„Wie ist es?", sprach er Talon plötzlich an, als sie allein waren. „Kannst du mit so etwas umgehen?" Ohne weiter abzuwarten, warf er ihm die Waffe zu. Der Weiße fing den Speer geschickt ab und drehte den Schaft in der Hand, um ihn besser halten zu können. Seine Augen richteten sich auf den Farbigen, als er sich kurz zurücklegte und den Speer dann mit aller Wucht von sich schleuderte. Er bohrte sich neben N'kele in einen der Holzbalken an der Wand. Das Schaftende wippte leicht nach.

„Lassen wir es dabei bewenden, dass ich es kann", erklärte Talon kühl. Die Spannung zwischen den beiden Männern schien in der dunklen Umgebung förmlich Funken zu schlagen.

Ohne ein weiteres Wort zu verlieren, nickte der Hüne und verließ die kleine Kammer, eines der Messer an sich nehmend, das er wie Talon in seinen Gürtel steckte. Nachdem sie die Treppe passiert hatten und den im Dunkel der anbrechenden Nacht liegenden Dschungel betraten, zogen mehrere der Männer das Gestrüpp wieder vor den Eingang und deckten ihn mit neuen Blättern und Lianen ab. Jede der Wachen hatte inzwischen eine der Lanzen erhalten. Die meisten von ihnen machten einige Übungen mit den langen Waffen oder forderten sich zum Test gegenseitig zum Duell heraus.

In der Dunkelheit huschten die Körper wie Schemen über die Lichtung. Nur das Aufeinandertreffen von Schäften oder Klingen durchbrach dieses unwirkliche Bild mit Klängen voller Deutlichkeit.

Längst schon war die Sonne untergegangen und der Mond stand flach über dem Horizont. Doch sein Licht warf keinen hellen Schein auf die weit geschwungene Landschaft. Tiefrot erfüllt waberte die abendliche Luft und legte sich schwer auf die Männer, die dieses Bild voller Unbehagen betrachteten.

„Wir brechen auf", zerschnitt Talons Stimme leise den Augenblick. N'kele zuckte fast erschrocken zusammen, als ihm der Weiße die Hand auf den Oberarm legte und ihn aus seiner Betrachtung riss. „Shion erwartet uns."

Der dunkelhäutige Hüne nickte ernst und rief seine Männer mit kurzen Befehlen zusammen. In einer lang gezogenen Linie tauchte die Gruppe wieder in den Dschungel ein und bahnte sich einen Weg durch den dicht bewachsenen Untergrund. Langsam führte der Weg bergauf. Der schwarze Löwe erwartete sie auf einer kleinen Anhöhe, die einen Blick auf die umliegende Ebene freigab.

Nach gut zwei Stunden ließen sie die letzten Ausläufer des grünen Pflanzenmeeres hinter sich und stiegen den kleinen Hügel empor, dessen karger dunkelbrauner Boden nur von wenigen trockenen Savannengräsern bedeckt war. Talon hob den Kopf an. Gut zwanzig Meter über sich konnte er die kleine Anhöhe ausmachen, die ein kleines Plateau bildete. Auf der äußersten Kante ruhte auf einem schroff abfallenden Felsen der dunkle wuchtige Leib Shions.

Obwohl das schemenhafte Wesen nur aus Schwärze bestand, hob es sich vor dem nächtlichen Himmel deutlich ab und schimmerte aus einem inneren Licht heraus, das voller Energie zu wirbeln schien. Es ruhte auf dem Felsen wie eine längst vergessene Statue und bewegte sich auch nicht, als die Männer die Kuppe erreicht hatten.

Erst als sich Talon neben dem schwarzen Löwen niederließ und sein Blick über die Ebene schweifte, wandte das Tier den massigen Kopf. Die roten Augen leuchteten gluterfüllt auf.

[Ich habe vergessen, wie es ist, den Tempel zu verlassen. Die Welt ist mir so fremd geworden, so unwirklich], hallte die Stimme im Kopf des Mannes wider.

Leise lachte Talon auf, doch dabei schwang mehr Bitterkeit als Erheiterung in seiner Stimme. „Was hält dich davon ab, hier zu bleiben?"

Shions Kopf fuhr hoch.

[Das], erwiderte er nur knapp und deutete mit der Schnauze auf den blutroten Mond, der nun hoch über ihnen stand. *[Du stellst die Frage nicht aus Unwissenheit, Talon, sondern weil du die Konsequenz der Antwort fürchtest.]* In einem imaginären Wind wirbelten die schattenhaften Enden der Mähne auf. *[Wenn wir*

Eser Kru nicht aufhalten, wird etwas beginnen, das niemand mehr aufhalten kann. Es ist meine Verantwortung. Die Kräfte, die in diesem Tempel wohnen, dürfen niemals unkontrolliert freigesetzt werden. Allein dass ich hier draußen bin, ist ein Wagnis. Auch ich müsste mich in den Tiefen der Mauern verborgen halten.]

Nachdenklich richtete Talon seinen Blick in die Ferne. Es schien ihm, als bestehe die ganze Welt in diesem Augenblick nur aus dem Felsen, auf dem er saß, und dem Bild, das die Landschaft vor ihm erfüllte.

„Wann geht es los?", fragte er den schwarzen Löwen unvermittelt, ohne ihn dabei anzusehen.

[Morgen. Dann hat der Mond seine volle Größe erreicht.]

Schweigend nickte Talon. Unter ihm zeichnete sich der gedrungene weitläufige Bau der Tempelanlage schemenhaft im Dunkel der Nacht ab.

Fast schon bedächtig strich die prankenhafte Hand über den dunklen Stein.

Eser Kru blickte auf das Relief des sarkophagähnlichen Gebildes, das neben weiteren aufrecht stehend in einer Nische tief verborgen im Inneren des Tempels ruhte. Die feinen Arbeiten auf der Oberfläche der Sarkophage waren mutwillig zerstört worden, so dass sich die Linien der Gesichter nicht erkennen ließen,- die den Deckel einst verziert hatten.

„Heute Nacht", flüsterte er mit belegter Stimme. „Dann hole ich euch zurück."

In dieser Nacht würde der Mond seine volle Größe erreichen. Dann ließen sich Kräfte freisetzen, die es ihm ermöglichten, einen weiteren Baustein aus der Vergangenheit zurückzuholen. Nur widerwillig hatte er sich eingestehen müssen, dass es ihm nicht gelingen würde, das Land wieder allein unter seine Kontrolle zu bringen. Er war angewiesen auf die Hilfe anderer. Doch die einzigen Menschen, denen er zutraute, ihm auf seinem Weg zu folgen, waren tot – begraben seit Jahrtausenden unter Schichten des Vergessenes und des Zerfalls.

Seine Familie war so alt wie die ersten Zivilisationen, die diese Gegend besiedelt hatten. In ihnen war der Geist all dessen verkörpert, was die Menschen beseelte. Zusammen mit den ersten Priesterkönigen, die diesen Tempel hatten erbauen lassen, konnte er die Stämme davon überzeugen, sich ihm anzuschließen.

Das Bild eines schwarzen Löwen schoss ihm durch den Kopf. Shion ..., er hatte die gefangenen Wächter befreit, und mochten die Götter wissen, wohin er mit ihnen geflohen war.

Einen Tag noch, dann würde er die schattenhafte Bestie jagen – und stellen – können. Mit der Hilfe seiner Ahnen war der Löwe keine Bedrohung mehr.

Nachdenklich schritt Eser Kru die breiten Treppen nach oben. Die Ruhe, die fast greifbar die weiten Hallen und Gänge durchzog, legte sich wie ein schwerer Mantel auf sein Bewusstsein, der ihn einhüllte wie ein Traumwerk längst vergangener Zeiten. Fast erleichtert atmete er auf, als er die oberen Galerien erreichte, die vom Tageslicht erhellt wurden, das in breiten Bahnen durch schmale Schlitze ins Innere des Gebäudes fiel.

Mit mächtigen Schritten ließ er die verlassenen Regionen des Tempels hinter sich und steuerte auf den Haupttrakt zu, in dem neben seinen Räumen auch der große Empfangsbereich lag.

Eine Gruppe von Personen erwartete ihn am Eingang des weitläufigen Saals, an dessen gegenüberliegendem Ende durch die hohen Fensteröffnungen das Bild des Dschungels fiel, gekrönt von einem weiten blassblauen Himmel.

Eser Kru erkannte die meisten von ihnen als die wenigen Männer und Frauen, die ihm noch geblieben waren. Es waren acht, die eng beieinander standen und sich offensichtlich unbehaglich fühlten. Der Hüne war etwas verärgert. Er hatte feste Zeiten, zu denen er seine Leute konsultierte, und er duldete es nicht, wenn sie sich in einem Bereich des Tempels befanden, den er für sich und seine Ruhe beanspruchte.

„Was wollt ihr?", herrschte er sie an, noch bevor er die Gruppe erreicht hatte. Seine tiefe Stimme hallte durch den hohen Gang und brach sich an den Wänden. Augenblicke lang wagte keiner von ihnen zu sprechen. Sie tauschten eine Vielzahl von Blicken aus, bis ein dürrer älterer Mann mit einem ungepflegten kurzen Bart das Wort ergriff.

„Herr", begann er zögerlich, „wir - wir wissen, dass wir nicht stören sollten. Doch das, was die letzten Tage über passiert ist, ... es beunruhigt uns!"

„Ja? Und?", entgegnete Eser Kru desinteressiert.

Eine Frau mit kurz geschorenen Haaren riss all ihren Mut zusammen und legte ihm ihre Hand auf den Unterarm.

„Wir sorgen uns um unsere Familien, Herr. Wir wissen nicht, ob sie noch leben!"

Eser Kru wandte den Kopf und sah die Frau verärgert an. Er schüttelte ihre Hand ab und streckte ihr drohend den Zeigefinger entgegen. Doch in dem Augenblick, in dem er sie ermahnen wollte, gellte ein Schrei hinter ihm auf.

„Stirb!", schrie eine helle Stimme, dann bohrte sich etwas glühend heiß in seine linke Seite. Der Hüne schrie auf und fuhr herum. Seine Linke tastete nach der Stelle, in die eine der Frauen das Messer gestoßen hatte, das noch immer in seinem Rücken steckte.

Sie blickte ihn aus großen Augen an. Ihre Mundwinkel zuckten unkontrolliert. Abwehrend hob sie ihre Hände. Jetzt griffen auch drei weitere der Umstehenden unter ihre Kleidung und brachten Messer zum Vorschein, von denen sich manche bestenfalls für die Arbeit in der Küche eigneten. Die Aktion der Frau hatte ihnen Mut gemacht und so sprangen sie auf Eser Kru zu, der einen Moment lang zurücktaumelte.

Eine Klinge, die er mit dem Arm abwehrte, hinterließ eine lange blutige Spur auf seinem Unterarm. Ein zweites Messer fuhr in seinen Oberschenkel. Der Mann drehte es in der Wunde herum, um die Verletzung noch zu vergrößern. Noch blieben die anderen abseits stehen und warteten ab, wie sich die Lage entwickelte.

Doch Eser Kru war längst nicht mehr bereit, sich weiter zurückdrängen zu lassen. Er packte den Mann, der das Messer noch immer nicht losgelassen hatte, am Hals und riss ihn empor. Knirschend brach das Genick in der prankenhaften Umklammerung. Wie eine leblose Puppe schleuderte der Hüne den Mann in die übrige Gruppe. Kreischend sprangen die Menschen zur Seite.

Er zog das kleine Messer aus der heftig blutenden Wunde an seinem Rücken und warf es wütend beiseite. In diesem Augenblick bohrte sich eine weitere Klinge zwischen seine Rippen. Eser Kru legte sein ganzes Gewicht gegen den Stoß und spürte, wie der Stahl noch tiefer in sein Fleisch eindrang. Doch damit trieb er die Angreiferin in die Enge, so dass sie nicht mehr ausweichen konnte. Seine Faust warf ihren Kopf nach hinten und schleuderte den Körper mit ganzer Wucht gegen eine der Wände. Die Frau sackte an der Stelle zusammen und kippte vornüber, während sich unter ihrem Kopf eine dunkle Blutlache bildete.

Er umfasste das Messer am Griff und zog es langsam aus seiner Seite.

Entsetzt sahen die Menschen, die sich um ihn versammelt hatten, dabei zu. Sein Gesicht verzog sich wie das einer Hyäne zum Grinsen, als er ihnen die blutverschmierte Waffe entgegenschleuderte.

Noch bevor sich der Bann löste und in ihnen der Wunsch lebendig wurde zu fliehen, grollte Eser Krus Stimme durch den Saal. Seine Beschwörungen riefen einen Wind herbei, der sich aus dem Nichts löste und die Menschen erfasste wie Blätter welken Laubs. Voller Wucht wurden sie von dem Strudel emporgerissen und durch die Luft geschleudert. Hart prallten ihre Körper gegen die Wände, doch noch immer ließ der Sog nicht nach. Je fester er sie gegen den Stein drückte, desto mehr nahm er an Intensität zu.

Der Hüne stand am anderen Ende des Saals und lachte auf, während der Wind den Menschen das Leben vom Leib riss. Die Schreie der sechs überlebenden Attentäter hallten durch die weiten Räume und schwollen noch weiter an, je mehr der Wind ihre Haut aufriss und jede Faser ihres Lebens aus ihnen peitschte.

Eser Kru sah nur die Energie, die der Wind ihm zutrug und damit die schweren Wunden an seinem Körper heilte. Er nahm alles in sich auf, was die sterbenden Leiber loslassen mussten. Als er sich genesen fühlte, beendete er den Zauber mit einer gleichgültigen Handbewegung. An den Wänden glitten die Überreste dessen herab, was vor wenigen Minuten noch atmende Menschen gewesen waren.

Jetzt erst drangen von draußen mehrere Befehle in den Saal. Etwa ein Dutzend Männer stürmte in den großen Raum. Unter ihnen war einer der wenigen, denen Eser Kru überhaupt traute. Amoshe Lwende war ein drahtiger Mann Anfang Dreißig, dem er die Leitung der Wachen im Freien übertragen hatte. Als der Mann mit dem Kinnbart sah, dass der Hüne unverletzt war, verschaffte er sich einen kurzen Überblick und nahm das, was er entdeckte, ungerührt zur Kenntnis.

Er befahl mehreren Männer, die Leichen fortzuschaffen und kommandierte dann vier von ihnen ab, die Eser Kru in seine Gemächer begleiten sollten. Dieser nickte ihm zufrieden zu und überließ Lwende das weitere Vorgehen.

Wie viele mochten es noch sein, die ihm nach dem Leben trachteten? Sie konnten ihm nicht ernsthaft gefährlich werden, dennoch beunruhigte ihn der Gedanke. Er strauchelte auf dem Weg in seine Gemächer mehrmals und musste sich von den Wachen stützen lassen. Der Angriff hatte ihn mehr Kraft gekostet, als er sich eingestehen wollte.

Heute Nacht, brannte der Gedanke voller Feuer in seinem Bewusstsein.

Heute Nacht ...

Gedankenverloren nahm Talon an diesem Vormittag einen Schluck lauwarmen Wassers aus einer Kalebasse und stellte sie neben sich ab. Er griff nach einer gedünsteten Okraschote, die in einer flachen Tonschale lag, und brach sich etwas Brot ab.

Noch vor Tagesanbruch waren mehrere Männer losgezogen und hatten die umliegenden Dörfer besucht. Sinn der Expedition war es, um Essen und Trinken zu bitten, denn Talon war nicht bereit, die Deckung aufzugeben und sich vielleicht auf der Suche nach Nahrung zu verraten.

Doch noch mehr interessierte ihn, wie sich die Kräfte auswirkten, die Eser Kru freigesetzt hatte. Viele der Ortschaften waren offenkundig durch die Angriffe der untoten Kreaturen gezeichnet. Manche waren von den wenigen Überlebenden aufgegeben worden. Viel mehr noch als diese Attacken hatte Eser Krus Eingriff in die Zeit das Bild verändert, das sich den Männern geboen hatte. Kaum etwas hatte sich wirklich verändert, dennoch hatte der Erkundungstrupp keine neueren technischen Geräte mehr entdecken können.

Es wirkte wie ein nicht zu Ende geträumter Traum, in dem sich die Menschen bewegten wie in einem Halbschlaf, aus dem sie nicht völlig erwachten. Viele von ihnen empfingen die Männer mit einem Respekt, den diese seit Jahrhunderten nicht mehr erfahren hatten. Als sei die Vergangenheit in einer Art und Weise wieder lebendig geworden, die sich viel mehr in den Menschen selbst manifestierte als in der Umwelt.

Talon war sich nicht sicher, welche Konsequenzen all das haben würde, was Eser Kru verursacht hatte. Noch weniger wusste er, ob es sich wieder umkehren ließ.

Lustlos schluckte er den letzten Rest Essen herunter und spülte mit etwas Wasser nach, dann erhob er sich mürrisch. Während er sich vorkam, als warte er darauf, dass andere für ihn die Entscheidungen trafen, pflegten die meisten der Männer ihre Waffen und polierten das Metall der Klingen, während sich andere in Form hielten.

Er ging zu N'kele herüber, der im Schatten eines hohen Felsens saß und seine Männer beobachtete. Ohne den Farbigen zu grüßen, ließ er sich neben ihm auf dem staubigen Boden nieder. Der Anführer von Shions Garde schien den Ankömmling nicht weiter zu beachten und gab seinen Männern immer wieder Befehle. Minuten vergingen, in denen sich Talons Blick im Nichts verlor. Shion selbst war verschwunden. Als habe er sich mit dem Licht des anbrechenden Tages aufgelöst wie ein Schatten.

„N'kele", beendete er die Stille, „ich möchte wissen, was damals geschah."

Talons Gestik zeigte dessen eigene Unschlüssigkeit. „Du, Shion, Eser Kru. Ihr kommt alle aus der gleichen Vergangenheit. Ihr seid", er lachte kehlig auf, „offenbar jahrtausendealt und kennt eine Welt, die selbst in den Sagen vergessen wurde. Was ist damals geschehen? Woher kommt Shion?"

Der Hüne sah ihn mit einem undeutbaren Blick an, bevor er endlich zu erzählen begann.

„Das, was ich dir jetzt erzähle, kenne selbst ich nur aus Legenden. Ich wurde erst viel später in den Tempel gerufen. Nun gut. Damals war diese Gegend hier kultiviert, mit Kanälen durchzogen, die das Wasser vom weit entfernten Kongo – das ist der Name, unter dem du den Fluss kennst, richtig? – umleiteten. Erst im Lauf der Zeit drang der Dschungel immer weiter vor, als alles zerfiel. Entlang dieses Weges führte die Straße, deren Ruinen du heute noch siehst, weit nach Norden. Ich war nie dort. Ich weiß nicht, wo sie endet. Diese Straße säumten ganze Städte, alle unter der Herrschaft einer Priesterschaft, die von einer Familie geleitet wurde – der, der auch Eser Kru entstammt. Man sagt, sie hatten die Macht, selbst die Götter und die Geister zu befehligen. Und sie knechteten die umliegenden Stämme und Reiche, bis ihnen jeder gefügig war.

Dieser Herrschaft stellte sich eines Tages Shion entgegen. Er soll aus den Tiefen des Tempels selbst gekommen sein, als Warnung der Götter an Eser Krus Familie, diese Macht nicht länger zu missbrauchen. Es kam zum Kampf zwischen Shion und den Priestern, der sich schnell zu einem Bürgerkrieg ausweitete. Damals wurden viele der Reiche zerstört, von denen heute nicht einmal mehr Ruinen zeugen. Shion besiegte die Priester und aus den führenden Köpfen der Revolte formte er seine Garde, die für ihn die Ordnung im Land übernahm."

N'kele hielt inne und atmete tief durch, bevor er weitersprach.

„Als ich in den Tempel berufen wurde, hatte die Garde bereits seit gut einem Jahrhundert wieder für Ruhe und Frieden gesorgt. Die Menschen empfanden Shions Herrschaft als Befreiung, denn er ließ sie ihr eigenes Leben führen und sah sich als nicht mehr als den Hüter der Kräfte, die im Tempel wohnen.

Doch Eser Krus Familie war nicht völlig ausgerottet worden. Nachdem sie sich lange im Verborgenen gehalten hatte, gelang es ihr, durch Bestechung und Drohungen einige Familienmitglieder und getreue Anhänger in die Garde einzuschleusen. Damals erreichte unsere Stärke mehr als fünfhundert Mann, musst du wissen."

Er unterbrach sich erneut und sah Talon mit einem Ausdruck der Unruhe an.

„Ich weiß bis heute nicht, ob Shion es nicht gemerkt hat. Oder ob er es einfach nur duldete. Doch je mehr Anhänger der alten Priesterschaft in die Garde eintraten, desto deutlicher wurde der Riss, der durch die Parteien ging – jene, die die alte Ordnung wieder herstellen wollten, und jene, die genau das zu verhindern suchten. Zu dieser Zeit hatte sich ein direkter Nachfahre der Priester eine bedeutende Rolle in der Garde erkämpft und wusste viele der Männer hinter sich: Eser Kru.

Wir dachten, das Wissen um die Kräfte des Tempels sei längst verloren. Doch Eser Kru wusste sie anzuwenden. Und als er zuschlug, um Shion zu stürzen, stellte ich mich gegen ihn. Unser Kräfteverhältnis war beinahe ausgeglichen. Entscheidend war der Kampf zwischen Eser Kru und Shion selbst. Und Shion besiegte ihn. Doch warum er ihn nicht tötete, weiß ich nicht. Er schickte ihn nach Norden, ins Exil, beraubte ihn all seiner Kräfte, bis auf das ewige Leben, das alle aus der Garde besitzen."

Der Farbige strich sich den Schweiß von seinem Unterarm.

„Niemand hatte geglaubt, dass er zurückkehren könnte. Irgendwann ging das Wissen über ihn fast verloren, wie alles um uns herum unterging. Als unsere eigenen Kulturen vergingen, verpflichtete uns Shion, ihm auch weiterhin die Treue zu halten und seiner Kultur zu dienen – den Löwen, die dieses Land bevölkern. Er selbst rief im Abstand von Jahrzehnten die Löwen zu sich, um sich mit ihnen zu messen, ohne dass ihn je einer besiegen konnte."

Müde blickte er Talon an und verzog die Lippen zu einem schmalen Grinsen.

„Bis jetzt. Ich befürchte, er wollte schon bald nach den Kämpfen mit Eser Kru einen Nachfolger. Als sei er müde und nicht länger bereit, die Bürde zu tragen, die ihm keiner abnehmen konnte."

„Du glaubst nicht, dass ich dieser Nachfolger sein könnte. Nicht wahr?"

N'kele sah Talon offen an und erhob sich.

„Glaubst du es denn? Du hast Shion besiegt, weil Eser Kru dir geholfen hat. Was erwartest du? Dass wir dich willkommen heißen? Wer sagt dir, dass du nicht der Nachfolger Eser Krus bist?"

Ohne eine Antwort abzuwarten, ging der Hüne zu seinen Männern hinüber und rief sie zusammen. Talon hörte nichts von dem, was der Anführer der Wache zu sagen hatte. Er blieb im Schatten des Felsen sitzen und dachte lange über die Worte N'keles nach.

Unnatürlich groß prangte der blutrote Mond am Himmel. Sein Licht erfüllte jeden Schatten am Boden mit einem seltsamen Leuchten und ließ die dunklen Stellen schimmern als seien es offene Stellen einer Wunde, aus der das Blut fließt.

Talon betrachtete das Bild durch eine der schlanken hohen Scharten, die das Licht von draußen in den Tempel leiteten. Bereits vor Stunden hatte er sich zusammen mit Shions Garde auf den Weg gemacht und war durch einen der Seiteneingänge in den Tempel vorgedrungen. Es machte wenig Sinn, einen direkten Angriff über die zentrale Haupttreppe zu versuchen.

Dort mussten sie den offenen Kampf mit Eser Krus Leuten riskieren und keiner von ihnen wusste, über wie viele Männer und Frauen der Hüne noch verfügte.

Nahezu lautlos arbeiteten sich die Wächter vorwärts, nutzten jeden Schatten und Vorsprung aus, um wieder im immer während Zwielicht des Tempels zu verschwinden. Sie kamen auf diese Weise ihrem Ziel nur langsam näher, doch bislang hatten sie jeden Kampf vermeiden können.

Vor ihrem Aufbruch hatte sich Shion ihnen wieder angeschlossen. Sobald die Sonne versunken war, war der schattenhafte Löwe wieder erschienen und begleitete sie. Er bildete nun zusammen mit Talon das Ende der Gruppe, während N'kele vorne die Lage sondierte.

„Wie genau sollen wir vorgehen?", flüsterte Talon dem schwarzen Schatten zu.

[Eser Kru wird versuchen, die Kräfte des Tempels in dieser Vollmondnacht zu bündeln. Wenn es ihm gelingt, kann er die Macht all dessen, was in der Tiefe verborgen liegt, ungehindert freisetzen. Das müssen wir verhindern], erklärte ihm Shion. *[Wir müssen ihn aufhalten. Egal wie.]*

Der Plan ist mehr als nur dürftig, dachte Talon bei sich. Doch ihnen fehlten die Optionen, sich eine Alternative zu überlegen. Sie konnten nicht mehr ausspielen als das Moment der Überraschung. Keiner von ihnen hatte die Macht, Eser Kru in einem direkten Kampf zu begegnen.

Ohne auf Widerstand zu stoßen, drangen sie weiter in den Tempel vor. Doch bis jetzt hatten sie erst die entfernten Bereiche des Tempels durchquert, dessen verschlungene Gänge kaum zu kontrollieren waren. Jetzt erreichten sie eine der breiten Galerien, die direkt auf den zentralen Saal zu führten. Diese tunnelartigen Röhren, deren oberes Ende im Dunkel der Deckenkonstruktion verschwand, boten keine Möglichkeit, sich zu verstecken oder bei einem Angriff zu schützen. Daher beschlossen die Männer, den Durchgang so schnell wie möglich zurückzulegen, und hasteten los.

Sie hatten bereits mehr als zwei Drittel der Strecke zurückgelegt, als aus einem der Seitentrakte verzerrte Wortfetzen zu ihnen durchdrangen. Die Stimmen wurden rasch lauter und keine zehn Meter von ihnen entfernt tauchte plötzlich eine

Gruppe von einem Dutzend Personen aus einer schmalen Passage auf.

Die Männer und Frauen standen den Eindringlingen völlig überrascht gegenüber. Ein kurzer Rundblick und das folgende Nicken N'keles genügten und ein Teil der Garde begann den Angriff. Durch Eser Krus Magie ihrer modernen Schusswaffen beraubt, würden seine Leute den Wachen nicht lange Widerstand leisten können, dennoch wartete N'kele nicht das Ende des Kampfes ab, sondern winkte den Rest seiner Männer durch.

Talon und Shion passierten ihn im Laufschritt, während er selbst mit einem Auge auf den Kampf achtete, der sich hinter ihnen abspielte. Wichtig war, dass keiner der Gegner entkommen durfte, um Eser Kru zu warnen.

Noch bevor sie das Ende der Galerie erreicht hatten, schlossen die zurückgebliebenen Männer vollständig auf, die blutbesudelten Speere fest mit beiden Händen umschlossen. Vor ihnen befand sich der zentrale Trakt des Gebäudes, der in die große Empfangshalle mündete.

Eser Kru hatte in Trance den Kopf gesenkt und hielt die Arme weit ausgebreitet von sich.

Sechs Sarkophage umschlossen ihn in einem weiten Kreis, jeder von ihnen ihm zugewandt. Trotz seiner Körpergröße überragten ihn die klobigen Särge um fast eine halbe Kopflänge. Das dunkle holzartige Material schimmerte im Licht der zahlreichen Ölbecken, die den Raum erhellten, matt auf.

Der Hüne murmelte unablässig Beschwörungsformeln und wiederholte sie in immer kürzeren Abständen. Die hohen Durchbrüche in der Außenmauer gaben den Blick auf den nächtlichen Dschungel frei, der vom glutroten Schein des Mondes unheilvoll erleuchtet wurde.

Die Luft um Eser Kru verlor sich in zahlreichen kleinen Wirbeln, die die Umrisse des Farbigen verschleierten. Aus jedem der Sarkophage löste sich ein schwarzer Faden, der wie eine zähe Flüssigkeit den Wirbel entlangfloss und sich im Zentrum direkt vor dem Hünen sammelte. Zuerst bildete sich nur ein kleiner schattenhafter Kreis, der jedoch schnell anschwoll und an Volumen gewann, bis sein Durchmesser einen Meter überschritt. Inmitten der dunklen Leere blitzten rote und blaue Entladungen kurz auf, die einen unwirklichen Schein um die Kugel legten.

Eser Kru öffnete den Mund. Unverständliche Laute drangen mit aller Macht ins Freie. Der Schwarze hob seine gewaltigen Arme und schien die Kugel damit zu lenken, die sich mehr und mehr in die Höhe erhob, bis sie weit über ihm schwebte.

Dann leuchtete ein grelles Licht auf, das von der Kugel auf die rote Silhouette des Mondes zu jagte und einen Verbindung zwischen ihnen beiden schuf. Dort, wo der Strahl augenscheinlich den Mond erreichte, breitete sich rasch ein dunkler Schatten aus, der das Licht der Oberfläche mehr und mehr dunkel verfärbte.

Der Hüne schrie seine Beschwörungen nun in grellen Rufen in die Nacht. Er konnte es fast körperlich spüren, wie sich die Schwärze aus der Tiefe des Tempels erhob und sich von der Oberfläche der Welt löste, um von der dunklen Scheibe am Nachthimmel aufgesogen zu werden.

[Es ist vorbei, Geächteter], dröhnte plötzlich eine dunkle Stimme hart in seinem Bewusstsein.

Nur langsam verstand Eser Kru den Sinn dieser Worte. Er öffnete die blutunterlaufenen Augen und sah sich um. Als er Shion und Talon entdeckte, die inmitten des weiten Saals standen, verzog er keine Miene. Mit einem Seitenblick registrierte er die Kämpfe im Hintergrund. Die wenigen Männer und Frauen, die ihm noch verblieben waren, hatte er unter Führung von Amoshe Lwende zum Schutz des Saals abberufen. Sie waren keine echten Gegner für die Garde, die den schwarzen Löwen begleitet hatte.

Ein schmales Lächeln umspielte seine Lippen.

„Ich freue mich, dich wohlbehalten zu sehen, Kreatur. Wir werden das heute beenden, hier und jetzt."

[Du kannst noch immer aufhören, Eser], erwiderte Shion. *[Geh zurück und lass die Vergangenheit hinter dir.]*

Der Hüne schüttelte den Kopf. „Ich werde heute die Vergangenheit endgültig zu mir holen. Ich hoffe doch sehr, du wirst versuchen mich aufhalten!"

Ein schlanker Schemen blitzte im Licht auf und bohrte sich mit aller Wucht in Eser Krus Brust. Überrascht sah er an sich herab und betrachtete das Ende der Lanze, das aus seinem

Körper ragte. Sein Blick ging zu Talon, der im Schwung des Wurfs nach vorne gehastet war und auf den Schwarzen zu jagte.

„Du ...", knurrte Eser Kru und riss die Lanze aus seiner Brust, ohne weiter auf die klaffende Wunde zu achten. Aus der schwarzen Kugel, die noch immer über ihnen schwebte, löste sich ein leichter Schimmer, der sich in einem matt leuchtenden Glitzern auf die verletzte Stelle legte.

Der Schwarze zeigte, dass er selbst einmal der Garde angehört hatte und noch immer mit einem Speer umzugehen verstand. Talon tauchte unter dem ersten Stoß weg, den er empfangen sollte, und rollte sich über den Boden. Nur knapp hinter ihm splitterte der steinerne Boden auseinander, als Eser Kru in der Drehung die Waffe nach ihm hieb.

Der Mann aus dem Dschungel kam in einer raschen Bewegung auf die Beine. Er konnte jedoch nicht verhindern, dass ihn das stumpfe Ende der Lanze mit einem kräftigen Hieb in die Seite erwischte. Keuchend taumelte der Weiße zurück und reagierte nur instinktiv, als das helle Metall vor ihm aufleuchtete.

Er wich zur Seite aus, dennoch zog die Klinge einen langen Schnitt über seine linke Brust und durchdrang die linke Schulter. Talon biss die Zähne zusammen und zischte vor Schmerz kurz auf. Eser Kru war schneller, als er gedacht hatte. Dieser warf sich in seinen letzten Hieb und schleuderte Talon mit der Masse seines Körpers zu Boden.

Schmerzhaft rutschte Talon über die rauen Steinfliesen und blieb benommen liegen. Nur verschwommen sah er den gewaltigen Schatten vor sich und hob abwehrend die Hand. Seine Füße gaben nach und so stolperte er hilflos nach hinten.

In diesem Augenblick zerschnitt ein schwarzer Schemen die Luft und prallte schwer gegen den Körper des Hünen. Talons Sinne klärten sich wieder. Er sah, wie Shion den gewaltigen Schwarzen zurückdrängte.

Eser Kru versuchte zwar, den wütenden Ansturm des dunklen Löwen abzuwehren, doch Shions massiger Leib warf den groß gewachsenen Mann immer weiter zurück. Seine mächtigen Pranken hieben tief in die Haut des Farbigen und zogen ein rotes Muster über den Körper, der unter der Wucht des Angriffs weiter zurücktaumelte.

Dennoch war Eser Kru nicht bereit aufzugeben. Er wartete den nächsten Angriff des schwarzen Löwen ab und packte ihn mit seinen ausladenden Armen tief inmitten der schemenhaften Dunkelheit, die die Mähne des Wesens bildete. Während Shion versuchte, sich aus dem Griff zu lösen, presste der Hüne erneut die Beschwörungsformeln hervor, bei denen er vorher unterbrochen worden war.

Die schattenumwölbte Kugel rotierte nun schneller um ihre eigene Achse. Dünne Blitze lösten sich von der Oberfläche und schufen ein feines Gespinst zwischen den Sarkophagen und Eser Kru, der triumphierend aufschrie, als er die neue Energie in seinem Körper spürte.

Mehr und mehr hüllte ihn die Schwärze ein, löste seine Konturen in einer schimmernden Dunkelheit auf, die der des Wesens glich, das er umklammerte. Beide Gestalten schienen miteinander zu verschmelzen, je mehr die Luft von dem leuchtenden Nichts erfüllt war, das sie umgab.

Eser Kru stemmte sich nun gegen das Gewicht des schwarzen Löwen, den er noch immer fest umklammert hielt, und versuchte, dessen Gestalt zu zerbrechen. Doch in diesem Augenblick zuckte der wuchtige Kopf Shions vor. Seine nachtschwarzen Zähne gruben sich tief in die Schulter des Hünen, dann riss er den Kopf zurück.

Die Dunkelheit des verwundeten Körpers schien an der getroffenen Stelle auseinander zu splittern wie zerborstenes Glas. Eser Krus verschwimmende Gestalt schrie schmerzerfüllt auf und wankte zur Seite. Shion setzte nach. Noch einmal grub sich sein breites Maul tief in den Schatten des Mannes und schloss sich um dessen Kehle.

Der gellende Schrei erstarb in einem unwirklich klingenden gurgelnden Geräusch. Kurz noch taumelte die hünenhafte Gestalt, während sich der schwarze Löwe von seinem Gegner löste. Die schimmernden Fäden, die die Sarkophage umsponnen, lösten sich in einem schillernden Licht auf und fielen Wassertropfen gleich zu Boden.

Eser Krus Silhouette streckte die Hand empor, als wolle sie nach der schwarz leuchtenden Kugel greifen, die nun mit jedem verstreichenden Augenblick an Substanz verlor und langsam in sich zusammenfiel. Schattiges Blut löste sich aus den tödlichen Wunden und zersplitterte mit einem hellen Klirren auf dem ockerfarbenen Stein.

Talon griff nach dem Speer, der nur wenig von ihm entfernt am Boden lag. Erneut holte er aus und schleuderte die lange Waffe dem sterbenden Schatten entgegen. Das Metall drang in die zerfließende Kontur ein und riss sie auseinander. Explosionsartig stoben dunkle Teile in alle Richtungen und trudelten noch kurz durch die Luft, bis auch sie am Boden zerschellten.

Ein leise verwehender Schrei erstarb in der Tiefe der Nacht.

Epilog

[Du willst wirklich gehen], stellte der schwarze Löwe fest.

„Ja", bestätigte Talon. „Mag sein, dass ich dein Nachfolger bin. Vielleicht erkennt mich sogar deine Garde eines Tages an."

Er warf den Kopf zurück und strich sich eine Strähne seines rotbraunen Haares zurecht, die vorwitzig im Wind des anbrechenden Morgens wehte. Talon stand allein mit Shion auf der oberen Plattform, die in der langen Treppe bis tief nach unten in den Dschungel führte. Am Horizont schob sich die Sonne über die schroffen Linien der Hügel und zauberte einen pastellfarbenen Schein auf den morgendlichen Himmel.

„Aber vielleicht sollte ich auch nur diesen einen Kampf mit dir kämpfen. Ich kann deine Stellung nicht einnehmen."

[Noch nicht], gab der Löwe als Antwort zurück. *[Doch du hast von nun an deinen Platz hier. Sieh es als dein Zuhause an, wenn du einmal eines brauchst. Du bist etwas Besonderes.]*

„Das sind alle Männer, die mit Schatten sprechen", erwiderte Talon mehr zu sich selbst und lächelte schmerzerfüllt. Er sah sich um und erblickte N'kele, der einige Schritte von ihnen entfernt verweilte. Seine Brust war von einer breiten Bandage umhüllt, die an einer Stelle rot schimmerte. Der Farbige nickte ihm zu und verbeugte sich leicht, dann drehte er sich um und verschwand im Inneren des Tempels.

[Wohin wirst du gehen?], fragte Shion. *[Die Löwen werden dich nicht mehr aufnehmen.]*

Talon nickte ernst.

„Ich habe mir bereits einmal ein neues Leben geschaffen. Mir wird es auch dieses Mal gelingen."

Mit diesen Worten drehte er sich um und begann den langen Abstieg über die Treppen in den Dschungel.

ENDE